黒猫ニャンゴの冒険
レア属性を引き当てたので、
気ままな冒険者を目指します
「はいよ、たんとお食べ」
「うみゃ、クルミがコリコリしてて、うみゃ！」
カリサ
アツーカ村の薬師。
気難しいおばあちゃんだが、
ニャンゴには
ニャンゴ
猫人族の少年。
冒険者を夢見て日々鍛錬中
篠浦知螺
illustration 四志丸

『ステップ！』
空属性魔法の特訓！

『じっくり焼いて……』
『焼き魚、うみゃ！』

「それじゃあ、これならどうだ？」

空属性魔法で作った火と風の魔法陣を重ねると、
炎が音を立てて噴き上がった。

もっと大きく瞬時に作れたら強力な武器になるはずだ。

空属性魔法の真価

黒猫
ニャンゴの
冒険
Adventure of
black cat “NYANGO”
レア属性を引き当てたので、
気ままな冒険者を目指します
篠浦知螺
illustration 四志丸

口絵・本文イラスト：四志丸
デザイン：ＡＦＴＥＲＧＬＯＷ

CONTENTS

Adventure of
black cat “NYANGO”

第一話　巣立ちの儀《ぎ》

シュレンドル王国の北に位置するラガート子爵《ししやく》領の街イブーロでは、まだ肌寒《はだざむ》い日が続いているが、古い石造りの建物に囲まれた教会前の広場は熱気に包まれていた。

イブーロの街のみならず近隣《きんりん》の村からも集まった群衆の視線は、教会前の石段を舞台《ぶたい》として行われている儀式に注がれている。

「アツーカ村、信徒ミゲル、前へ……」

神官の厳《おごそ》かな声が響《ひび》くと、群衆のざわめきは潮が引くように静まっていった。

「は、はい！」

普段《ふだん》は村長の孫として威張《いば》り散らしている狼人《おおかみひと》のミゲルも、今日ばかりは緊張《きんちよう》しているようで、顔色は蒼《あお》ざめ、いつもはモフモフな尻尾《しつぽ》もダラーンとしている。

ミゲルはギクシャクとした足取りで神官の前へと進み、跪《ひざまず》いて胸の前で手を組んだ。

神官がミゲルの頭上に杖《つえ》をかざして詠唱《えいしよう》を始める。

杖には複雑な文様が刻み込《こ》まれ、先端《せんたん》に大きな宝珠《ほうしゆ》がはめ込まれている。

「女神《めがみ》ファティマ様の加護の下《もと》、健《すこ》やかなる時を過ごし、巣立ちの時を迎《むか》えし信徒に祝福を」

宝珠が白い光を放つと、ミゲルの体は赤い光に包まれた。

「属性は火！　信徒ミゲル、与《あた》えられし恩恵《おんけい》を女神ファティマ様にご覧にいれよ」

「はい！」

立ち上がったミゲルは広場へ向き直り、深呼吸をしてから両手を天に向かって挙げた。

「女神ファティマ様の名の下に、炎《ほのお》よ燃え上がれ！」

ミゲルの両手の先で、直径五十センチほどの火の玉が燃え上がる。

広場に集まった群衆からは、ほぉっと感心するような声も上がったが、直後に打ち鳴らされた拍《はく》手《しゅ》には熱がこもっていなかった。

毎年、春分の日に行われるファティマ教の儀式は『巣立ちの儀』と呼ばれている。

『巣立ちの儀』とは、その年に数えで十三歳《さい》になる子供が、女神ファティマの加護を離《はな》れ、成人として生きてゆく決意を示す儀式とされているが、本来の目的は別にある。

この世界の全《すべ》ての者は、固有の魔法《まほう》を持って生まれてくるが、幼いころは制御《せいぎょ》しきれずに自《みずか》らを傷つけてしまう場合があるのだ。

風属性や水属性魔法の暴走で部屋が滅茶苦茶《めちゃくちゃ》になる程度ならば良いが、火属性や雷《かみなり》属性魔法の場合は命に関《かか》わる危険性がある。

そこで考え出されたのが、教会で『女神の加護』と呼ばれている魔法を封《ふう》じる術で、その封印を解く儀式が『巣立ちの儀』だ。

『女神の加護』により、魔法の暴発で自傷する子供が減り、教会は確固たる地位を築くに至ったそうだ。

『巣立ちの儀』は教会にとってのデモンストレーションだが、もう一つ別の目的がある。

封印が解かれた直後に女神に献《けん》じられる魔法は、発動者の才能を示しているらしい。

最初から大きく、安定した魔法が使える者は、それ以後の成長も早いとされている。

イブーロでの『巣立ちの儀』には、王国騎士《きし》団の審査官《しんさかん》と、この辺りを治めているラガート子爵家の騎士が列席している。

将来有望な人材を発掘《はっくつ》するスカウトの場でもあるので、周辺の村で暮らす子供達もイブーロに集められて儀式を受けさせられるのだ。

俺達《おれたち》もイブーロより北に位置するアツーカ村から、馬車に揺《ゆ》られて儀式を受けに来た。

才能があると認められた者は、魔法が披露《ひろう》された直後に審査官達によってスカウトされるが、火の玉を消して振《ふ》り返ったミゲルに声は掛《か》からなかった。

さっきスカウトされた火属性の子供は、ミゲルの倍以上の大きさの火の玉を作り出していた。

「アツーカ村、オラシオ、前へ……」

「へ、へい……」

名前を呼ばれた牛人《うしひと》のオラシオが、オドオドとした様子で歩み出る。

ミゲルよりも体が大きく、立派な角を持つオラシオだが、性格はとても大人しい。

「女神ファティマ様の加護の下、健やかなる時を過ごし、巣立ちの時を迎えし信徒に祝福を」

神官が杖をかざして詠唱を行うと、オラシオの体は緑色の光に包まれた。

「属性は風！　信徒オラシオ、与えられし恩恵を女神ファティマ様にご覧にいれよ」

「へい！」

立ち上がったオラシオは、鼻息も荒《あら》く広場へと向き直り、意を決して両手を突《つ》き上げた。

「女神ファティマ様の名の下に、風よ舞《ま》い上がれ！」

普段大人しいオラシオが、別人かと思うほど大音声《だいおんじょう》で叫《さけ》ぶと、広場に強い風が吹《ふ》き抜《ぬ》けた。

突き上げた両手の先に向かって気流が生まれ、広場の空気を吸い寄せているのだ。

広場に集まった群衆から大きなどよめきが上がり、王国騎士団の審査官が右手を挙げると、割れんばかりの拍手が湧《わ》き起こった。

騎士団にスカウトされて厳しい訓練期間を乗り切れば、正式な騎士として叙任《じょにん》され貴族としての身分を手にできる。この国の子供達にとっては夢にまで見るサクセスストーリーだ。

広場を囲む群衆は、若き才能の誕生と新しい物語の始まりを目撃するために集まっている。

『巣立ちの儀』は、受ける者にとっては残りの人生を左右する大切な儀式であり、見物する群衆にとっては最高のエンターテインメントなのだ。

オラシオは顔を覆《おお》って号泣《ごうきゅう》し、教会の者に肩《かた》を抱《だ》かれて採用者の列へと案内されていく。

ミゲルが苦々しげな表情で見ているが、村長のコネ程度では王国騎士団に入れやしない。

たとえ入り込めたとしても騎士団は実力主義で、王族や大貴族の子息でも能力が一定レベルに達していなければ正式な騎士として認められないそうだ。

今年、アツーカ村から『巣立ちの儀』に臨《のぞ》む子供は、村長の孫で狼人の男子ミゲルと、牛人の男子オラシオ、羊人《ひつじひと》の女子イネス、そして猫人《ねこひと》の男子の俺、合計四人だ。

イネスが水属性で魔力は弱いと判明すると、広場に集まった群衆が帰り支度《じたく》を始める。

残っている子供が、猫人の俺だけだからだ。

一般《いっぱん》的に、魔力の強さは体格に比例すると言われている。

成人男性の身長が一メートル程度しかない猫人には、魔力の強い子供は生まれにくい。

現時点で身長が八十センチにも満たない俺は、全く期待されていないのだ。

「アツーカ村、ニャンゴ、前へ……」

「はい！」

跪いた俺の頭上に神官が杖をかざし、詠唱を始めると体の中で変化が起こった。

たとえるならば蛇口《じやぐち》が開いて水が流れ出すように体の中を何かが巡《めぐ》り始め、同時に鍵《かぎ》が掛かっていたフォルダが開いたかのように一気に脳に情報が流れこんで来た。

「属性は水……ではないのだな？」

「はい、違《ちが》います」

俺の体を包んでいたのは、水属性の青よりも薄《うす》い水色の光だった。

「うむ、属性は空！　信徒ニャンゴ、与えられし恩恵を女神ファティマ様にご覧にいれよ」

「はい！」

群衆からはクスクスと笑い声が聞こえているが、俺は自分の魔法を使うことに夢中だった。

「女神ファティマ様の名の下に、空よ固まれ！」

俺が両手を空に突き上げた途端《とたん》、広場は笑いの渦《うず》に包まれた。

「ぎゃはははは、見ろよ、何も起こらないぜ！」

「あははは、空っぽの空属性なんだから当然よ」

「魔力の弱い猫人で空属性って……あいつ終わってるだろう」

見物に集まった群衆の目には、何も起こっていないように見えているのだろうが、俺の魔法は発動し、突き上げた両手の先で文庫本一冊分ぐらいの空気が固まっている。

たぶん、強度は発泡《はっぽう》スチロール程度しかないだろう。

両手を下ろして神官に一礼し、群衆の笑い声の中を逃《に》げるように退場した。

儀式を受けるのは俺が最後で、直後に始まった司祭による閉会の挨拶《あいさつ》を聞き流しながら、俺は生まれてから今日までを振り返っていた。

誰《だれ》にも話していないが、俺は日本で暮らした前世の記憶《きおく》を持つ転生者だ。

前世では東京在住の男子高校生だったが、ちょっとエッチな表紙のライトノベルを持っていたのをクラスメイトに見られ、キモオタ認定《にんてい》されて虐《いじ》めの対象になってしまった。

憂鬱《ゆううつ》な毎日の心の支えは異世界もののアニメや小説で、ファンタジーな世界をキャラクターと同化して冒険《ぼうけん》する想像を巡らせている時は嫌《いや》な事を忘れられた。

自分でも物語を作ってみたいと書き始めた小説が、あと少しで完成だったのに、悪ふざけした同級生に突き飛ばされて階段から落ち、打ち所が悪くあっさりと死んでしまった。

そして、次に気付いた時には黒猫になっていたのだ。

正確には猫人という人種なのだが、赤ん坊《ぼう》の時には猫にしか見えない。

大人になった後でも、前脚《まえあし》が物を握《にぎ》りやすい形をしているのと、女性の乳房《ちぶさ》が胸にあることを除けば、二足歩行する猫にしか見えない。

猫人として生まれ変わったと知った時、怒《いか》りや憎《にく》しみ悲しみで泣き喚《わめ》いたが、神様に出会わなかったし、チートな能力も貰《もら》った覚えがないので諦《あきら》めた。

召喚《しょうかん》された訳ではないから、元の世界に帰る方法もたぶん無いのだろう。

この世界は魔法があって魔物がいるファンタジーな世界だと知った時、前世で完成させられなかった物語を自分の人生で体現するために、冒険者になろうと心に決めた。

前世の知識と魔法を組み合わせれば、夢見ていた心躍《おど》る冒険ができると思ったのだ。
『巣立ちの儀』は、そのための第一歩だったのだが、予想外の属性を引き当ててしまった。
俺が集まった人達から笑われたのは、空属性が使い道の無い空っぽの属性だと言われているから
だが、前世から憧《あこが》れていた魔法を手に入れられてワクワクする気持ちが抑《おさ》えられない。

『巣立ちの儀』が終わると、ミゲルは冒険者ギルドへ行くと言い出した。

一攫千金《いっかくせんきん》が狙《ねら》える冒険者は男の子にとって騎士の次に人気の職業で、『巣立ちの儀』を終えた男の子の多くが登録のために冒険者ギルドに向かう。

「おい、さっさと行くぞ」

「俺はオラシオを待っているよ」

「そうか、猫人のお前じゃ冒険者は無理だから登録するだけ無駄《むだ》か」

「俺だって冒険者になれる。ただオラシオはのんびりしているし、置いて帰ったら間違いなく迷子《まいご》になるから待っていてやるだけだ」

「あぁそうかよ、じゃあ、お前が連れて帰って来い。行くぞ、イネス」

「私も待ってようかなぁ……」

村を出た時にはミゲルに気があるような素振《そぶ》りをしていたが、『巣立ちの儀』が終わってから、イネスは心変わりしつつあるようだ。

アツーカ村の村長は世襲制《せしゅうせい》なので、若い頃《ころ》は冒険者をやって、年を取ったら村長になるというのがミゲルの将来設計のようだが、性格はワガママそのものだ。

オラシオは温厚《おんこう》な性格だが、騎士になるには厳しい訓練を乗り越《こ》えなければならず、確実に貴族になれるとは限らない。

イネスは玉の輿《こし》に乗るべく、二人を天秤《てんびん》に架《か》けているのだろう。

「一緒《いっしょ》にギルドに行くなら、途中の屋台で菓子《かし》を買ってやる」

「ホントに？　じゃあ一緒に行く」

安いなぁ、イネス。まぁ、まだ数えで十三歳だから、これが普通なのだろうな。

『巣立ちの儀』の見物人を目当てにして、街にはたくさんの屋台が並んでいる。

山奥《やまおく》の村で育った俺達には、何もかもが物珍《ものめずら》しく見えるのだ。

俺もオラシオが戻《もど》って来たら用事を済ませ、屋台巡りをするつもりだ。

それまでに必要な聞き込みをして、魔法の練習でもしていよう。

「すみません、ちょっと教えてほしいのですが……」

「儀式に参加していた子ね、何かしら？」

教会のシスターに尋《たず》ねると、俺の求めていた情報を丁寧《ていねい》に教えてくれた。

聞き込みも上手《うま》くいったし、安心して魔法の練習に取り掛かろう。

空属性は不思議な魔法だ。まだ試《ため》し始めたばかりだが、自由に空気を固められるようだ。

範囲《はんい》は文庫本一冊程度、強度は発砲《はっぽう》スチロール程度で軽く叩《たた》いた程度でも壊《こわ》れてしまい、壊れると破片《はへん》として残らずに霧散《むさん》してしまう。

固められる範囲とか、固めた空気の強度は魔力の強さで変わるのだろうか。

使える魔力が増えれば、もっと広範囲に、もっと硬《かた》く固められるような気もする。

固めた空気は、固めていない空気と同じく目では見えないが魔力の繋《つな》がりがあり、どこが固まっているのか把握《はあく》できるし、固めた空気を動かすことができる。

まだ試し始めたばかりなので、素早《すばや》くは動かせないが、練習を重ねれば速くなるはずだ。

教会前の石段に座《すわ》って魔法の練習を続けていたら、騎士団の説明を聞き終えた子供が出て来た。

みんな頬《ほお》を上気させ、瞳《ひとみ》を希望で輝《かがや》かせている。

オラシオも、説明会で知り合ったらしい男の子と握手《あくしゅ》を交《か》わして再会を誓《ちか》い合っていた。

それほど強く騎士団へ憧れてはいなかったが、ちょっと羨《うらや》ましく思えてしまった。

「オラシオ、こっち、こっち！」

「ニャンゴ、お待たせ。あれっ、ミゲルとイネスは？」

「冒険者ギルドに行った」

「そうなんだ、じゃあ僕《ぼく》らも行く？」

「その前に、ちょっと寄り道していこうぜ」

「えっ？　寄り道って、ニャンゴ街に来たことあるの？」

「無いけど、教えてもらったから大丈夫《だいじょうぶ》だ。せっかくのお祭りなんだから見物していこうぜ」

「でも僕、お金持って……あっ、ある。でも、これは使っちゃいけないお金だから……」

どうやら騎士団に勧誘《かんゆう》された子供には、支度金のようなものが配られるようだ。

そうでないと、王都までの路銀も用意できないような貧しい家の子供もいるのだ。

「心配すんな。俺に任せておけって！」

「ニャンゴ、お金持ってるの？」

「いや、これから作る」

「えっ、作るって……」

「いいから、行くぞ！」

「あっ、ちょっと待ってよ」

大人と子供ほども体格の違うオラシオを引っ張って、シスターに教わった店を目指す。

目的の店は教会から程近《ほどちか》いレストランで、お祭りとあって店の前でも料理を販売《はんばい》していた。

お客が途切れたところを見計らって、売り子のお姉さんに声を掛けた。

「こんにちは、俺達『巣立ちの儀』に参加するために山奥の村から来た者です。教会で紹介《しょうかい》してもらったのですが、プローネ茸《だけ》って買い取ってもらえますか？」

「えっ、プローネ茸って、あのプローネ茸？」

「はい、村で採れたものなんですけど……」

「ちょっと待ってて……店長、お願いできますか？」

お姉さんが店長を呼びに店に入ると、オラシオが興奮気味に話し掛けてきた。

「ニャンゴ、プローネ茸なんて何処《どこ》で見つけたの？」

「そりゃあ、秘密に決まってるだろう」

「でも、勝手に売ったら村長に怒《おこ》られるんじゃないの？」

「バレたらな。でも、オラシオが黙《だま》っていればバレないだろう」

「えぇぇ……」

プローネ茸は山奥の森に生える直径十五センチぐらいの白くて丸い茸で、日本での松茸、フランスでのトリュフのように珍重《ちんちょう》されている。

教会のシスターには、プローネ茸を買い取ってくれそうな店を紹介してもらったのだ。

「君かい、プローネ茸を買い取ってもらいたいという子は？」

「はい、『巣立ちの儀』に参加するために山奥の村から来ました」

「早速《さっそく》で悪いけど、現物を見せてもらえるかな？」

「はい、これです……」

肩掛け鞄《かばん》から竹を編んだ籠《かご》を取り出し、蓋《ふた》を開けてプローネ茸を見せると、口髭《くちひげ》を蓄《たくわ》えた狼人の店長は、ほぉっと小さく声を洩《も》らした。

「これは見事なプローネ茸だ。それも二つもか」

「どうでしょう、買い取ってもらえますか？」

「いいだろう、大銀貨四枚でどうだい？」

日本円の感覚だと銀貨一枚が千円程度、大銀貨は一万円ぐらいの価値がある。

「大銀貨四枚……あ、あの、大銀貨三枚と残りは銀貨にしてもらえますか？」

「ああ、構わないよ。ちょっと待っていたまえ」

狼人の店長が、お金を用意しに店の奥に入ると、オラシオが肩をバシバシと叩いてきた。

「ニャ、ニャンゴ、だ、だ、大銀貨四枚って、ニャンゴ、ニャンゴ」

「痛い、痛いよ、オラシオ」

「ご、ごめん。でも、大銀貨……」

プローネ茸を村で買い取ってもらうと、この十分の一ぐらいの値段になってしまう。

イブーロの街の近くでは採れないし、山奥の村から持って来るには輸送費が掛かる。

村よりも高値で売れると思っていたけど、まさか十倍の値段が付くとは思わなかった。

市場ではなくて、直接レストランに売りに来たのも正解だったのだろう。

店長から受け取った代金から銀貨五枚を手元に残して、大銀貨三枚と銀貨五枚は音を立てないように布で巻いて鞄の奥に仕舞い込んだ。

店に来る途中で、屋台の値段も見て来たから、銀貨五枚あれば結構楽しめるはずだ。

「どうもありがとうございました」

「いや、こちらこそ良い素材が手に入って助かった。また良いものが採れたら、持ってきてくれ。いつでも、同じぐらいの値段で買い取らせてもらうよ」

「はい、機会があれば、よろしくお願いします。よし、オラシオ、行こう！」

「あっ、待ってよ、ニャンゴ」

魔法は手に入れたし、軍資金も潤沢《じゅんたく》だし、さぁ異世界のお祭りを堪能《たんのう》しよう。

イブーロの街並みは中世ヨーロッパというよりも、近代ヨーロッパに近いように感じる。

道路は土属性魔法で綺麗《きれい》に舗装《ほそう》され、下水道も整備されているようだ。

乗り物はまだ馬車が主流ではあるものの、魔道具を動力とする魔動車もたまに見かける。

魔道具によって生活が豊かになりつつあるようだが、王都などの大きな街では、魔道具を使うための魔石が供給不足になりつつあるなんて話も聞く。

電子レンジは無いけれど、魔道具のオーブンはあるし、冷凍《れいとう》冷蔵庫も普及《ふきゅう》し始めている。

「おっ、アイスクリームが売ってるぞ、オラシオ」

「アイス……って、何？」

「ミルクに手を加えて冷やし固めた……って、食えば分かるよ。おじさん、二つちょうだい」

「あいよ！」

魔道具の進化によって、台車に載《の》せられる大きさの冷凍庫ができたので、夏は移動販売をしているそうだ。

「うみゃ！　冷たい、甘《あま》い、冷たい、うみゃ！」

日本で売られているものにくらべると、舌触《したざわ》りも良くないし、バニラ感が足りない。

それでも、ミルクが濃厚《のうこう》で味わいは悪くない。

「ニャンゴ、すっごく美味《おい》しい……初めて食べた……」

恐《おそ》る恐る口にしたオラシオも、夢中になって食べている。

「よし、オラシオ、次に行くぞ！」

イブーロに出ている屋台は、日本と似ているようで、どこか少し違っていた。

クレープを売っているが巻いてあるのは肉や野菜だし、焼きそばっぽいけど味付けが甘いとか、微妙《びみょう》にこれじゃない感はあるものの、外国のお祭りに来ているような味わいがある。

金魚すくいは無いけど型抜きのようなものはあるし、射的はないけど吹き矢があった。

「オラシオ。あの上に飾《かざ》ってある火の魔道具にしよう」

三段に積まれた箱の一番上、白っぽい石に魔法陣《じん》が刻まれた魔道具が載っている。

大きさも用途も、日本で言うところのライターだ。

吹き矢は五本で銅貨一枚、魔道具は店で買うと、銀貨二枚ぐらいするはずだ。的としては小さいし、重さもあるので当たっても倒《たお》れるだけで落ちない、いわゆる客寄せ用の景品で、取れそうで取れないようになっている。

「ニャンゴ、下の飴《あめ》にしようよ」

「いいから狙え。お前、そんなことじゃ騎士様になれないぞ」

「ほぅ、そっちの坊主《ぼうず》は騎士団から声が掛かったのか。そいつは大したもんだ」

「そうだよ、今日のオラシオはツイてるんだ。おじさん、魔道具が落ちても泣くなよ」

「はははは、火の魔道具ぐらいじゃ泣かないから安心しな」

中年の犬人のおじさんは、腹をゆすって笑い声を立てた。

一日に何個か落ちたところで、十分に元は取れるのだろう。

肺活量がものをいうから金は俺が出し、吹き矢を飛ばすのはオラシオの役目だ。

銅貨二枚、十本の吹き矢を使って、命中したのが三回、そのうち二回で魔道具が倒れたが箱から落ちる気配は無い。魔道具自体が重たい上に、首に掛ける紐《ひも》まで付いているからだ。

上側の角の部分に命中して、回りながら倒れでもしない限りは落ちそうもない。

「ニャンゴ、やっぱり飴にしようよ」

「簡単に諦めるな。おじさん、もう一回だ」

「はははは、猫人の坊主の方が騎士様に向いているんじゃないのか？」

「猫人をスカウトするような物好きな騎士団があるならね。ほら、オラシオ、頑張《がんば》れ！」

「どうしても、あの魔道具じゃないと駄目？」

「どうしてもだ。ほら、早く！」

下の段の飴に気を取られているオラシオのケツを叩いて、魔道具を狙わせる。

これまでの十本は、言うなればカモフラージュだ。

「よし、狙う前に深呼吸して……もう一回。今度は、ゆっくり息を吸って止める。狙え！」

「ふっ！」

吹き矢は魔道具を掠《かす》めただけで、後ろの幕に当たって落ちた。

「いいぞ、今の感じだ。落ち着いて、集中しろ！」

「ふっ！」

今度の吹き矢は魔道具に当たったが、台に近い下側に当たったので、少し揺れただけで倒れもしなかった。

「いいぞ、あと三本集中しよう。一回肩の力を抜いて、深呼吸……よし、いこう」

「ふっ！」

今度の吹き矢は、魔道具の上を通過してしまった。

「いいぞ、左右はバッチリだ。その調子、力を抜いて、集中……よし、いこう」

「ふっ！」

上側ギリギリの所に吹き矢が命中し、魔道具がグラリと傾《かたむ》いていく。

魔道具は倒れながら捻《ひね》りを加えたように回り、箱の角から転げ落ちた。

「よっしゃ！　やったぞ、オラシオ！」

「お、落ちたよ、ニャンゴ、落ちた、落ちた！」

「かぁ……こいつは驚《おどろ》いた。坊主は本当にツイてるみたいだな。ほれ、持っていけ！」

犬人のおじさんは、苦笑いをしながら魔道具をオラシオに差し出した。

「やった……はい、ニャンゴ。やっと取れたよ」

「そいつは俺からの餞別《せんべつ》だ。オラシオは風属性だから、訓練で野営する時なんかに持っていた方が便利だろう」

「えっ……僕にくれるの？」

「勿論《もちろん》だ。元手は銅貨三枚だけど、品物は良いよな、おじさん」

「はははは、軽くその十倍はするんだぞ、坊主」

犬人のおじさんは、補充《ほじゅう》する魔道具を手にしながら他の客にアピールをしている。

少し盛ってあるとは思うけど、値段を聞いたオラシオは目を見開いている。

「ニャンゴ、やっぱり……」

「貰ってくれよ。その代わり諦めずに訓練に立ち向かって、必ず騎士になってくれよな」

「ニャンゴ……ありがとう。大切にするし、必ず騎士になるよ」

オラシオは、魔道具を首からさげて照れくさそうに笑ってみせた。

まぁ、魔道具が落ちたのはイカサマなんだけどね。

吹き矢が当たった瞬間《しゅんかん》に、待機させておいた空気の塊《かたまり》で魔道具を押《お》し倒し、ついでに転がり落ちるように後ろ側の空気を斜《なな》めに固めておいたのだ。

犬人のおじさんには悪いことしたけど、ちゃんと落ちるのだと思って、他の客が次々に狙い始めたから、良い宣伝にはなったはずだ。

「オラシオ。次は、あれ食おうぜ！」

「黒オークの串焼《くしや》き……本物かな？」

「さあな、食ってみりゃ分かるかもよ」

黒オークは、日本で言うなれば黒毛和牛のような位置づけだ。

一串に大きめの肉片《にくへん》が四つ、重さにすると百グラムぐらいで銅貨二枚。

日本円にすると二百円程度の値段は、本物としては安すぎる気がする。

「おじさん、二本おくれ」

「あいよ、ちょうど焼きたてだ。熱いから気をつけな」

銅貨四枚を払《はら》って、一本をオラシオに手渡《てわた》す。

肉の断面は楕円形《だえんけい》で、一見するとヒレ肉のようにも見えるが、黒オークのヒレ肉がこんな値段で買えるはずがない。

表面はカリっと焦《こ》げ目が付いているが、中はシットリとして柔《やわ》らかい。

塩とブレンドした香草《こうそう》が、濃厚な肉の旨《うま》みをさらに引き立てている。

「熱っ、でもうみゃ！　なにこれ、うみゃい！」

「ニャンゴ、これ、すっごい美味しい！」

「うみゃ、黒オーク、うみゃ！　てか、おじさん、これどこの部分の肉なの？」

「どうだ、美味《うま》いだろう。正真正銘《しょうしんしょうめい》の黒オークだが、どこの肉かは商売上の秘密だ」

熊人《くまひと》のおじさんは、ニカっと自慢《じまん》げな笑《え》みを浮《う》かべてみせた。

普通なら捨てられるような部分の肉なのだろうが、料理に詳《くわ》しくないので分からない。

「うーん……どこの肉だろう？　まぁ、美味いからいいか。よし、オラシオ次行くぞ」

「ニャンゴ、次はどこに行くの？」

「次は冒険者ギルドだ！」

「やっぱりニャンゴも冒険者を目指すの？」

「当然だ、行くぞ！」

「ちょ、ちょっと待ってよ、ニャンゴ」

平民に生まれた男の子の将来なりたい職業のトップは貴族の身分が得られる騎士で、その次に人気の職業が冒険者だ。

多くの物語の主人公として語られ、実力次第《しだい》で大金を手にできるし、なにより小さな村から飛び出して外の世界を見て歩けるし、女性にもモテるらしい。

アツーカのような小さな村で暮らす男の子の多くが、冒険者として村を出て、街での生活や旅暮らしに憧れている。

その冒険者になる第一歩が、冒険者ギルドへの登録だ。

イブーロの冒険者ギルドは教会と広場を挟《はさ》んだ反対側、大通りを少し進んだところにある。

冒険者ギルドは、シュレンドル王国に限らず周辺国に跨《また》がる大きな組織で、イブーロで登録された情報は連携《れんけい》する全てのギルドで共有される。

冒険者ランクは勿論、これまで達成した依頼《いらい》の内容、依頼を失敗した状況《じょうきょう》、規則に違反《いはん》して受けたペナルティなど記録として残るもの全てだ。

これは、冒険者の実績を公平に判断するためであり、依頼者の安全を確保して信頼《しんらい》を得るための措置《そち》でもある。

冒険者としての登録をするには、本人の血液と魔力パターンの登録が必要なため『巣立ちの儀』を終え、魔法が使えるようにならないと手続きが行えない。

ギルドの出張所すら無い小さな村もあるので、『巣立ちの儀』を受けた子供の多くは儀式が終わった直後に冒険者ギルドを訪《おとず》れるため、この日は大混雑するそうだ。

オラシオと一緒に屋台巡りをしていたのは、混雑が終わるまでの時間つぶしのためでもあった。

もう空《す》いただろうと思ったのだが、それでもギルドの内部には多くの子供の姿がある。

毎年『巣立ちの儀』を終えた子供達が殺到《さっとう》するからか、ギルドには専用の受付が設置されていたが、それでも五人ほどの子供が列を作って待っていた。

ギルドに入ってから観察を続けているが、冒険者も登録に来ている子供も、殆《ほとん》どが体格の良い人種で、俺以外に猫人の姿は見当たらない。

犬人の受付嬢《じょう》も、登録に来たのはオラシオで、俺は付き添《そ》いだと思っていたようだ。

「失礼いたしました。では、こちらの用紙に必要事項《じこう》を記入していただけますか。読めない場合や書けない場合には、私がお手伝いいたします」

「たぶん、大丈夫です」

用紙には名前、居住地、年齢《ねんれい》、魔法の属性などを書き込むようになっている。

全ての項目《こうもく》を記入して、用紙を返却《へんきゃく》した。

「空属性ですか……珍《めずら》しいですね。では、こちらに手を乗せて下さい」

受付の横には、見慣れない魔道具が置かれていて、登録には水晶球《すいしょうだま》に手で触《ふ》れる必要があるらしい。

水晶球に手を乗せると、ぼんやりと水色の光を放った。

「はい、確かに空属性ですね、確認いたしました。魔力値は三十二です」

どうやら魔法の属性と魔力の強さを測る魔道具のようだ。

「三十二というのは、やっぱり少ないんですか？」

「そうですね。一般的な成人男性の平均で百二十程度と言われていますので、現時点では少ないですが、二十歳《はたち》ぐらいまで増えるので心配なさらなくても大丈夫ですよ」

まだ成長の余地があるとは言われたものの、一般的な成人男性の四分の一程度というのは少しショックだ。おそらく、冒険者の平均値はもっと高いはずだ。

登録の順番を待っている同年代の子供からも、クスクスと笑い声が洩れ聞こえてくる。

「ねぇ、オラシオは騎士団にスカウトされたんだけど、魔力量だけ測ってもらっても良い？」

「まぁ、騎士団に……良いですよ、どうぞ」

オラシオが手を乗せると、水晶球は強い緑色の光を放った。

「凄《すご》い、魔力指数は四百六十五です。騎士団に誘《さそ》われるのも納得《なっとく》ですね」

周囲で見物していた冒険者達からどよめきが起こり、登録に来た子供達はオラシオに羨望《せんぼう》の眼差《まなざ》しを向けている。

薄々分かっていたが、比較《ひかく》にならないほどの差を見せつけられてショックを受けてしまった。

「では、こちらの針を使って血を一滴《いってき》お願いできますか？」

ギルドカードに血を垂らし、それを魔道具で読み取ると、冒険者としての登録は完了《かんりょう》だ。

「アツーカ村のニャンゴさん、これで初級の冒険者として登録されました。今後ギルド経由で仕事を受ける際には、このカードを必ず提示してください」

ギルドのランクは、初級、鉄級、銅級、銀級、金級、白金級に分かれている。

初級の冒険者は、鉄にもなれない石ころなどと呼ばれているそうだ。

「カードに有効期限はありますか？」

「特にありませんが、居住地などに変更《へんこう》がございましたら、ギルドで手続きをしてください。それと、カードを紛失《ふんしつ》した場合、再登録に銀貨一枚が必要になります」

「分かりました、無くさないように気を付けます」

受付前を離れ、ようやく手に入れた念願のギルドカードをシミジミと眺《なが》めていると、上から伸《の》びてきた手にヒョイっと奪《うば》い取られてしまった。

驚いて振り向くと、大きな角を持つヘラ鹿人《しかじん》の男が、退屈《たいくつ》そうな表情で俺のギルドカードを眺めていた。

「何するんだ、返してくれ！」

「ふん、『巣立ちの儀』記念の石ころカードか……そっちの牛人の坊主なら見込みはあるが、お前じゃ冒険者としてロクな働きなんかできないんだ、こんなもの要《い》らないだろう」

二十代半ばぐらいだろうか、俺からすれば見上げるような体格は、角を入れれば余裕《よゆう》で二メートルを超《こ》えているだろう。

左の腰《こし》に下げた長剣《ちょうけん》や、身につけている防具を見ても、格好だけの冒険者ではないようだ。

「別に、腕力《わんりょく》を振るうだけが冒険者の仕事じゃないだろう。それに、俺みたいな子供を虐めるのも冒険者の仕事じゃないはずだ」

「けっ、口の減らねぇニャンコロだな。ほれ、返して欲《ほ》しけりゃ取ってみな」

ヘラ鹿人の男は、カードを頭上に掲《かか》げてヒラヒラと振ってみせる。

猫人の体は身軽だが、助走無しでジャンプして届く高さではない。

「はぁ……悪趣味《あくしゅみ》だな」

「ほれ、どうした、ほれほれ……うわっ、目が……」

二つに分けて指先ぐらいの大きさに固めた空気で目潰《めつぶ》しを食らわせてやり、動揺《どうよう》した男の体を駆《か》け上がってギルドカードを取り返した。

「オラシオ、行くぞ！」

「くそガキ、何しやがった、ちくしょうめ！」

発泡スチロール程度の強度しかなくても、眼球を直撃すれば少しの間は視力を奪える。

男の視力が回復する前に、オラシオを連れてギルドを飛び出して雑踏《ざっとう》に紛《まぎ》れ込んだ。

「凄いや、ニャンゴ。一体どうやったの？」

「空属性の魔法で、ちょちょいってな……」

雑踏に紛れてしまえば、俺達のような子供はいくらでもいるから見つけられないだろう。

屋台巡りを再開した俺達は、武器屋を覗《のぞ》いてみたり、チュロスみたいな菓子や村では見かけない果物に舌鼓《したつづみ》を打ったり、魔道具屋や服屋や鞄屋などを眺めて歩いた。

オラシオの靴《くつ》がボロボロで穴も空いていたので、新しい靴を買ってやった。

「そんな、火の魔道具も貰ったのに悪いよ」

「なに言ってんだよ、オラシオ。お前はアッーカ村を代表して王都へ行くんだぞ。足元見られて馬《ば》鹿《か》にされてたまるか」

「でも、ニャンゴ、僕そんなお金持ってないし、どうしたんだって聞かれたら……」

「あぁ、プローネ茸の事は話すなよ。上手く誤魔化しておけ」

「もぅ、ニャンゴ……」

山奥のアッーカ村には、何でも屋と薬屋が一軒《けん》ずつあるだけで、お金での取り引きよりも物々交《こう》換《かん》が多いぐらいだ。

欲しい商品を探して店を見て歩くのは転生してから初めてなので、いくら時間があっても足りない気がする。

「やっぱり街は凄いね。こんなにお店があって、こんなにいろんな物が売ってるんだもの」

「オラシオはもっと凄い王都に行くんだろう。王都はイブーロの何倍も大きいんだ、迷子にならないように気をつけろよ」

「えぇぇ……僕、自信無いなぁ。ニャンゴが一緒に来てくれれば良いのに……」

オラシオは、俺とくらべると体も魔力量も段違いに大きいのに、気が小さいのが玉に瑕《きず》だ。

「王都か……すぐには無理だけど、いつか必ず行ってみせるぞ。その時までに、俺を案内できるようになっておけよ」

「えぇぇ、そんなぁ……」

「大丈夫だよ、他の連中だって魔法を使えるようになったのは今日からだ。オラシオは体も大きいし力も強いんだ、負けやしないから頑張れ！」

「そっか、そうだよね、うん、頑張るよ！」


アツーカ村に戻り、出発の準備や村を挙げての壮行会《そうこうかい》などの忙《いそが》しい日々を過ごした後、火の魔道具を首に掛け、俺が買ってやった新しい靴を履《は》いて、オラシオは旅立っていった。

馬車から身を乗り出したオラシオに手を振りながら、いつか俺も王都へ行くと心に誓ったが、猫人にとっては険しい道程だ。

この世界における猫人の地位は、他の人種にくらべてとても低い。

法律では人種による差別は禁止になっているはずだが、現実には差別が存在している。

多くの人種が存在しているが、魔力が大きいほど、体が大きいほど、力が強いほど、頭が良いほど、体毛が少なく進化しているほど優《すぐ》れていると思われている。

例えば狼人の成人男性は、平均身長百八十センチ程度で、顔付きや体毛の生え方はいわゆる人間に近く、頭上の耳と尻尾に狼の痕跡《こんせき》を残すだけだ。

対する猫人の成人男性は、身長一メートル程度で、姿形《すがたかたち》は直立歩行する猫にしか見えない。

魔力も、体力も、知力も、進化の度合いも猫人は狼人より劣《おと》っていると考えられている。

兎人《うさぎひと》や狐人《きつねひと》など体格が小さい種族もいるが、体毛の生え方はいわゆる人に近い。

モフモフな猫人は進化していないと思われているが、それほど劣っているとは思えない。

猫人の多くは差別を受けているために貧しく、ろくな教育を受けさせてもらっていない。

体格や魔力に関してはどうしようもないが、知力に関しては教育を受ける機会の差だろう。

シュレンドル王国では、数え年で八歳になると初等学校へ通うようになり、十三歳からは中等学校へ通うのだが、貧しい家庭の子供は学校へ通えず働かされる。

俺の家も姉一人と兄二人の内で、まともに学校に通っているのは二番目の兄だけだ。

一番上の兄は、いずれ家の畑を継《つ》ぐ立場なので農作業を手伝わされていて、いずれ嫁《よめ》に行く姉は織物の内職をさせられている。

生まれた頃から冒険者を目指している俺は、五歳になった頃から狐人のカリサ婆《ばあ》ちゃんの薬屋に入り浸《びた》り、薬草摘《つ》みなどをして知識を蓄えながら小銭を稼《かせ》いできた。

「カリサ婆ちゃん、薬草摘んで来たぞ」

「おかえり、ニャンゴ。魔物には出くわさなかったかい？」

「大丈夫だ。ただ、アカツユクサの育ちが良くないな」

「あぁ、春先に雨が少なかったからだろうね」

裏口から声を掛けると、ニコニコと目を細めてカリサ婆ちゃんが出迎《でむか》えてくれる。

狐人のカリサ婆ちゃんは、身長が百三十センチぐらいで三角の耳とフサフサの尻尾がある小さなお婆ちゃんだ。

今でこそ、ニャンゴ、ニャンゴと可愛《かわい》がってくれているが、最初に訪ねて行った時には、小汚《こぎたな》い格好で店に入るんじゃないと叩き出されたものだ。

一般的な猫人は、猫の気質を受け継いでいるからか風呂《ふろ》に入りたがらない。

親父《おやじ》や兄貴は農作業で土埃《つちぼこり》だらけになるのに、酷《ひど》いと五日も風呂に入らないのだ。

薬を扱《あつか》う店に、そんな小汚い猫人の子供が来れば、追い出すのも当然だ。

水浴びをして洗濯《せんたく》をした服を着て、改めて薬草について教えて欲しいと訪ねて行くと、カリサ婆ちゃんは渋々だったが首を縦に振ってくれた。

前世の記憶で、ゲームやライトノベルでは薬草摘みは駆け出し冒険者の仕事の定番だったが、実際には険しい山に踏《ふ》み入らないといけないし、詳しい知識がないとできない仕事だ。

ただ、薬草自体は重たくないし、体の小さい猫人にもできる仕事だ。

「はいよ、頼《たの》んでおいた薬草はちゃんとあるよ」

籠いっぱいの薬草を納めて、銅貨五枚の報酬《ほうしゅう》を受け取る。

朝から一日近く働いて、日本の感覚だと五百円程度の報酬だ。

時給にしたら百円以下になりそうだが、それでもアツーカ村の子供では普通の報酬だ。

村自体に外貨を稼ぐ産業が乏《とぼ》しく、織物や糸、薬種などを行商人に買い取ってもらっているが、受け取った金の殆どは物品の購入《こうにゅう》に充《あ》てられ、行商人に戻っていく。

イブーロの街にくらべると村長一家を除けば村全体が貧しいが、中でも猫人の我《わ》が家は貧しい暮らしをしていた。

「じゃあ、俺はモリネズミを捕《と》りに行ってくる。捕れたら後で持って来るよ」

「ちょっとお待ち、お焼きがあるから縁側《えんがわ》に回っておいで」

詳しい話は知らないけれど、カリサ婆ちゃんは一人暮らしを長く続けているらしい。

薬の効き目は良いのだが、少々偏屈《へんくつ》な性格なので近所付き合いが上手くないようだ。

俺の場合、薬草の知識を得るという目的があったから、少々の嫌味を言われた程度では距離《きょり》を置いたりせず、図々《ずうずう》しかったのがかえって良かったのかもしれない。

知識を身に付けて、一人で薬草を摘《つ》みに行けるようになってからは頼《たよ》りにされている。

アツーカ村の建物は和洋折衷《せっちゅう》といった感じで、西洋風の外観だけど家の中では靴を脱《ぬ》ぐし、南向きの部屋には縁側が付いている。

ここなら薬草摘みで埃だらけになっていても大丈夫だ。

「はいよ、たんとお食べ」

「いただきます。うみゃ、クルミがコリコリしてて、うみゃ！」

「ほらほら、そんなに慌《あわ》てなくたって、お焼きは逃げたりしないよ」

「うみゃ、婆ちゃんのお焼き、うみゃ、ん～……」

「ほら、お水。慌てて食べるからだよ」

「んぐ、んぐ、はぁ……うみゃ！」

毎日のように顔を出していたら、婆ちゃんがおやつを作ってくれるようになった。

家が貧乏《びんぼう》で、あまり恵《めぐ》まれた食事をしていなかったから、とてもありがたかった。

「ごちそうさま、じゃあ婆ちゃん、後でね」

「はいよ、楽しみにしてるよ」

カリサ婆ちゃんの薬屋を出て、モリネズミのいる畑と森の境へ向かった。

モリネズミは、その名の通りに森に生息しているネズミで、体長が二十センチ程度、尻尾を加えると三十センチ以上になる。

畑の作物や保管してある穀物を食い荒《あ》らす害獣《がいじゅう》で、捕《つか》まえて尻尾を切り取って村長宅に持って行くと五匹《ひき》で銅貨一枚の報奨金《ほうしょうきん》がもらえる。

報奨金は出るが、動きが素早く罠《わな》に掛からない賢《かしこ》さもあるので捕まえるのは難しい。

畑と森の境には道があって、その外側は幅《はば》五メートルほど草が刈《か》り込まれている。

この見通しの良い道と草地が警戒心《けいかいしん》の強いモリネズミを入り難《にく》くする工夫《くふう》なのだが、一度畑の作物の味を知ると侵入《しんにゅう》を繰《く》り返すようになるらしい。

道端《みちばた》に腰を下ろして待っていると、モリネズミが姿を現した。

草地の端《はし》に顔を出したモリネズミは、スクっと後ろ脚で立って周囲を入念に警戒し始める。

俺から約三十メートルの距離があるが、これがモリネズミに近づけるギリギリの距離だ。

今は俺が座ったままなので逃げる素振りを見せていないが、少しでも体を動かせば一目散に逃げていくはずだ。

モリネズミはジーっと俺を観察し続けているが、動かないのは好都合だ。

「ケージ」

空属性の魔法を使ってモリネズミの頭の上に、体がスッポリと入る大きさで籠状に空気を固め、上から被《かぶ》せて押さえ込めば捕獲《ほかく》は完了だ。

駆け寄ると、モリネズミはキーキーと鳴き声を上げながら、猛烈《もうれつ》に土を掘《ほ》り始めていた。

「ナイフ」

モリネズミを閉じ込めた籠を維持《いじ》しつつ、ナイフの形に空気を固める。

『巣立ちの儀』が終わってから、とにかく魔法を使い続けたおかげで魔力が少し増えた。

固めた空気の強度を上げるのには空気をぎゅっと圧縮するイメージが必要で、何度も何度も圧縮の練習を繰り返して、発砲スチロール程度だった強度はベニヤ板ぐらいまで上がってきている。

狙いを定めて籠の間から突き入れたナイフは、モリネズミの首筋を斬り裂《きさ》いたが強度不足で粉々になってしまった。

圧縮率を上げるのにも魔力が必要で、今の俺ではこれが精一杯《せいいっぱい》のようだ。

首筋を斬り裂かれたモリネズミは悲鳴を上げ、鮮血《せんけつ》を撒《ま》き散らしながら籠の中で暴れていたが、すぐに弱り始めて息絶えた。

害獣とはいっても、命を奪う生々しさにはなかなか慣れない。

血抜きをしたモリネズミを袋《ふくろ》に詰《つ》め、周囲に飛び散った血には土を被せてから移動する。

仲間の悲鳴と血の臭《にお》いが漂《ただよ》い、他のモリネズミは近付いて来ないからだ。


移動している間も魔法を使い続けている。

魔力を増やすには、とにかく魔法を使い続けるしかないと言われている。

こちらの世界の人には、魔素を循環《じゅんかん》させる魔脈と呼ばれる器官があるらしい。

魔法を使うと、体の中を何かが巡っているように感じるのが魔脈なのだろう。

固める空気の範囲を広げようとすると、体の内部に抵抗《ていこう》を感じる。

たとえるならば、細いホースに大量の水を流そうとしているような感じだ。

抵抗感に抗《あらが》って魔法を使い続けると魔脈が太くなり、強い魔法が使えるようになるそうだ。

移動の間に使っているのは、「ケース」と名付けている魔法だ。

空気を固めてケースを作り、モリネズミを入れた袋を囲んである。

こうしておけば、血の臭いで他のモリネズミに警戒されずに済むからだ。

この後、場所を移動しながら五匹、合計六匹のモリネズミを仕留めた。

村長の家に向かう前に立ち寄ったのが、村一軒の何でも屋、犬人のビクトールの店だ。

「おっちゃん、買い取りよろしく！」

「おう、今日は何匹だ？」

穀物を主に食べるモリネズミの肉は美味いし、毛皮も細工物に使えるので、村長の所へ持ち込む尻尾以外の部分はビクトールに買い取ってもらっている。

一匹あたり銅貨二枚、五匹捕獲して全部売り払えば、銀貨一枚と報奨金の銅貨一枚になる。

「買い取りは三匹」

「じゃあ、銅貨六枚だ。もっと捕れるなら、いくらでも買い取るからな」

「そんなに捕れないよ」

「それも、そうか……まぁ、頑張ってくれ」

ビクトールに三匹を売ってから、切り取った尻尾を村長宅に持ち込んで報奨金を貰い、家に帰る前にカリサ婆ちゃんの薬屋に立ち寄った。

「婆ちゃん、モリネズミを捕って来たよ」

「おやまぁ、また丸々と太ってるねぇ。ニャンゴ、これを持っておゆき」

モリネズミ一匹が小振りな芋《いも》五個と岩塩に化け、残りの二匹は我が家の食卓《しょくたく》に上がる予定だ。

カリサ婆ちゃんのように親切にしてくれる人がいる一方で、嫌がらせをしてくる奴《やつ》もいる。

アツーカのような小さな村では全員が協力しないと生活していけなくなるので、大きな街にくらべれば猫人への差別は少ないそうだが、それでも全く無いわけではない。

近所の牛人のおっさんに凄まれて、親父が面倒事《めんどうごと》を押し付けられているのを物心ついた頃から何度も目にしてきた。

体格的には大人と小学生だから、ビビるなというのも無理な相談だろうが、家では偉《えら》そうな親父のそんな姿を見せられるのは気持ちの良いものではなかった。

猫人に対する差別や偏見《へんけん》は、親父達の世代だけではない。

ミゲルは村長の孫である事を笠《かさ》に着て、取り巻きを引き連れて冒険者ごっこに興じては、俺に魔物役をやれと命じてきた。

体の大きさや力の強さではミゲルには敵《かな》わないが、すばしっこさなら負けない。

ゴブリン役を押し付けられた俺が逃げると、追い付けないミゲルは卑怯者《ひきょうもの》とか腰抜けと喚き散らしたが、逆にウスノロとかグズと煽《あお》ってやると顔を真っ赤にして追い掛けて来た。

体の大きなオラシオも性格が大人しいのに付け込まれて、オーク役を押し付けられて虐められていたので、その度《たび》にミゲルを挑発《ちょうはつ》して注意を俺へと逸《そ》らしてやっていた。

将来騎士か冒険者になってミゲルを見返してやろうと話していたが、まさかオラシオが本当にスカウトされるとは思ってもいなかった。

そんなミゲルも『巣立ちの儀』を迎えれば少しは真面目《まじめ》になるだろうと思っていたが、相変わらず取り巻き達と冒険者ごっこに興じているようだ。

その日は朝から山に入り、採ってきた薬草を川原で濯《すす》いで仕分けしていると、後ろからミゲルに声を掛けられた。一つ年上の馬人のダレス、一つ年下の熊人のキンブルを連れている。

「よう、ニャンゴ。最近、羽振りが良いみたいじゃないか」

「何か用か？」

「お前がどうしてもと頼むなら、我が『栄光のミゲル団』に入れてやってもいいぞ」

「ミゲルさんが、猫人風情《ふぜい》のお前を誘ってくれているんだ有り難《がた》く思えよ」

「稼ぎは山分けだからな、誤魔化すんじゃないぞ」

どうやら、三人とも冗談《じょうだん》ではなく本気で言っているらしい。

というか、『栄光のミゲル団』とかネーミングセンス悪すぎるだろう。

「はぁ？　何で俺よりも稼ぎの悪い連中の仲間にならなきゃいけないんだよ」

「何だと……お前、馬鹿にしてるのか？」

「馬鹿にされていると感じるのは、お前が毎日ダラダラ何の稼ぎもなく遊んでるからだろう」

「こいつ……おいっ！」

挟み撃《う》ちにするつもりなのだろう、合図されたキンブルが川原を回り込んでいく。

俺はミゲルと言葉を交わしながらも手を動かし続け、濯いだ薬草は束ねて籠に入れ終えた。

「ダレス、キンブル。草摘みに行って汚《よご》れたみたいだ、ニャンゴを綺麗にしてやれ」

「お任せ下さい。ぬかるなよ、キンブル」

ダレスとキンブルは、両手を大きく広げながらジリジリと近付いて来る。

どうやら俺を捕まえて、川に突き落とすつもりらしい。

二人とも大柄《おおがら》な人種なので力では敵わないし、籠を背負っているから正面突破《とっぱ》は難しい。

川幅は十メートルも無いけれど水深は一メートルぐらいあり、中央付近まで突き落とされたら俺では頭まで潜《もぐ》ってしまう。

「ステップ」

俺は川面《かわも》に向かって踏み出したが、足が水面に触れることはない。

空属性魔法の強度が上がって、体重を支えられる足場が作れるようになったのだ。

まだ作れる足場は三枚だけだし、集中が乱れれば壊れてしまうが、今は他に方法が無い。

「うわぁ！　こいつ、水の上を歩いてるぞ」

「なんだ？　どうなってんの？」

ダレスとキンブルが驚いている間に、川の中央まで歩いてこられたが、ここで気を抜く訳にはいかない。

「あいつ。魔法を使ってやがる。おい、ダレス。お前も魔法を使え」

「へい、分かりやした！　女神ファティマ様の名のもとに、風よ吹き抜けろ！」

おいおい、俺は敬虔《けいけん》な信者じゃないけど、虐めに女神様の名前を使ってんじゃねぇよ。

ダレスが突き出した両手から放たれた気流が、川面を渡って押し寄せて来る。

気流に煽られて体が揺れたが、来ると分かっていれば耐《た》えられる程度の強さだ。

集中を乱さず、足場の上で踏ん張り、次の一歩を踏み出す。

「何やってんだ、良く見とけ。女神ファティマ様の名のもとに、炎よ燃え上がれ！」

ミゲルの詠唱を聞いて、真《ま》っ直《す》ぐ前へ作った足場を破棄《はき》して作り直す。

大きく右に進路を変えた俺のすぐ横を、直径五十センチほどの火の玉が通り抜けて行き、直後にブワっと熱気が押し寄せて来た。

あんなものの直撃を食らったら、俺の自慢の毛並みがチリチリになっちまう。

「チョロチョロ避《よ》けんな！　女神ファティマ様の名のもとに、炎よ燃え上がれ！」

再び正面の足場を破棄し、新しい足場を作って今度は左に避ける。

また右に避けると思っていたのだろう、ミゲルの放った火の玉は大きく右に逸れていった。

あと数歩で渡りきれると思った時、突然左肩《かた》に鈍《にぶ》い痛みが走り、集中が途切れてステップが壊れてしまったが、浅瀬《あさせ》まで辿《たど》り着いていたので足が濡《ぬ》れた程度で済んだ。

一体何が起こったのかと振り返ると、キンブルが石を拾って投げ付けていた。

さっきの痛みは、石が直撃したものらしい。

「サミング」

「ぎゃぁぁぁ、目がぁぁぁ……」

すかさずキンブルに、空属性魔法を使った目つぶしをお見舞いしてやった。

イブーロの冒険者ギルドで試してみて、これは役に立つと思って練習を重ねていたのだ。

固めた空気の強度も上がったので、本気で相手の視力を奪うように鋭利《えいり》な形にしたパターンと、一時的に視力を奪うために球状に固める二つのパターンを使い分けられるようにした。

キンブルに食らわせたのは球状だが、突き出す速度も上がっているから結構痛いはずだ。

「この野郎《やろう》、よくもやりやがったな。女神ファティマ様の名のもとに、炎よ燃え上がれ！」

「ウォール！」

ミゲルの撃ち出した火の玉に対して、川の中央付近に壁《かべ》になるように空気を固める。

訓練の成果で、薄く伸ばせば二メートル四方の広さを固めることができるようになった。

厚さは三ミリ程度、強度はベニヤ板ぐらいしかないが、壊れても作り直せる。

ミゲルの火の玉によって空気の壁が粉々に砕《くだ》けても、すぐ次の壁を作れるように待ち構えていたが、火の玉は空気の壁にぶつかって広がり、そのまま消えてしまった。

土とか水のような密度が無い火の塊だから物を壊すような衝撃《しょうげき》は与えられないようだ。

突然火の玉が消滅《しょうめつ》して、ミゲルは呆然《ぼうぜん》と立ち尽《つ》くしていた。

「な、な、何だよこれ、ふざけ……うぎゃぁぁぁ、目ぇぇぇ」

「問答無用で火の魔法を撃ち込んで来たくせに、何を言ってやがる」

「痛ぇぇ、目がぁぁぁ……」

ミゲルとダレスにも目つぶしを食らわせ、土手を上がって帰路についた。

いずれあんなのが村長になるのかと思ったら、村の将来が本気で心配になってくる。

◆　◆　◆　◆

アツーカ村の辺りでは、六月の中旬《ちゅうじゅん》ぐらいになると雨の日が増えるが、村で傘《かさ》を使っているのは村長の家族だけだ。

イブーロのような街では出回り始めているそうだが、傘はまだ高価な品物なのだ。

では雨の日に村人はどうするのかと言えば、樹液で防水したゴワゴワの雨合羽《あまがっぱ》を着るか、藁《わら》を編んだ笠を被って移動する。頭や体はそれでも良いが、足元が悪い。

イブーロの街は土属性魔法で舗装されていたが、アツーカ村は舗装されていない土の道なので、雨量が増えればグチャグチャにぬかるんでしまう。

俺達猫人は、基本的に靴を履かない。

木靴や革靴《かわぐつ》、サンダルなどが売られているが、裸足《はだし》の方が遥《はる》かに高性能なのだ。

俺の肉球と爪《つめ》をなめんなよ……って感じだ。

靴を履かないから道がぬかるむ雨の日は、足が汚れるのが嫌なので出歩きたくない。

体も普通に猫だから、毛が濡れるのが嫌なので雨の日には仕事をしない。

薬草の採取やモリネズミの捕獲で稼いだ金を少しずつだが家に入れているので、雨の日に家でゴロゴロしていても良いと思うのだが、学校に行って来いと言われた。

普段仕事をしている時には、そんなことは一言だって言わないクセに、大人ってやつはどこの世界でもズルい。

「アンブレラ。それとステップも……」

傘が無いなら作れば良いじゃないか、道が悪いなら踏まなきゃ良いじゃないか。

空属性の魔法でドーム状に屋根を作り、ぬかるみを踏まないようにステップで足場を作る。

実際の傘と違って、柄《え》を持たなくても良いし、ビニール傘よりも遥かに視界良好だ。

ステップは改良を加えて、ツルツルだった表面をザラザラにして滑《すべ》りにくくしてある。

湿気《しっけ》で毛がジットリとしてくるのは防げないが、雨もぬかるみも怖《こわ》くない。

ただし、俺の魔力が尽きなければだが、魔力を消費するので魔法の訓練には持ってこいだ。

「えぇぇぇ……ニャンゴ、それどうなってんの？」

「わっ、イネス。駄目、叩かないで……あぁぁ」

「ゴメン……」

学校に向かう途中で出会ったイネスが突進してきて、あえなくアンブレラは砕け散った。

空属性で作ったものは、魔法の攻撃《こうげき》に対しては強い抵抗力があるようだが、広い面積をカバーできるように薄く作っておいたから物理的な衝撃には弱いのだ。

おかげで黒猫なのに、濡れネズミになってしまった。

「アンブレラ」

「それが、この魔法の詠唱なの？」

「まぁ、そんな感じ」

今度はイネスも一緒に入れるように、少し大きめのドームを作った。

ステップを作る位置も高くして、イネスと肩を並べて歩く。

「まだ練習中だから叩かないでね」

「うん、分かった。でも、いいなぁ……これなら雨に濡れなくて済むよね」

現状アンブレラは、ビニール傘というよりもガラスの傘という感じだ。

強度を上げるには固くすることばかり考えていたが、状況によっては柔らかく伸びるようにした方が良いのだろう。

これまで独学で魔法を練習してきたが、イメージを明確にすると上手くいく場合が多い。

固定範囲を広げる時には、レジャーシートを広げるようなイメージをしたし、強度を上げる時には固めた空気を圧縮するようなイメージをした。

ビニールやゴムのような伸縮性《しんしゅくせい》を明確にイメージできれば上手くいくような気がする。

ついでに圧縮して強度を上げる場合にも、しなやかさが加わるようにイメージすればナイフの脆《もろ》さも解消されるかもしれない。

「さっきは魔法の傘を壊しちゃって、ゴメンね」

「ううん、おかげで新しいアイディアを思いついたから気にしなくていいよ」

「良かった。でも、ニャンゴって変わってるよね。普通、空属性だったらガッカリして、そんな風に工夫しないって聞くよ」

「そうかもしれないけど、でもやってみると面白《おもしろ》いよ」

「そっか……私も水属性の魔法を練習してみようかなぁ……」

騎士や冒険者を目指す者、建設工事などの一部の業界の者を除いて、最近は属性魔法を練習する人が少なくなっている。

理由は魔道具の値段が安くなり、一般にも普及してきているからだ。

属性魔法は明確にイメージしないと発動しないし、練習しないと安定しないが、魔道具は魔力を流し込むだけで一定の出力で発動する。

その上、自分が持っている属性以外の魔法も使えるから便利なのだ。

アツーカ村の学校は、村長の家の隣《となり》にある。

一学年は十人以下、全校生徒は五十人にも満たない、学校というより寺子屋という感じだ。

本来、初等学校と中等学校に分かれているはずだが、アツーカ村では教室が二つに分かれているだけだ。

貧しい家の子供は農作業などに駆り出されるので出席日数も少なく、同学年でも学力差が大きいが、日本のような成績制度がある訳ではない。

教わるのは読み書きと計算が主で、その他は社会常識や国の歴史、地理ぐらいだ。

読み書きは薬屋のカリサ婆ちゃんから習ったし、計算は前世の記憶がある。

社会情勢には興味があるけど、行商人に聞いた方が情報は新しいし面白い。

国の歴史に興味は無いし、地理といっても正確な地図も無いので授業は退屈だ。

居眠《いねむ》りしてると叩かれそうなので、手元で魔法の練習をすることにした。

課題は、今朝思い付いた柔軟《じゅうなん》性だ。

十五センチ程度の長さで、定規のようなプレート状に空気を固める。

これまでのやり方で、思いっきり圧縮して強度を増し、両端を持って力を加えてみると、ポキっと折れて霧散してしまった。

今度は同じ形のプレート状に、ゴム板をイメージして空気を固めてみた。

両端を持って力を加えると、フニャっと曲がって壊れなかったが、反発力が弱くて曲がったままになってしまった。これではゴム板というよりも、幅の広いゴム紐のようだ。

試しに両端を持って引っ張ると、ビヨーンと伸びて壊れなかった。

授業を受けるよりも楽しくなってきて、柔軟性や反発力を変えて素材作りに没頭《ぼっとう》した。

その結果、樹脂板《じゅしばん》（硬《こう》）、樹脂板（軟《なん》）、ゴム板（硬）、ゴム板（軟）、ビニールシート、ゴム紐と
いった感じで素材を作れるようになった。

この素材を応用すれば、強靭《きょうじん》な刃物《はもの》とか、防御力《ぼうぎょ》の高い鎧《よろい》なんかも作れそうな気がする。

レインウエアとか、防護服みたいなものも試してみよう。

学校の授業は、午前中で終わりだ。

また魔法の練習をしながら帰ろうかと思っていたら、玄関《げんかん》で何やら小声で相談しているミゲルと
ダレスの姿が見えた。

何を企《たくら》んでいるのか見守っていると、生徒の一人がダレスに足を引っ掛けられて、ぬかるみにバ
ッタリと転ばされた。

雨合羽どころか顔まで泥《どろ》だらけになった生徒は、俺のすぐ上の兄フォークスだ。

両手を泥について起き上がろうとしたところを、ミゲルに背中を踏み付けられ、兄貴は再び泥に
顔を突っ込んだ。

「ふん、そんな所に這《は》いつくばっているな、邪魔《じゃま》だ！」

悔《くや》しげな表情を浮かべた兄貴を、ミゲルが蹴《け》り付ける。

ぬかるみに転がされた兄貴の姿を見て、頭の中で何かがプチンと切れた。

固めた空気の幅は三センチ、長さは三十センチ、厚さは三ミリ、材質はゴム紐。

兄貴を見下しているミゲルの鼻の前に片方の端をセットし、もう一端《いったん》を移動させる。

六十センチ、九十センチ、百五十センチ……発射！

「うぎゃぁぁぁぁ！」

バチーン！　という物凄い音とともに、ミゲルはもんどり打ってひっくり返った。

鼻が真っ赤になっているように見えるのは、気のせいではないだろう。

すかさず、ダレスの鼻っ柱にもお見舞いしてやった。

「痛ぇぇぇ！」

泥だらけになって痛みに悶《もだ》える二人を見て、兄貴が目を真ん丸にして驚いた後、俺に視線を向けてきた。

両手の平を上に向け、俺は知らないとジェスチャーで伝えたが、信じてはいないようだ。

普段は何かと小煩《こうるさ》い兄貴が、ニヤっと笑いやがった。

第二話　冒険者《ぼうけんしゃ》という生き方

魔物《まもの》と普通《ふつう》の生き物の違《ちが》いは、体内に魔石を持っているかいないかだ。

魔物は魔石の形で魔素を貯《たくわ》え、戦闘《せんとう》時に放出して身体強化を行っていると言われている。

身体強化を使えない野生動物よりも危険度は遥《はる》かに高いが、魔物も人間に対しては警戒《けいかい》心を抱《いだ》いているようで、村や街道《かいどう》には不用意に踏《ふ》み込《こ》んで来ないそうだ。

魔法や武器、多人数の連携《れんけい》で強い敵も倒《たお》す人間の領域であると心得ているようだ。

村や街道には踏み込んで来ない魔物も、森や山では人間に襲《おそ》い掛《か》かってくる。

日本でも筍《たけのこ》や山菜を採りに山に入り、熊《くま》に襲われることがあるが、こちらの世界は魔物との遭遇《そうぐう》率が何倍にもなるし、山に入ったまま戻《もど》らなかった人も少なくない。

薬草を採りに行く時はニガリヨモギを乾燥《かんそう》させて粉にしたものを持って行き、ときどき道に撒《ま》いて匂《にお》いを辿《たど》らせないようにしながら、周囲の様子にも常に気を配っている。

魔物に追い掛けられた時の対策として、逃《に》げ切る方法も用意してある。

例えば北の山の屏風岩《びょうぶいわ》は、猫人《ねこひと》の俺《おれ》ならギリギリ通り抜《ぬ》けられる隙間《すきま》があるが、切り立ったオーバーハングの崖《がけ》は沢《さわ》に大きく突《つ》き出しているので魔物は回り込めない。

隙間を通り抜けた俺を追いかけるには大きく迂回《うかい》しなければならず、その間に逃げられる。

他にも、東の山はイバラツツジのトンネル、西の山は炭焼き小屋といった感じで、逃げ込める場所をいくつも準備してある。

それだけ準備をしていても、ちょっとした気の緩《ゆる》みが命取りになりかねない。

今から四年程《ほど》前に、危《あや》うく死にかけたことがあった。

俺は五歳《さい》の頃《ころ》からカリサ婆《ばあ》ちゃんの店に出入りするようになり、八歳の頃からは一人で山に入って薬草を摘《つ》むようになった。

それから一年後、一人で薬草を摘んで村へと帰る途中《とちゅう》にゴブリンと遭遇してしまった。

深緑色の肌《はだ》で身長は百三十センチぐらい、駆《か》け出しの冒険者でも倒せる弱い魔物と思われているが、体の小さい猫人にとっては危険極《きわ》まりない魔物だ。

一目散に街道まで逃げたが、三頭のゴブリンは脇目《わきめ》も振《ふ》らずに追い掛けて来た。

「嘘《うそ》だろう、なんで止まらないんだよ！」

慌《あわ》てて逃走《とうそう》を再開したが一度脚《あし》を緩めてしまったので、あっと言う間に距離《きょり》を詰《つ》められて、もう駄目《だめ》だと諦《あきら》めかけた時だった。

「坊主《ぼうず》、伏《ふ》せろ！」

前から聞こえてきた怒鳴《どな》り声に従って、体を投げ出すようにして道に伏せると、俺の頭上スレスレを水の槍《やり》が掠《かす》めていった。

「ギャッ！」

道の上に転がりながら、短い悲鳴が聞こえた方へ振り返ると、鮮血《せんけつ》を撒き散らしながらゴブリン共が吹《ふ》き飛ばされていくのが見えた。

「大丈夫《だいじょうぶ》か、坊主」

駆け寄って来たのは村では見かけないユキヒョウ人の男性で、大きな鞄《かばん》と槍を携《たずさ》えている。

助けてもらったと分かっていたが、ガクガクと頷《うなず》き返すのが精一杯《せいいっぱい》だった。

冒険者と思われるユキヒョウ人の男性は、道に散らばった薬草を拾い集めて、腰《こし》を抜かしている俺に手渡《てわた》してくれた。

「あ、ありがとうございました」

「危なかったな。山から追い掛けられていたのか？」

「はい、でも街道に出たから大丈夫だと思って……」

「あぁ、人間だって腹ペコの時には食い物に目の色変えるだろう？　それは魔物だって同じなんだぜ。夢中になっている時は、村や街にだって入ろうとするから気をつけな」

「はい、これからは気を付けます」

ユキヒョウ人の男性は手早くゴブリンから魔石を取り出すと、死体をハンマー投げの要領で森の奥《おく》へと投げ捨てた。

「坊主の村には宿はあるか？」

「はい、一軒《けん》だけですけど……」

「村まで送ってやるから、宿まで案内してくれ」

「はい、こっちです」

ユキヒョウ人の男性は、隣国《りんごく》エストーレから来たそうだ。

細マッチョの打撃《だげき》系格闘家のような体形をしていて、足の運びや身のこなしに独特の柔《やわ》らかさを感じさせる。

山間《やまあい》の小さなアツーカ村にはギルドの出張所も無く、冒険者を生業《なりわい》としている人はいない。

馬車の護衛として立ち寄ったり、街道を行く姿を見掛けたりはしても、直接話を聞かせてもらったのは初めてだった。

この世界に転生して、魔法が使えると知ってから、ずっと冒険者に憧《あこが》れてきた。

猫人の子供として貧しい暮らしを続けるほど、冒険者となって村を出ていろんな街を見てみたい、良い暮らしをしたいという思いは強くなっていた。

「あ、あの……猫人でも冒険者になれますか？」

「勿論《もちろん》だ。冒険者ってのは、こっちも大事だが、こっちの方がもっと大事なんだぜ」

ユキヒョウ人の冒険者は左腕《うで》の力こぶを指差した後で、自分の頭を指差してみせた。

「どんなに力の強い奴《やつ》でも戦略を誤れば、あっさり死んじまう。だが力の弱い奴でも他の奴には考えられない戦略を駆使《くし》すれば、でっかい相手を出し抜けるんだぜ」

ニカっと笑《え》みを浮《う》かべたユキヒョウ人の冒険者は、村の体格の良いおっさんよりも小柄《こがら》だが、比《ひ》較《かく》するまでもなく強いと感じさせるオーラを漂《ただよ》わせていた。


村で唯一《ゆいいつ》の宿まで案内する間に聞いた話は、今でも鮮明《せんめい》に覚えている。

あれから四年ほどが経《た》って少しは体も大きくなったし、空属性魔法も使えるようになったが、まだゴブリンを一人で倒せる自信は無い。

倒せないなら、せめてこれまでよりも安全に逃げられる方法を考えたい。

今練習に取り組んでいるのは、ステップの更《さら》なる改良だ。

最初ツルツルの板でスタートしたステップだが、表面をザラザラにしてグリップ性を向上させ、表面の材質を見直して陸上のトラックのようなクッション性と反発力を加えた。

材質の見直しによって滑《すべ》らなくなったが、気を抜いた瞬間《しゅんかん》に足を踏み外してしまった。

移動のスピードを上げようとすれば、さらに踏み外す可能性が増えるだろう。

そこで平らな板状ではなく、足にフィットする靴《くつ》の形状に変更《へんこう》した。

靴として履《は》いた状態で、固定と解除をタイミング良く切り替《か》えれば、自由に空中を歩けるようになるはずだ。

最初は足にフィットする形に固定する練習から始めて、固定と解除を切り替えながら足踏《あしぶ》みする練習へと移った。

足踏みが問題なくできるようになったので、ゆっくりと歩いてみた。

「固定……解除……固定……解除……ふみゃ！」

解除するタイミングが遅《おく》れてバッタリ倒れてしまった。

その後も転倒《てんとう》を繰《く》り返しながら、ステップの進化形エアウォークは常時発動で練習中だ。

何しろ、ただ歩くだけでも練習になるのだから、経験値を獲得《かくとく》するのは難しくない。

もうジョギング程度の速度なら走れるし、地上十メートル程度まで上ってしまえば、魔物は手も足も出せないだろう。

猫人でも冒険者になれる、大切なのは力よりも頭だとユキヒョウ人の冒険者に即答《そくとう》してもらえたから、今でも希望を持ち続けられている。

工夫《くふう》を重ね、特訓を続けて少しずつだが着実に成果は表れてきている。

「いつか冒険者として旅に出たら、あの冒険者に会えるかにゃ……」

村を出てイブーロや他の大きな街で冒険者として活動するようになったら、あの冒険者の噂話《うわさばなし》を聞けるだろうか。

依頼《いらい》の途中で立ち寄った、どこかの街のどこかの酒場で偶然《ぐうぜん》に再会して酒を酌《く》み交《か》わす、なんて事もあるのだろうか。

そんな妄想《もうそう》を現実のものにするためにも、一歩ずつ歩みを止めずに進んでいこう。

◆　◆　◆　◆

『巣立ちの儀《ぎ》』から四ヶ月ほどが過ぎて、ジットリと汗《あせ》ばむ季節になった。

モフモフの猫人にとって、夏は最悪の季節だ。

道も土、家の周囲は畑、村の周りは森に囲まれているので、アスファルトに固められた東京よりは涼《すず》しいはずだが、自前の毛皮が恨《うら》めしい。

そこで本格的な夏に備えて、涼しく過ごせる生活パターンを模索《もさく》している。

モリネズミ捕《と》りは朝方に行い、気温の高い時間帯は沢沿いの岩場で過ごす。

深い谷間で直射日光は遮《さえぎ》られるし、川の流れが空気を冷やして天然のクーラーの役割を果たしてくれるからメチャメチャ涼しい。

お腹《なか》が空《す》いたら、淵《ふち》に潜《ひそ》んでいる魚を突いて食材を確保する。

普通の銛《もり》で突こうとすると警戒されて逃げられてしまうが、空属性の魔法で作った銛ならば殆《ほとん》ど見えないから気付かれにくい。

材質も工夫を重ねていて穂先《ほさき》の表面は鋭《するど》く固くしてあるが、芯《しん》の部分には柔軟《じゅうなん》性を持たせ、柄《え》の部分は水の抵抗《ていこう》を受け難《にく》い平べったい形にした。

狩場《かりば》にしている岩に腹這《はらば》いになり、銛を沈《しず》めて魚が来るのを待つ。

魔法の練習に、食糧《しょくりょう》の確保、それに将来的な戦闘の訓練にもなり一石三鳥だ。

屈折率《くっせつりつ》の違いで薄《う》っすらと銛は見えているが、気付かずに近付いてきた魚のエラの後ろを一突きで仕留めた。ビチビチと魚が暴れる手応《てごた》えが、狩《か》りの成功を伝えてくる。

仕留めたのは、ヤマメに似た二十センチほどの魚だ。

内臓を出して串《くし》に刺《さ》し塩を振って、虫が付かないように空属性魔法のケースに入れておく。

塩は、カリサ婆ちゃん直伝《じきでん》の香草《こうそう》をブレンドした特製だ。

空属性魔法で作った底の丸い容器に水を入れ、レンズにして太陽光で火をおこす。

遠火でじっくりと炙《あぶ》り、沸々《ふつふつ》と湧《わ》いた泡《あわ》が消え、焦《こ》げ目が付いたら塩焼きのでき上がりだ。

「うみゃ、うみゃ、捕れたて、うみゃ、塩焼き、うみゃ！」

捕ったばかりだから鮮度《せんど》は抜群《ばつぐん》、生臭《なまぐさ》さは全くなく、パリパリの皮とほっこりとした身、それと香草の香《かお》りのハーモニーが絶品だ。

腹が一杯になったら、崖から突き出した木に吊《つ》ったハンモックで昼寝《ひるね》を楽しむ。

ここなら、魔物や獣《けもの》に襲われる心配は要《い》らない。

昼寝から目覚めたら薬草を摘みに行く。移動には練習を兼《か》ねてエアウォークを使っている。

地上から五メートルぐらいの位置を移動しているので、見通しが利《き》くし匂いも残らない。

ゴブリンじゃ手も届かないし、仮に襲われてももっと高い場所に逃走すれば良いだけだ。

薬草を見つけたら地上に降りて採取し、終わったらまたエアウォークを使って移動する。

逃走に関しては十分なレベルにまで達していると思うので、次なる練習も始めた。

逃走の次に身につけるのは、ずばり防御《ぼうぎょ》だ。

冒険者として活動するなら、ゴブリン程度は倒せなければ話にならないが、空属性魔法は火属性や雷《かみなり》属性みたいな分かりやすい攻撃《こうげき》力が無い。

魔物を倒すには空属性魔法で作った槍などの武器で近接戦闘を行うしかないが、こちらの攻撃が届く距離は相手の攻撃も届く距離だ。

牛人や熊人ならば、殴《なぐ》られても大丈夫なように体を鍛《きた》えることもできるだろうが、体の小さい猫人には無理な相談だ。

たぶん、ゴブリンに一発殴られただけでも、体力を半分以上削《けず》られるだろう。

そこで必要になるのが防御手段なのだが、エアウォークを使っている状態では残りの魔力に限度があり、作れる防御手段は限られてしまう。

作れるのは小さなシールドで、大きさは文庫本二冊程度しかない。

その上、強度は厚手のベニヤ板程度で、木の棒で殴りつけた程度でも壊《こわ》れそうだが、相手には見えないという強みがある。

剣《けん》は防げなくても、相手の顔の前に展開すれば接近を防げるだろう。

エアウォークで移動しながらシールドも展開するようにしたので使う魔力が増え、薬草を摘んで歩いただけでグッタリしてしまうが、消耗《しょうもう》した分だけ鍛えられているはずだ。

沢に戻って、魚を捕ってから家路についた。

「カリサ婆ちゃん、薬草買い取って。魚はサービスだよ」

「いつもすまないね。ほぅ、ハスリムソウじゃないか、ずいぶん森の奥まで入っているようだけど大丈夫なのかい？」

「ちゃんと気を付けてるから大丈夫だよ。こないだ、ゼオルさん達《たち》が村の近くまで来た魔物を追い払《はら》ったみたいだし、今日もゴブリンすら見かけていないよ」

虎人《とらひと》のゼオルさんは一昨年《おととし》から村長に雇《やと》われている冒険者で、歳《とし》は五十を超《こ》えているらしいが、一睨《ひとにら》みで村の若い連中を黙《だま》らせる凄《すご》みの持ち主だ。

若い頃は王都周辺で活動していたそうで、金級にも手が届くほどの凄腕だったらしいが、貴族との付き合いが面倒《めんどう》で、一線から退いてアツーカ村に来たそうだ。

「それなら良いけど、気を付けるんだよ。あんたにいなくなられたら、家族が悲しむし、あたしだって困るんだからさ」

自分が困ると言いつつ、カリサ婆ちゃんは俺が無茶しないか心配なのだろう。

俺が出入りを始める以前にも、カリサ婆ちゃんに弟子《でし》入りした人がいたらしいが、長続きはしなかったようだ。

俺の場合は薬草を摘んで来て買い取ってもらうだけだが、弟子入りとなると煎《せん》じ方や調合などの作業も覚えなければならない。

修業《しゅぎょう》の内容もくらべものにならないだろうし、ちょっと偏屈《へんくつ》で親切ゆえに厳しく教えるカリサ婆ちゃんの指導に耐《た》えられなかったのかもしれない。

「おっ、降ってきそうだから帰るよ」

「はいよ、気を付けてお帰り」

山から下りて来る時に遠雷《えんらい》が聞こえていたが、どうやら雲が流れて来たようだ。

カリサ婆ちゃんの薬屋を出て家路につくと、ポツポツと降り始めた雨は勢いを増して、やがて土砂降《どしゃぶ》りになった。

「アンブレラ」

空属性魔法で頭の上から足元まで届くぐらいの大きなドームを作り、エアウォークで地面から五十センチぐらいの高さを歩く。これで濡《ぬ》れないし、泥跳《どろは》ねを食らうことも無い。

水墨画《すいぼくが》のように煙《けむ》る景色の中を、村人が頭を覆《おお》いながら走っていくのが見えた。

◆ ◆ ◆ ◆

『巣立ちの儀』から半年ほどが過ぎ、アツーカ村にも秋風が吹き始めたので、昼間は村の近くで過ごす時間が増えた。

夏の間は、朝夕の涼しい時間しか姿を見せなかったモリネズミが、昼間にも現れて畑を荒《あ》らすようになるからだ。

この時期、モリネズミは冬ごもりに備えて活発に動き回る。

それを見つけては、片《かた》っ端《ぱし》から捕《つか》まえて稼《かせ》ぎに変えているのだ。

「ケージ！」

空属性魔法の練習を始めた頃、モリネズミを捕まえるには頭上に作ったケージをそーっと被《かぶ》せて捕まえていたが、今は一瞬でモリネズミを囲むように展開できる。

シールドを瞬時に展開する応用で、いろんな形に瞬時に固められるように練習した成果だ。

空気を固められる範囲《はんい》も少し増えて、シールドの大きさは五割増しぐらいになっている。

魔法を使い続けた時の疲労《ひろう》度も減って、今は一日使いっぱなしにしても大丈夫だ。

練習の成果もあって、前は一日に五匹《ひき》程度しか捕まえられなかったモリネズミを三倍の十五匹も捕まえられるようになった。

おかげで収入は増えたのだが、人が稼ぐのを面白《おもしろ》く思わない奴がいる。

十五匹分の報奨金《ほうしょうきん》を貰《もら》って村長の屋敷《やしき》を出ようとしたら、門の脇《わき》に『栄光のミゲル団』の連中が待ち構えていた。

「ニャンゴ、お前インチキしてんだろう」

「はぁ？　いきなり何を言ってんだ？」

「インチキでもしなきゃ、お前がモリネズミを一日に十五匹も捕まえられるはずがない」

「いや、意味が分からないんだけど。そもそもモリネズミを捕まえるのに、正当な方法とか、インチキな方法とかあるのか？　他人に迷惑《めいわく》を掛けなきゃ、どんな方法で捕まえようと村のためになるんだから文句を言われる筋合いは無いぞ」

「なんだと、こいつ……誰《だれ》から報奨金を貰ってると思ってるんだ」

「村からに決まってるだろう。村のお金と村長個人のお金は別物だぞ。将来村長になるなら、その程度の事はちゃんと覚えておけよ」

「こ、こいつ……」

煽《あお》りとも呼べない正論返しを食らっただけで、ミゲルは顔を真っ赤にしてプルプル震《ふる》えだした。

「お、お前なんか……女神《めがみ》ファティマ様の名のもとに……」

「俺が避《よ》けたらお前の家が燃えるぞ」

「炎《ほのお》よ……えっ、あっ、熱ぅ！」

頭の上で発動途中だった火の玉を変に中断したことで、ミゲルは頭から火の粉を被《かぶ》り、大慌てで払い落としたが、髪《かみ》の毛が焦げる臭《にお》いが漂ってきた。

ちょっと燃えたみたいだし、ありゃハゲるかもしれないな。

「この野郎《やろう》！」

「うわっ、危なっ！」

まだ『巣立ちの儀』を受けていない熊人のキンブルが、石を投げ付けてきたのでシールドを展開して防いだ。

シールドは壊れたものの、何も無いように見える空中で勢いを失って地面に転がった石を見て、キンブルは目を見開いている。

「お前なぁ、そんな物がまともに当たったら、冗談《じょうだん》じゃ済まないぞ。ふざけんな！」

怒鳴りつけてやるとサミングを食らったのを思い出したのか、キンブルは怯《ひる》んだような表情を浮かべて後退《あとずさ》りした。

石を拾って振りかぶっていた馬人のダレスも、ビクリと体を震わせて動きを止めている。

至近距離からの投石とかマジで洒落《しゃれ》にならないから、前回の目つぶし以上のお仕置をしてやろうと考えていたら、背後から野太い声が響《ひび》いて来た。

「そこまでだ、ガキども！」

玄関脇《げんかん》の窓から虎人のゼオルさんが見下ろしていると気付いた途端《とたん》、ミゲル達は尻尾《しっぽ》を巻いて逃げていった。

「そこのお前、俺が行くまで待っていろ！」

俺を指差しながら言い捨てると、ゼオルさんは窓から顔を引っ込めた。

すぐ出て来るのかと思いきや待つこと暫《しば》し、玄関の扉《とびら》を開けたゼオルさんは、俺の顔を見ると意外そうな表情を浮かべてみせた。

「ほう、逃げずに待っていたか」

「逃げる理由がありませんから」

「そうだな……」

ゼオルさんは、顎《あご》でついて来るように示し、離《はな》れへ向かって歩きだした。

猫人の見た目が二足歩行の猫ならば、虎人の見た目は虎耳尻尾のコスプレだ。

これが可愛《かわい》い女の子ならば萌《も》え萌えなのだろうが、白髪《しらが》まじりの茶髪《ちゃぱつ》短髪、二メートル近いゴリマッチョ、彫《ほ》りの深い髭面《ひげづら》のおっさんだとシュールでしかない。

「適当に座《すわ》っていろ。今、茶を淹《い》れてやる」

「はぁ……」

この村長宅の離れで、ゼオルさんは暮らしているようだ。

十畳《じょう》ほどの広さの部屋に炊事場《すいじば》と風呂《ふろ》などが付いた離れは、中年のおっさんが暮らしているにしては綺麗《きれい》に片付いているが、とにかく本が目に付く。

ベッドの枕元《まくらもと》や、テーブル、椅子《いす》、出窓の上など、おそらくゼオルさんが腰を落ち着ける場所に無造作に置かれている。

「本が好きなんですか？」

「ん？　あぁ、意外だろう？」

「まぁ、少し……」

テーブルに置かれていた本を手に取ると、遠い大陸を旅した旅行記だった。

「現役《げんえき》の冒険者だった頃は、まずは自分の経験、次は信頼《しんらい》できる仲間の話ぐらいしか信用しなかった。本に書かれているような、カビの生えた知識なんて必要無いと思い込んでいた」

話をしながらゼオルさんは、戸棚《とだな》に何本も置かれている瓶《びん》から少しずつ茶葉を取り出してはポットに入れている。

こちらの世界のお茶はハーブティーで、お茶好きの人は自分でブレンドして楽しむ。

俺の家は貧乏《びんぼう》だから白湯《さゆ》か水しか出てこないが、薬屋のカリサ婆ちゃんが美味《おい》しいハーブティーを淹れてくれる。

カリサ婆ちゃんがお茶を淹れるのを日頃から眺《なが》めているので、ゼオルさんの手付きからは慣れていない感じが見て取れた。

茶葉を入れたポットに水を注いで魔道具のコンロに掛ける方法は、淹れるというよりも煮出《にだ》すという表現の方が正しいのだろう。

お湯が沸《わ》き始めると、部屋の中に香りが漂い始める。

すーっと大きく息を吸ったゼオルさんは、首を傾《かし》げて苦笑いを浮かべた。

大振りのカップに注がれた液体は、濁《にご》りのある茶色で薬湯にしか見えなかった。

まぁ、見た目はアレだけど、飲んでみれば意外に……苦味がドーンと舌の上に居座り、薬湯にしか思えなかった。

「ふむ、なかなか思うようにはいかぬなぁ」

「薬屋のカリサ婆ちゃんに相談してみたらどうです？」

「薬屋の婆さんか……」

「薬草を買い取ってもらうために、毎日のように顔を出していますが、カリサ婆ちゃんのお茶は美味しいですよ」

「そうか、そいつは良い話を聞いた。早速《さっそく》、明日にでも訪ねてみよう」

ゼオルさんは笑顔で頷いた後、お茶を口に含《ふく》んで顔を顰《しか》めた。

「それで、用件は何でしょう？」

「おう、そうだったな。お前、浮いてるだろう」

「まぁ、ミゲルなんかに媚《こ》びるのは嫌《いや》だから、同年代の子供からは……」

「いや、そういう話じゃなくて、いつも少し宙に浮きながら歩いてるだろう。そいつが空属性魔法なのか？」

エアウォークは常時発動させているが、村の中では目立たないように僅《わず》かに浮くぐらいにしているのだが、どうやらゼオルさんには気付かれていたようだ。

「はい、空属性魔法で作った靴を履いて歩いている感じです」

「さっきのあれもそうか？　投石を防いでいたよな」

「あれは、空気を固めた盾《たて》です」

「ちょっとやって見せてくれ」

「いいですよ」

ゼオルさんのリクエストに応《こた》えて、シールドを発動した。

「目には見えないでしょうが、ここにありますので触《さわ》ってみて下さい」

「おぉぉ、こいつは驚《おどろ》いた、確かに塊《かたまり》が存在しているが、まるで目には見えないな」

「俺は、どこに盾があるのか、ちゃんと感じ取っていますよ」

「ほほう、ところで、こいつを殴ってみても構わないか？」

俺が頷くと同時に繰り出されたゼオルさんの拳《こぶし》が、空属性の盾をあっさり砕《くだ》いた。

「ふむ、まだ強度不足だが悪くない。だが何で固まるんだ？」

「えっ、それが空属性の魔法ですけど……」

「そうなのか？　固まっても脆《もろ》くて、すぐに壊れてしまうから役立たずだと聞いてるぞ」

固めた空気の強度を上げるには、前世の記憶《きおく》にある高圧プレスをイメージしている。

高圧プレスなど存在しない世界では、高圧縮のイメージができないから空気を実用強度に固められず、空属性は役立たずな属性というレッテルができあがったのかもしれない。

「あ、あの……俺は冒険者になれますかね？」

「何を言ってる。薬草を採取し、モリネズミを捕まえて、報酬《ほうしゅう》や報奨金を手に入れる。お前のやってることは、冒険者そのものだぞ」

「えっ……あぁ、そっか、駆け出しの冒険者みたいなものか」

「そうだ。一日にモリネズミを十五匹も捕まえてくる奴は、いずれゴブリンでもオークでも倒せるようになる」

「俺は猫人だから、虎人のゼオルさんみたいに体は大きくなりませんよ」

「それがどうした。オークは俺よりもデカいぞ」

「でも、身体強化魔法も使えないし」

「教えて欲《ほ》しいか？」

「勿論です！」

「ニャンゴだったな、身体強化魔法を覚えたら、最初は何に使う？」

「逃げ脚を速くします」

「がははは、いいぞ、合格だ。普通はパンチを強くしたいだの、剣速を上げたいとかぬかすものだが、冒険者ってのは生き残ってこその商売だ。逃げ脚を磨《みが》く、大正解だ」

ゼオルさんは満面の笑みを浮かべると、俺の肩《かた》をバシバシと叩《たた》いて褒《ほ》めてくれた。てか、痛い、痛い、痛い、体格が違い過ぎるんだから、ちっとは手加減してくれ。

「ニャンゴ、お前に身体強化魔法と棒術を教えてやる」

「棒術……ですか？」

「そうだ、棒術だ。いくら身体強化魔法が使えるようになったとしても、体の動かし方が分かっていなければ宝の持ち腐《ぐさ》れだ。それに、身体能力が低ければ強化する意味が無いだろう」

「なるほど……でもどうして俺に、そんな手間を掛けてくれるんですか？」

「モリネズミを毎日捕まえて来る姿を見ていたし、ミゲルに食って掛かっているのを見て、面白いと思ったからだ」

「面白い……ですか？」

「そうだ、アツーカは良い村だが退屈《たいくつ》だ。みんな村の仕来《しきた》りみたいないものに従って、黙々《もくもく》と毎日を過ごしている。波風は立たず長閑《のどか》だが、変化に乏《とぼ》しく退屈に思うことがある」

「要するに俺は、ゼオルさんの退屈しのぎってことですね？」

「がははは、まぁ、そういうことだ」

早速この日から、ゼオルさんが身体強化魔法の手ほどきをしてくれた。

最初は毎日夕方から、慣れたら三日に一度のペースで教えてくれるそうだ。

「じゃあ、始めるか。両手を出して、俺の手に重ねろ」

「こう……ですか？」

向かい合って椅子に座り、上に向けたゼオルさんの手の平に、俺の手の平を重ねた。

グローブみたいなゼオルさんの手とくらべると、細く小さい猫の手だ。

「いいか、目を閉じて、魔力の流れを感じろ……」

頷いて目を閉じると、すぐに変化が訪《おとず》れた。

重ねた手の平から、何かが入り込んで来たのだ。

「にゃ、にゃにゃっ……」

「抗《あらが》うな、心を落ち着けて受け入れろ」

「にゅうう……」

体の中に異物が入り込んで来るような感覚に、全身の毛が逆立つ。

右手から浸食《しんしょく》を始めたものが、左腕から抜けていくまで三十分ほど掛かったと思う。

「よし、今日はここまでだ」

「ありがとう、ございました……」

終わった途端、体から気力が抜き取られた感じがして、全身汗でびっしょりだった。

魔法には大きく分けて属性魔法、刻印魔法、身体強化魔法の三種類が存在している。

属性魔法は『巣立ちの儀』が終わると使えるようになるので『女神の魔法』と呼ばれていて、誰でも使えるようになるが上達の度合いは訓練次第《しだい》だ。

刻印魔法は、魔道具などに用いられる魔法陣《じん》を使った魔法で、魔法陣は専門的な知識が無いと作れないので『学者の魔法』と呼ばれている。

身体強化魔法は、人から人へと受け継《つ》がれていくので『人の魔法』と呼ばれているそうだ。

訓練を始めて分かったが、属性魔法は魔脈に魔素を巡《めぐ》らせて発動させているが、身体強化魔法は魔素を血管に流して使うものらしい。

この魔素を血管に流すプロセスが、教わらないと感覚として掴《つか》めないようだ。


翌朝からは、棒術の訓練も始められた。

「いいか、ニャンゴ。棒は打つ、薙《な》ぐ、払う、突く、握《にぎ》る位置によって長さも変わり、剣にも槍にもなる。棒を自在に操《あやつ》れるようになれば、剣でも槍でも使えるようになる」

「はい！」

「まずは自在に棒を振り回せるように、土台となる基礎《きそ》を作る、いいな！」

「はい！」

武術の訓練だから、地道な基礎訓練から始まるのは覚悟《かくご》の上だ。

手渡されたのは、俺の身長よりも少し長い木の棒だった。

てっきり鉄の棒でも振らされるのだろうと思っていたので、正直ちょっと拍子《ひょうし》抜けだ。

「あの……鉄の棒とかじゃないんですか？」

「いずれ鉄の棒も振らせてやるが、今はまず木の棒をしっかり振れるようになれ」

「つまり、土台を作るための土台も無い状態だと……？」

「がははは、そういう事だ」

まずは基本となる、打つ、薙ぐ、払う、突くなどの動きと、前後左右への足の運びなどを教わって、後はひたすら繰り返しだ。

「にゃっ！　うにゃっ！　にゃっ！　うにゃ！」

「頭がブレてるぞ、背中にシッカリ芯を作れ！」

「はいっ！　にゃっ！　うにゃ！　にゃっ！　うにゃ！」

「踏み込みと腕《うで》の振りがバラバラだ。腕だけで振ろうとするな！」

初日にビッチリ仕込まれた素振《すぶ》りを、翌日以降は自主練習で続ける。

三日に一度、上達度をチェックしてもらい、許しが出れば次の段階へと進めるらしい。

この日から、それまでの生活パターンに棒術と身体強化魔法の訓練が加わった。

朝起きたら、家の近くの草地に行って棒術の練習を行い、薬草摘みやモリネズミの捕獲《ほかく》を終えた夕方から身体強化魔法の手ほどきを受ける。

棒術の練習は、空属性魔法のエアウォークとシールドを発動させながらやっている。

歩いたり走ったりするのとは違った足の運びが必要なので、エアウォークも一緒《いっしょ》に練習しておかないと実戦で上手《うま》く使えなくなると思ったのだ。

そして素振りではなく、展開したシールドに打ち込みを行う。

攻撃と防御、両方の練習が一度にできるから一石二鳥だ。


身体強化魔法の訓練は、右手から左手に始まり、右手から右足、右手から左足、右足から左手といった感じで、全身に巡らせる感覚を覚えさせられた。

理屈《りくつ》は分かるのだが、体の中を弄《いじ》られているようで、何度やっても全身の毛が逆立った。

「これが基本で、こいつを疎《おろそ》かにして先に進もうとすると体を壊す可能性が高まる。気持ち悪いだろうが辛抱《しんぼう》しろ」

現在は、ゼオルさんが外から操作して、魔素がスムーズに流れるか調整している段階で、引っ掛かりなく流れるようになれば、次の段階に移行できるそうだ。

訓練の前後には、魔法についての知識も教えてもらった。

属性魔法と身体強化魔法では魔素の流れも異なるし、魔素を消費する量も増えるので併用《へいよう》は難しいらしい。

上位ランクの冒険者でも完全に併用する者は少なく、素早《すばや》く切り替えて使い分けているそうだ。

「魔法を使って戦闘する時は、最初に体の中を魔素で満たしておくんだ。魔脈にも、血脈にも魔素が満たされていれば、素早く切り替えて使えるというわけだ」

「そんなに両方を併用するのは難しいものなんですか？」

「なにか同時に使いたい理由でもあるのか？」

「できれば、エアウォークと併用したいです」

「宙に浮くやつか。そうだな、体格で劣《おと》る部分をカバーするには同時に使えた方が良いな」

「はい、棒術の素振りはエアウォークを使いながらやってます」

「だったら、自分で工夫して練習してみろ。お前の歳から練習を積めば上手く併用できるようになるかもしれんぞ」

身体強化魔法も若いうちから訓練すると上達が早く、強化の度合いも強くなるそうだ。

体の小さい俺は、身体強化魔法と属性魔法の併用をぜひともマスターしておきたい。


充実《じゅうじつ》した訓練の日々を送っていたら好事魔多《こうじまおお》しではないが、面倒事がやって来た。

俺がゼオルさんに弟子入りしたと聞き付けて、ミゲルが自分にも教えろと言い出したのだ。

ゼオルさんは断るだろうと思っていたのだが、あっさりと棒術の手ほどきは承諾《しょうだく》した。

身体強化魔法を教えるか否《いな》かは、棒術の練習態度を見て決めるらしい。

門前払いにしてくれれば良いのにと思っていたのだが、ミゲルは二回目の素振りの指導で飽《あ》きたらしく、三回目には現れなかった。

なるほど、実際にやらせて諦めさせたのか。

◆　◆　◆　◆

素振りを始めてから二十一日後、宣言通りに鉄の棒が手渡された。

木の棒とはまるで違うズシっとした手応えに、身が引き締《し》まる思いがする。

「さぁ、お望みの鉄棒だが、最初から早く振ろうと思うな。重さに振り回されないように、しっかりと腰を据《す》えて振れ」

「分かりました」

振って、振って、振るための筋肉を鍛える。

何となく時代劇に出てくる剣術修業という感じがして面白いし、実際振り続けることで腕にも、脚にも、背中にも振るための筋肉が備わって来る。

それに、鉄棒は重たいので打ち込むと空属性魔法で作ったシールドが簡単に砕けてしまう。

鉄棒の打ち込みでも砕けないようにシールドを強化して、強化したシールドを砕けるようにもっと鋭く鉄棒を振る。ただの素振りがメチャメチャ楽しい。

身体強化魔法の訓練も、いよいよ次の段階へと進んだ。

最初、ゼオルさんが動かしていた魔素を、今度は俺が動かすのだ。

相変わらずゼオルさんと手を繋《つな》いで、魔素の動きを監視《かんし》して貰っている。

外から取り込んだ魔素を血管へと流して循環《じゅんかん》させていくのだが、属性魔法を使う時に魔脈で循環させるようにスムーズにできない。

たぶん、本来は魔素を流すものではないのに、意図的に血管に循環させることで身体強化を実現しているのだろう。

どうせ上手くいっていないならばと前世の知識を持ち出して、毛細血管まで意識してしまったらさらにドツボに嵌《はま》ってしまった。

それまでは太い血管しか意識していなかったから、それなりに流れていた魔素が、急に上手く流れなくなってしまった。

「ゼオルさん、コツみたいなものがあるんですかね？」

「ふふん、お前の体の中のことだ。自分で何とかしろ」

「はぁ……」

アドバイスを求めても万事《ばんじ》この調子で、自分で考えて解決するしかなさそうだ。

こうなったら徹底的《てってい》にやるしかないと開き直って、まずは右手から始めて、全身の細い血管まで魔素が巡るように集中して取り組んだ。

太い血管にドンっと魔素を押《お》し込んで、そこから細い血管を通して拡散、浸透《しんとう》、循環するイメージが固まって来ると、流れが徐々《じょじょ》にスムーズになっていった。

速い流れを作るよりも、ゆっくりでも良いので、澱《よど》みなく、均一に、体の隅々《すみずみ》まで巡る流れを作っていく。

ゼオルさんが手を握って監視を続けているのは、万が一血管内の魔素の流れが暴走した時、強制的に押さえ込むためらしい。

「魔素の流れが、暴走するとどうなるんですか？」

「血脈が裂《さ》けて血が噴《ふ》き出したり、心臓が破裂《はれつ》して死ぬ場合もあるぞ」

「うえぇぇ……マジっすか？」

このおっさん、サラッととんでもない事を言いやがったぞ。

「じゃあ、訓練をやめるか？」

「いえ、やめるつもりはないです」

当たり前だが、身体強化魔法にも限界はある。

十の力を持つ者が、二倍になる身体強化を使えば力は二十になる。

二の力しかない者が張り合うには、身体強化魔法で力を十倍にしなければならない。

「魔法を使って、どの程度まで強化できるんですか？」

「そうだな……普通は三割増し、上手いやつなら五割増し、倍まで強化できるのは一握《ひとにぎ》りの人間だけだな」

俺が倍の強化ができるようになったとしても、体格の良い冒険者が三割増しに強化したら、単純な力勝負では勝てないだろう。

やはり、身体強化魔法はスピードアップに使うべきだ。

◆　◆　◆　◆

山の広葉樹が葉を落とし、冬の足音を身近に感じる季節になった。

ゼオルさんから身体強化魔法の手ほどきを受けるようになってから約一ヶ月が経過し、ようやく自主練習の許可が出た。

それは、身体強化魔法を俺一人で使っても良いという許可でもある。

「いいか、ニャンゴ。最初は、ゆっくりゆっくり動け。いきなり全力で動くと、筋肉や関節を痛めることになる。強化できる度合いは一定、力加減は体の動きで調節しろ」

「了解《りょうかい》です」

身体強化魔法の強化の度合いは、魔素を流す量で調整するのかと思っていたが、強化できる割合は一定らしい。

つまり、強化するか、強化しないかのスイッチを切り替えるだけで、動きの速さや強さは筋力で加減するらしい。

例えば、二倍の強化ができる人が元の五割増しの力で動くには、七割五分の力加減で動かなければならない。

「強化されるのは良いとして、何だか使い勝手が悪いような……」

「魔法で強化の度合いを調整することには多くの者が挑戦《ちょうせん》してきたが、それよりも筋力で調整する方が楽という結論になっている。まぁ、挑戦しても構わんが、そこに属性魔法との併用まで加えると、魔法の調整で手一杯になって動きが取れなくなるだろうな」

確かに属性魔法との併用を考えるなら、ONかOFFに限定した方が良さそうだ。

「じゃあ、まずは身体強化をせずに走ってみろ」

今いる場所は村を流れる川の土手道で、ここなら邪魔《じゃま》が入らずに全力疾走《しっそう》できる。

まずは、身体強化魔法を使わずに走ってみたが、棒術の素振りや足捌《あしさば》きで鍛えられたおかげで春よりも速くなっている気がする。

「じゃあ、次は身体強化して走ってみろ。最初は二割程度の力で試《ため》せ」

「二割ですか……」

二割程度とは、かなり抑《おさ》え気味だと思ったが、それだけ体を痛める危険性があるのだろう。

大きく深呼吸して気持ちを落ち着け、血管に魔素を満たして循環させる。

軽くジョギングする程度の気持ちで一歩を踏み出したのだが、あまりの加速に五歩も進まずに足を止めた。全身の毛が逆立って、冷や汗が流れている。

「どうだ、すげぇだろう」

ニヤリと笑ったゼオルさんの問い掛けに、頷きを返すだけで精一杯だった。

軽く、本当に軽くジョギングする程度の力加減だったのに、スピードの上がり方が全力疾走した時と同じぐらいに感じたのだ。

「これまで黙っていたが、お前の魔素の流し方は普通の奴とかなり違っている。暴走する心配も無さそうだし、何より魔素が濃密《のうみつ》に流れていくから、どうなるか楽しみだったが……こいつは思った以上みたいだな」

たぶん、毛細血管まで意識するような流し方が原因のようだが、他の人よりも大幅《おおはば》に身体能力が強化されているようだ。

二割の力で普段の全力に相当する力が出せるなら、四割で普段の倍、六割なら普段の三倍、全力なら普段の五倍ぐらいの力が出せるかもしれない。

ただ、仮に五倍の強化ができたとしても、筋肉や靭帯《じんたい》が壊れてしまうような気がする。

「地味な基礎訓練を粘《ねば》り強く続けた御褒美《ごほうび》だ。手に入れた類《たぐ》い稀《まれ》な力に振り回されないように、また基礎から地道に訓練を重ねろ」

「そうですね。無茶したら確実に体が壊れそうですよ」

身体強化魔法を使っての軽いジョギングを再開する。

信じられないほど軽い力で、信じられないほどスピードが上がっていく。

三割程度の力加減で、素の全力疾走を超えるスピードで走れたし、筋肉の疲労度も少ないような気がする。

ただし、魔力的な疲労度は感じるので、使用時間の限界はあるようだ。

そして、普段の五割程度の力加減で走ると、腿《もも》の裏がピリっと悲鳴を上げた。

すぐにスピードを緩めたので大事には至ってないと思うが、身体強化魔法を使って全力疾走したら、間違いなく体が壊れるだろう。

「どうした？　痛めたのか？」

「ちょっとピリっと……」

「そうか、今日はここまでだな。夜眠《ねむ》る前に魔素を流す基礎訓練をやっておけ。身体強化をしている時は、回復力も強化されるから治りが早くなるぞ」

「そうなんですか、やってみます」

筋力は強化されると分かっていたが、回復力まで強化されるというのは朗報だ。

この世界には、いわゆる治療《ちりょう》用のポーションが存在している。

光属性魔法を使える人が、普通の傷薬に長時間治癒《ちゆ》の魔法を掛けて作るそうで、とても高価だ。

掛けただけで止血や傷口を塞《ふさ》げる上級ポーションなどは、高ランクの冒険者が保険のために持ち歩くようなもので、俺のような田舎《いなか》の子供には手が出せない値段だ。

もし、この方法で何倍もの早さで回復するならば、ポーションの代わりになるかもしれない。

「ゼオルさん、普段から身体強化魔法を使っていたら、肉体的にも強化されますかね？」

「そいつは難しいだろうな。見たところ、お前は強化の度合いが高いから、強化を掛けている状態では全力で動けない。それだと、肉体的には鍛えられないだろうな」

「やっぱり、身体強化を使わない状態で地道にトレーニングするしかないのか……あれ？　肉体を強化すれば、身体強化を使った時に出せる力がさらに強化されるから……どこまで行っても全力は出せないような……」

「がははは、確かにそうだな。まぁ、それでも体を鍛えれば限界点は高くなるんだ、無駄ではないぞ。俺が教えられるのはここまでだ。あとは、自分でいろいろ試してみろ」

「ありがとうございました。体を壊さないように気をつけながら、試してみます」

ここから先は自分で自分の体と相談しながら限界を見極《みきわ》めていくしかないようだ。

俺の場合、属性魔法との併用にも挑戦しなければならないし、まだまだ課題は山積みだ。


自主練習の許可が下りた翌日から、身体強化魔法と空属性魔法の併用にチャレンジしてみた。併用するのは、一番使用頻度《ひんど》の高いエアウォークだ。

素振りをする時でもエアウォークは使いっぱなしだし、殆ど意識しないでも使えるようになっているが、身体強化魔法はまだまだ意識しないと発動できない。

そこで、エアウォークを使って宙に浮いた状態で、身体強化魔法の発動を試みると、思いの外あっさりと成功してしまった。

ただし身体強化をした状態では、通常の最高速度よりも速く体を動かすので、エアウォークのタイミングが狂《くる》って転倒する可能性がある。

まずは、ゆっくりとした速度から始めて体を慣らしていこう。

◆　◆　◆　◆

秋になると、アツーカ村では村の男達による山狩りが行われる。

冬になって食べ物に窮《きゅう》するとゴブリンやコボルトが村まで下りて来る場合があるからだ。

アツーカ村の家は東京の住宅地のように密集していないので、過去には村のはずれにある家が、ゴブリンに襲われても他の家に気付かれず、一家全員が餌食《えじき》になった事があるそうだ。

そうした事態を防ぐために、冬になる前にゴブリンやコボルトの巣を叩いておくのだ。

「ニャンゴ、明日は魔物を討伐《とうばつ》するために山に入る。お前も同行しろ」

「でも棒術は、まだ素振りしか教わってませんよ」

「お前に魔物を倒せなんて言わないが、伝令役として動いてもらうかもしれんから、心づもりはしておけよ」

「了解です」

戦闘には参加できないだろうが、実際の討伐を見学するのは勉強になるはずだ。

翌朝、村長の家には村の男達が二十人ほど集まっていた。

ゼオルさんを筆頭に、討伐に向かうのは体が大きな人種の村人ばかりで、猫人や狐人《きつねひと》などの体が小さな人種は俺だけだ。

体の大きな人ならば、武器を持っていればゴブリン程度は対処できるからだ。

俺の同行を巡っては、参加する村の大人達から危険だと危ぶむ声が上がり、ミゲルは自分も連れて行けと駄々を捏《こ》ねた。

「ニャンゴを連れていくのは、戦闘に参加させるためじゃねぇ。何か起こった時に、村へ連絡《れんらく》に走らせるためだ。すばしっこいし、普段から薬草採取をしているから山歩きにも慣れている。おいニャンゴ、ちょっとお前の走りを見せてやれ」

身体強化を使った状態で三割程度の力加減、強化を使わない全力疾走の四割から五割増しのスピードで走ると、集まった大人達は目を丸くしていた。

「どうだ、このスピードがあれば混乱した戦場からも抜け出せる。勿論、万全《ばんぜん》の準備をしてから仕掛けるが、何か起きた時の対策も怠《おこた》る訳にはいかん。ニャンゴの同行は、そのためだ」

大人達から異論は出なかったが、ミゲルの不満は収まらず駄々を捏ねていた。

だが、ゼオルさんは頑《がん》として同行を許さなかった。

冬を前にしての山狩りは昔から行われていて、時には重傷者や死者が出たりもしたそうだが、ゼオルさんが村に来てからは軽傷者が出る程度で死者は出ていない。

ミゲルを連れて行ったとしても大丈夫なのだろうが、遊びに行くのではない、不安要素は増やせないとゼオルさんが言えば、その決定は絶対なのだ。

村の男達の準備が終わったら、ゼオルさんを先頭に東の山に向かって出発する。

俺は連絡要員という触《ふ》れ込みなので、ゼオルさんの隣《となり》を歩いた。

ゴブリンやコボルトが巣を作る場所には、近くに水場がある、木の実を付ける木が多い、雨風をしのげるなどの条件がある。

アツーカ村近くの山中には条件を満たす洞窟《どうくつ》がいくつかあり、薪《たきぎ》拾いや薬草採取などで山に入る者が不用意に近付かないように場所は村民全員に周知されている。

俺達が向かっているのは、そうした洞窟の一つだ。

討伐に参加している大人達の装備は、革胴《かわどう》に手甲《てっこう》、脚甲、武器は槍と鉈《なた》だ。

基本的に槍を使って近付かせずに倒すのだが、近付かれた場合には鉈を使う。

なぜ剣ではなく鉈なのかと訊《たず》ねたら、参加する全員が、日ごろから薪割りなどで使い慣れているのと、刃《は》が厚いので折れたり曲がったりする心配が無いからだそうだ。

それに、鉈自体に重さがあるので、斬《き》れなくても骨まで砕くようなダメージが与《あた》えられる。

ちなみに俺は空属性魔法で胸と腹を守るプロテクターを作って装備しているが、鉄棒も背負っていないので、傍《はた》から見れば完全な手ぶらにしか見えないはずだ。

一見すると地面を歩いているように見えるだろうが、エアウォークは発動し続けている。

あとナイフを一本作る程度の余裕《よゆう》はあるが、戦闘への参加は認められないだろう。

村を出発してから二時間ほど歩いたところで、ゼオルさんが後続に合図をした。

「ここから先は無駄口を控《ひか》えろ。できるだけ物音も立てないように意識しろ」

物見遊山《ものみゆさん》気分で歩いていた村の大人達も、表情を引き締めた。

万全の準備を調《ととの》えて来たが命のやり取りをするのだし、ゴブリン達を逃がせば自分の家族や友人が危険に晒《さら》されるのだ。

木の幹や灌木《かんぼく》に身を隠《かく》しながら近づくと、洞窟の前には五頭ほどのゴブリンの姿があった。

そのうちの三頭は、まだ子供のように見える。

「春に生まれたガキだな……情けはかけるな。殺《や》らなきゃ殺られると思え。ニャンゴ、お前は俺が呼ぶまでは木の上で待機だ」

「分かりました」

ゼオルさんは、二度ほど深呼吸をすると、持っていた槍を肩の上に構えた。

「ぬんっ！」

投げ放たれた槍は、銀色の光芒《こうぼう》を残して一頭のゴブリンの胸に突き立った。

ゼオルさんは、すかさず次の槍を投擲《とうてき》、こちらも狙《ねら》いを過《あやま》たずゴブリンを串刺《くしざ》しにする。

「いくぞ！」

木の陰《かげ》から飛び出したゼオルさんは、腰に吊るしていた幅広の長剣を引き抜くと、親を殺されて呆然《ぼうぜん》としていたゴブリンの子供達を一瞬で斬り捨てた。

「よし、巣を囲め！　一頭も逃がすんじゃねぇぞ！」

「おう！」

槍を構えた村の男達は、洞窟の入口を塞ぐように半円形の陣形を組んだ。

物音を聞いて飛び出して来たゴブリンを、一人が胴体を槍で突いて止め、周りの者が首筋などの急所を突いて止《とど》めを刺していく。

普段は畑仕事や酪農《らくのう》をしている村の男達だが、何度も討伐に参加して慣れているようだ。

こうした隊列や連携も、ゼオルさんが指導しているのだろう。

飛び出して来た六頭のゴブリンは瞬《また》く間に血祭りに上げられたが、洞窟の中にはまだ残っているようで、警戒するような唸《うな》り声が響いてくる。

「よし、燻《いぶ》すぞ！」

ゼオルさんの指示で、村の男達は担《かつ》いで来た藁束《わらたば》に火をつけて、洞窟の中へと放《ほう》り込んだ。

「女神ファティマ様の名のもとに、風よ吹き抜けろ！」

藁束が燃えた盛大《せいだい》な煙《けむり》が、風属性魔法によって洞窟の中へと流れ込んでいく。

「いつ飛び出して来てもいいように、準備しておけよ」

やがて咳《せ》き込むような声が聞こえ、這《は》い出てきたゴブリンが槍の餌食となった。

討伐したゴブリンの数が二十頭を超えると、洞窟から這い出てくる気配は無くなったが、入口を囲む村の男達は表情を緩めずに警戒を続けている。

「よし、六人を警戒のために残して、他の連中は解体を始めろ」

ゼオルさんの指示で、警戒を続ける六人以外はゴブリンの解体を始めたのだが、最初に行ったのは、穴を掘《ほ》って薪を燃やすことだった。

一部を除いて魔物は火を恐《おそ》れるらしく、煙の匂いは魔物避けの基本だそうだ。

「おい、ニャンゴ。ぼーっと見ていないで解体ぐらいやれ」

「はい、でも手順が分からないので教えて下さい」

俺に声を掛けて来た馬人の男性は、たしかミゲルの腰巾着《こしぎんちゃく》ダレスの父親だ。

たぶん、自分の手を汚《よご》したくないのだろう。

「お前、ナイフも持っていないのか？」

「いえ、持ってますよ。空属性魔法で作ったナイフなので見えないだけです」

魔法で作ったナイフで、ゴブリンの皮膚《ひふ》を少し切ってみせると、ダレスの父親は口を半開きにして驚いていた。

作業に取りかかる前に、空属性魔法で作った防護服を着込んでおく。

柔らかい素材を作れるように思いついて以来、手袋《てぶくろ》から始めて体を覆うボディースーツのように空気の膜《まく》を作れるように練習してきたのだ。

ゴブリンを解体する理由は心臓の近くにある魔石を取り出すためだが、これを着ていれば自慢《じまん》の毛並みや服が汚れる心配は要《い》らない。

ダレスの父親に教わりながら、一番下のあばら骨のところを横一文字に切り開き、腕を突っ込んで魔石を回収する。

「心臓のすぐ脇にある少し小さい塊だ、そいつを引っ張り出せ……そうだ、それを切り開け」

「おぉ、魔石だ……」

鶏《にわとり》の卵よりも一回り小振《こぶ》りな魔石は、濁った深緑色をしていた。

魔石は魔物ごとに色が違っていて、コボルトのものは焦げ茶色だそうだ。

練習したいからと頼《たの》んで、別のゴブリンの解体もやらせてもらう。

自分の手を汚さないで済むので、大人達は喜んで譲《ゆず》ってくれた。

近くの水場で魔石を洗い、ついでに体についた血を流してから、空属性魔法で作った防護服を解除すれば自慢の毛並みは元通りだ。

俺達が討伐したゴブリンを解体している間に、ゼオルさん達が洞窟内部の掃討《そうとう》を終えた。

魔石を取り出した死骸《しがい》は、土属性魔法を使える者が掘った穴の中で倒木《とうぼく》と一緒に燃やす。

完全な灰にはならないが、魔物や獣が見向きもしなくなる程度まで焼き焦がし、ニガリヨモギの粉を混ぜた土で埋《う》め、土属性魔法を使える者が表面を硬化《こうか》させた。

討伐したゴブリンが餌《えさ》となり、他の魔物が住みつかないための処置だ。

洞窟の周辺や内部にも、ニガリヨモギの粉をたっぷりと撒いて、討伐は終了。

村に戻ったのは、傾《かたむ》いた日が山の稜線《りょうせん》に隠れる頃だった。

「疲《つか》れた……薬草を摘みに毎日のように山に入ってるけど、普段の倍ぐらい疲れた気がする」

山狩りは良い経験となったのだが、解体以外は役に立っていなかった気がする。

村の大人達は思っていたよりも手馴《てな》れていて、みんな危なげ無い動きをしていた。

誰かがゴブリンに襲われそうになったらシールドを使って守ってやろうとか、撒き菱《まきびし》のように固めた空気を地面に設置して動きを止めようとか考えていたが、一度も実行できずに終わった。

前世のファンタジーな知識など、経験に裏打ちされた動きの前では殆ど意味をなさない。

もう一つ痛感させられたのは、体格の違いだ。

討伐に参加した大人は平均身長が百七十センチぐらいあるが、ゴブリンは百二十センチ程度で、リーチも違えば体重も違い、村人の槍の一突きでゴブリンの突進《とつしん》は封殺《ふうさつ》されていた。

身体強化魔法を使えば、俺だってゴブリンの突進を止められるだろうが、村の大人達ほどの余裕は無いだろうし、オークなどの大きな魔物に対処するのは難しい。

空属性魔法を併用して隙《すき》を作り、的確に急所を攻撃するような工夫が必要だろう。


山狩りの翌日は、朝から薬草採取に向かった。

昨日、洞窟まで向かう途中にも薬草が生えているのに気付いていたが、さすがに採取するだけの余裕は無い。

薬草と魚を入れた籠《かご》を担いでカリサ婆ちゃんの薬屋に行くと、ゼオルさんが来ていた。

俺に身体強化魔法の手ほどきを始めた頃から、お茶の淹れ方を習いに来ているらしい。

「カリサ婆ちゃん、薬草採って来たよ。それと魚はオマケだよ」

「どうれ、よくこれだけ集めて来たね。まさか、根こそぎ採って来たんじゃないだろうね」

「そんな事をしたら、来年の稼ぎが無くなっちまうよ」

「そうだよ、ちゃんと来年のための株は残しておくんだよ」

薬草の採り方は、ここに入り浸《びた》り始めた頃に、カリサ婆ちゃんから叩き込まれた。

根こそぎ取らず、次の年に育つ分を残す言いつけを守っていると答えると、カリサ婆ちゃんに頭を撫《な》でられた。ゼオルさんの前だと、ちょっと気恥《きは》ずかしい。

「ゼオルさん、昨日はお疲れ様でした」

「ニャンゴも解体を頑張っていたな」

「解体を覚えるには良い機会ですからね」

「来週も討伐に行く予定だからな、準備しておけよ」

「はい」

カリサ婆ちゃんが淹れたお茶を飲み、ゼオルさんと話し込んでいたら日が傾いてきた。

俺が魚を持って帰らないと、家の食卓《しょくたく》が貧しくなってしまう。

「俺も帰るとしよう、カリサさん、長々と邪魔したな」

「なぁに、茶葉を買ってもらってるんだ、気にしなくていいよ」

ゼオルさんは、荒《あら》くれ者や悪ガキには怖《こわ》いおっさんだけど、小さい子供やお年寄りには柔らかな表情で接している。

ミゲルとかを睨み付けている時と、薬屋でお茶を啜《すす》っている時のギャップが面白い。

帰る方向が一緒なので、歩きながら討伐の話を聞いた。

「ゴブリンもコボルトも、討伐のやり方は一緒なんですか？」

「そうだ。ただ、コボルトの方が動きは速いから注意は必要だな」

「昨日討伐した洞窟は、どの程度の期間は大丈夫なんですかね？」

「そいつは分からないが、まぁ、この冬の間に他の魔物が住みつくことは無いだろう」

ゴブリンやコボルトは春に繁殖期《はんしょくき》を迎《むか》えるそうで、その頃になると新しい群れが作られて、生息場所として秋に討伐した洞窟が選ばれる場合が多いそうだ。

「今年は、あと何回ぐらい討伐を行うんですか？」

「魔物共の動き次第だが、あと三回ぐらいはやっておいた方が良いだろうな」

「やっぱり一週間ごとなんですか？」

「討伐に参加する者達も、日々の生活があるからな。毎日という訳にはいかんだろう」

昨日の討伐に参加していたのは、みんな村のおっさん達だ。

アッーカ村のような山村には街の冒険者に依頼を出すような余裕は無いから、村の大人達が仕事の合間に集まって討伐を行っているのだ。

本業が疎かにならないように、討伐は一週間に一回のペースで行っているらしい。

つまり、次の討伐まで一週間の猶予《ゆうよ》があり、何か工夫を凝《こ》らす時間はある。

「焦《あせ》って活躍《かつやく》しようなんて考えるなよ」

「えっ……いや、そんなつもりは……」

「誤魔化したって顔に出ているぞ。何かやらかしたい……てな」

「そりゃあ、昨日は解体ぐらいしか手伝えなかったから……」

「『巣立ちの儀』を終えたばかりのヒヨっ子に頼《たよ》ろうなんて、誰も思ってやしないぞ」

いや、ダレスの父親は解体を押し付けてきたけど……他の大人達は、確かに俺が怪我《けが》しないように気遣《きづか》ってくれていた。

「急には大人になれないってことですね」

「まぁ、そうだ。それに、お前はいずれ村を出て行くんだろう？　いなくなる人間に頼っていたら駄目だろう」

街に出て冒険者として生きていきたい……なんて、ゼオルさんに話したことは無いけれど、そういうのは伝わってしまうものなのだろう。

「今年の討伐は、見て覚えるぐらいに考えておけ。それと冒険者をやりたいなら、ゴブリン程度は楽に討伐できるようにならんとな」

「まだまだ、課題は山積みですね」

「ふふっ、身体強化魔法が使える程度で調子に乗っていると、コロっと死んじまうぞ」

「肝《きも》に銘《めい》じておきます」

村長の家の前まで来たので、ゼオルさんと別れて家に向かおうと思ったのだが、何やら大人達が集まっていた。

「おぉ、ゼオルさんだ。ゼオルさんが戻ったぞ！」

「何だ、こりゃ何の騒《さわ》ぎだ」

「ミゲルが帰って来ないんです」

「うちの息子《むすこ》もだ！」

血相を変えているのは、ダレスの父親で、キンブルの両親の姿もあった。

「村長の家の蔵から剣を持ち出しているらしい」

「村の中は捜《さが》したけど見当たらない」

「まさか、山に入ったのか？　ガキだけでか？」

そこへ憔悴《しょうすい》した表情の村長が顔を出した。

「ゼオルさん、どうすれば……」

「もう日が暮れかけているし、月明かりだけでは捜すのは難しいです」

「そこを何とかならんか？」

「魔物どもは夜目が利《き》きます。我々は明かりを頼りにしなければ、森の中を歩くことすらできません。それに、松明《たいまつ》をもって移動となると山火事を引き起こす危険もある」

村に暮らす者ならば夜の山に入ることが、どれほど無謀《むぼう》か分かっているが、改めてゼオルさんの口から告げられることで、集まった大人達の間に絶望感が広がっていった。

「ニャンゴ、お前、今日はどこの山に入った？」

「今日は沢沿いの北の山ですけど、ミゲル達は見かけていませんよ」

山に入る時には、魔物や獣に襲われないように周囲の様子には気を配っている。

それは、エアウォークを使って移動するようになってからも変わらない。

高い位置を歩くようになったから、これまでよりも遠くまで見渡せるし、北の山にミゲル達がいれば気付いたはずだ。

「あいつら、どこの山に入りやがった……」

「おーい！　西の山に向かうのを見たってよ！」

村の中を捜しに行っていた人なのだろう、駆け寄ってきながら大きな声で知らせてきた。

「西の山……もしかしたら……」

「おい、ニャンゴ、どこに行くつもりだ！」

「炭焼き小屋。西の山でゴブリンに襲われても、炭焼き小屋に逃げ込めれば助かるかも」

「おい待て、ニャンゴ！」

「先に行って確かめて来ます」

ゼオルさんの制止を振り切って、西の山にある炭焼き小屋を目指して走り出す。

ミゲル達はムカつく連中だけど、ゴブリンに食われてしまえ……とまでは思わない。

身体強化魔法を使って、力加減は二割程度で走る。

これならば、強化無しの全力疾走と変わらないスピードで、長い距離を走り続けられる。

村の端《はし》まで来たところで、いったん身体強化魔法を解除した。

属性魔法との併用も練習しているが、併用すると魔力の消費が大きい。

ミゲル達がゴブリンに襲われているところに遭遇した場合に備えて、できるだけ魔力は温存しておきたい。

森の中はもう暗くなっていたが、猫人は夜目が利くから大丈夫だ。

エアウォークを使って、地上から五メートルほどの高さを小走りで進んで行くと、炭焼き小屋の方向から獣が吠《ほ》える声が響いてきた。

「ウォン、ウォン、ウォォォォォン！」

おそらくコボルトだろうが、一頭や二頭の鳴き声とは思えない。

炭焼き小屋に近付くほどコボルト達の声は大きくなり、かなり興奮しているようだ。

速度を落として木の幹に隠れながら近付くと、動き回る影《かげ》がパッと見でも十頭以上いる。

コボルトは黒っぽい体毛に覆われた狼《おおかみ》男《おとこ》のミニチュア版という感じの魔物で、鋭い牙《きば》と爪《つめ》を持っていて、体格はゴブリンと同程度だが動きが俊敏《しゅんびん》らしい。

「ガァァ！　グゥゥゥガァァ！」

一頭のコボルトが、炭焼き小屋の扉をバリバリと掻《か》き毟《むし》っていた。

「助けて！　誰かぁ、誰か助けて！」

「ミゲルが子供なら大丈夫だなんて言うから……」

「うるさい！　群れがいるなんて気付かなかったんだから仕方ないだろう」

コボルトが掻き毟る扉の向こうから、ミゲルの声が聞こえてくる。

どうやらコボルトの子供を攻撃して、群れに追い掛けられたらしい。

「大体、ここに逃げ込めたのも俺の魔法のおかげだろう！」

「だったら魔法で追い払ってよ」

「うるさい！　もう魔力が……」

「ウワゥ、ウワゥ、ウワァァァゥ！」

「ぎゃぁぁぁ！　扉がぁ……」

「しっかり押さえろ、この馬鹿《ばか》！」

この炭焼き小屋は、俺も安全地帯として使おうと思っていた場所で、扉や壁《かべ》はかなり頑丈《がんじょう》に作られている。

屏風岩のような抜け道になっていないのが難点だけど、数頭の魔物だったら小屋を壊される心配は無いと思っていたが、コボルトは交代で扉に爪を立てていた。

十メートルぐらい離れた木の上から見ているが、木の破片《はへん》がバリバリと飛んでいる。

たぶん、ゼオルさん達も追いかけて来るとは思うが、このままでは間に合いそうも無い。

「助けてぇ、誰かぁ、死にたくないよぉ……」

現状、身体強化魔法を併用すると、エアウォークの他にはシールドかプロテクター、槍のどれか一つしか作れないが、キンブルが泣き叫《さけ》ぶ声を聞いて覚悟を決めた。

エアウォークと身体強化魔法を併用して、隠れていた木の上から駆け下りる。

力加減は四割程度で、強化無し全力の倍ぐらいのスピードで動けているはずだ。

炭焼き小屋の前に集まっているコボルトの背後に音も無く駆け寄り、空属性魔法で作った槍を突き入れる。

「ギャウン！」

突き入れた槍は引き抜かずに消して、新しく作った槍を別のコボルトに突き入れた。

「ギャーン！」

突然仲間が悲鳴を上げ、コボルトは驚いて動きを止めていた。

また突き入れた槍を消して新しい槍を作り、振り向いたコボルトの腹に突き刺す。

「ギャゥゥゥアァ！」

俺に刺されながらも振るってきたコボルトの爪を飛び上がって躱《かわ》し、そのままエアウォークで上空へと逃げる。咄嗟《とっさ》に槍を消して、シールドを展開する余裕は無かった。

小屋の屋根の上をエアウォークで走り抜け、裏手にいたコボルトの一団に目掛けて突っ込む。

「ギャーン！」

「ギャウン！」

先程と同様に二頭のコボルトに刺突《しとつ》を食らわせたら、今度は余裕を持って上空へ退避《たいひ》した。

屋根の周囲を回るようにエアウォークで駆け戻ると、倒れたままのコボルトが見えた。

「ウォン、ウォン、ウォン、ウォン、ウォン！」

同時に、俺を見つけた他のコボルト達が猛然《もうぜん》と吠え掛かってきた。

「アォォォォォン！」

吠え立てるコボルト達に向かって、駆け下りるフリをして途中で戻って高度を取る。

攻撃するフリだけでなく、細長い槍を作って実際に攻撃を仕掛けてみた。

「ギャゥ！」

柄を長くした分だけ強度が足りず、深手を負わせる前に折れてしまったが、刺されたコボルトは突然の痛みに怯んだような表情を見せた。

「よーし、こっちだ。おらっ、次はどいつだ？　ほら、追って来い！」

五メートルほどの高さだと、コボルトは助走を付けてジャンプしても届かない。

チクチクと攻撃しながら、小屋から離れるようにコボルト達を誘導《ゆうどう》していく。

視界の端、山の麓《ふもと》の方にいくつもの明かりが動くのが見えた。

ゼオルさんのことだから、こちらに来るならば人数を揃《そろ》えて来るはずだ。

明かりを掲《かか》げて村の大人達が大挙して来れば、コボルト達も諦めて逃げて行くはずだ。

このまま小屋から引き剥《は》がし、時間稼ぎをしていればミゲル達は助かるだろう。

三人よりも仲間を攻撃した俺の方を選ぶと思ったのだが、数頭のコボルトは炭焼き小屋の前に残って、再び扉を掻き毟り始めた。

「ちくしょう、なんでそんなに執念《しゅうねん》深いんだよ！」

コボルト達を引き連れて森に入り、そこで一気に方向転換《てんかん》をして頭上を駆け抜け、そのままの勢いで扉の前に残っているコボルトへ突っ込む。

「ギャウゥゥ！」

ズブリと槍が肉を抉《えぐ》り、次の目標を探した瞬間、左前方から黒い影が迫《せま》って来た。

「うにゃん！」

左目に焼け付くような痛みを感じ、エアウォークが消えて地面に転げ落ちてしまった。

ゴロゴロと地面を転がり、木にぶつかってようやく止まった。

どこが痛いか分からなくなるほど全身が痛み、左目は開けられない。

やっぱり咄嗟のシールドが間に合わなかった。

「ウガァァァァ！」

木に寄り掛かって座り込んだ俺に向かって、コボルトが一頭飛び掛かって来る。

「スピア！」

「ギャゥウゥ……」

石突《いしづき》を地面で支えるようにして槍を作って迎え撃《う》つと、コボルトは自分の体重と勢いで串刺しになって倒れたが、他のコボルト達が迫っていた。

「シールド……エアウォーク！」

先頭のコボルトの顔面にシールドをぶつけて止め、急いでエアウォークで上空に逃《のが》れたが、顔の左側が血でヌルヌルしている。

五メートルぐらいの高さまで戻ったが、打ち身と出血のせいでかフラフラして落ちそうだ。

身体強化を併用する余裕はもう残っていないが、麓から登ってくる明かりの列が到着《とうちゃく》するまでには、もう少し時間が掛かりそうだ。

足元では、コボルト達が俺に向かって吠え立てながら、また扉を掻き毟り始めた。

「くそっ……サミング、サミング……」

何とか少しでも気を逸《そ》らそうと、扉を掻き毟っているコボルトに目つぶしを試みるが、左目が見えないせいで距離感が掴めない。

「それなら、シールド……シールド……シールド……」

目潰《めつぶ》しが駄目なら、盾での防御を試みたけど、コボルトの一撃で粉砕《ふんさい》されてしまう。

壊されたら即《そく》作り直し、また粉砕されるの繰り返しだが、扉が削られる勢いは鈍《にぶ》っている。

「うにゃっ！　くそっ、投石かよ……」

吠え立てているだけだったコボルトが、石や木片《もくへん》を拾って投げ付けて来た。

扉の前のシールドに魔力を回しているので、自分用の分が作れず食らってしまった。

人間のようには投げられないのでスピードはさほど速くないけれど、当たれば痛い。

体調が万全の状態ならば耐えられたのかもしれないが、見えない左目の死角から飛んで来る石を払い除《の》けられず、何発か食らっているうちに限界を感じてしまった。

このままの状態で魔力切れに陥《おちい》ったら、高さ五メートルから転落して、待ち構えているコボルト達に食い千切られて殺されてしまう。

炭焼き小屋が見える高い木の枝まで移動を始めたが、益々《ますます》激しくなった投石がボコボコと体に当たってきた。

高いところにいれば安全だなんて考えは甘《あま》すぎたし、猫人の小さな体には投石がボディーブローのように効いてしまったようだ。

「ちくしょう……」

枝まであと五十センチというところで、エアウォークが消失して体が浮遊《ふゆう》感に包まれた。

悔《くや》しい、ようやく冒険者への道を歩み始めたばかりなのに、ここで終わってしまうなんて。

せめて、せめてミゲル達だけでも助かってくれたら……。

「グルゥゥ……ギャイ――ン！」

落下する俺を待ち構えているコボルト達が牙を剥《む》き、突然悲鳴を上げて吹き飛んだ。

「馬鹿野郎《ばかやろう》が、無茶しやがって！」

「ゼオルさん……もう扉がヤバい……」

村の大人達より先行して駆けつけたゼオルさんが、コボルト達を幅広の長剣で薙ぎ払い、落下してきた俺を受け止めてくれた。

「ちょっと揺《ゆ》れるが辛抱しろよ。さぁ犬っころども、俺の可愛い弟子をこんなにしたんだ、生きて帰れると思うな！」

山が割れるかと思うほどの大音声《だいおんじょう》で叫んだゼオルさんは、俺を左肩《かた》に担いだまま、右腕《うで》一本で剣を振るい、コボルトを紙くずのように斬り捨て始めた。

強い！　ゼオルさんが斬り捨てたコボルトを五頭まで数えて、俺は意識を手放した。

◆　◆　◆　◆

「まったく、とんでもねぇ無茶をしやがって」

「すみません……」

目が覚めて、ここが自宅じゃないと気付いた途端、ゼオルさんに怒《おこ》られた。

反射的に謝《あやま》ってしまったし、おかげで状況《じょうきょう》も把握《はあく》できたけど、よくやったぐらい言ってくれても良いと思う。俺が寝かされていた部屋は、村長の家の一室だった。

「ミゲル達は無事だが、お前の左目は駄目だ……」

「そう、ですか……」

顔の半分が包帯で覆われたままで尋常《じんじょう》でない痛みだし、半ば覚悟はしていたが改めて突き付けられるとショックだった。

左目の視力が失われると大きな死角ができてしまうし、距離感が掴めなくなる。

元々凄腕の冒険者だったら片目の視力を失ったとしても冒険者を続けられるだろうが、ろくに戦闘経験の無い俺では、この先冒険者として活動できるのか不安になる。

「俺は、冒険者になれますかね？」

「片目の冒険者もいるが……正直に言って、かなり厳しいな」

大丈夫だ、俺が鍛えてやる……なんて言葉を期待していたけど、ゼオルさんにしてみれば、現実逃避《とうひ》のような希望を与えるわけにはいかないのだろう。

俺の歳だったら別の職業を選んでやり直せるし、冒険者に固執《こしつ》する理由は無い。

「でも、諦める気は無いんだろう？」

「えっ……」

「俺が何年冒険者をやってきたと思っている。一体どれぐらいの冒険者を見てきたと思っている。そんな簡単に夢を諦められっかよ」

「うっ、うぅぅ……」

残された右目の視界が、溢《あふ》れてきた涙《なみだ》で歪《ゆが》んだ。

ろくでもない死に方をして転生し、魔法が使えるファンタジーな世界だと知って前世でも夢見た冒険者になろうと決めた。

空っぽと揶揄《やゆ》される属性だと分かってもコツコツと工夫を重ねてきたのに、諦められる訳がない、諦められるものか。

「諦められないなら追い掛けろ。また一からやり直すだけだ」

「はい……」

「だが、今は休め。まずは体を治す、全《すべ》てはそこからだ」

「分かりました」

「あぁ、眠るまで身体強化を使っておけ。傷の治りが早くなるぞ」

ゼオルさんは、俺の肩の辺りをポンポンと優《やさ》しく叩くと部屋を出て行った。

ずいぶん眠ったと思ったのに、すぐ睡魔《すいま》が襲ってくる。

眠りに落ちる前に全身の血管に隈《くま》なく魔素を行き渡らせると、心なしか傷や打ち身の痛みが薄《うす》れたような気がした。


次に目が覚めたら、こちらの世界の母親に大泣きされてしまった。

普段は愛情が薄いと思っていたのだが、どうやら愛情表現が下手な人だったらしい。

「心配かけて、ごめん」

「本当よ。もしニャンゴが死んでいたら、ミゲルをあの世に送ってたところよ」

いや、愛情を表に出してくれるのは良いけれど、ミゲルの祖父である村長や、ミゲル本人の前ではヒヤヒヤするから止《や》めてくれ。

「ニャンゴ君、ミゲルを助けてくれてありがとう。ゼオルさんから、君が戦っていなかったら炭焼き小屋の扉は破られて、三人は助からなかったと聞いたよ。本当にありがとう」

「いいえ、俺も夢中だったので……」

「ミゲルを助けるために、こんなに酷《ひど》い怪我をさせてしまった。こんな事では償《つぐな》いにならないだろうが、君さえ良ければ私の家で働かないか。ゼオルさんの手伝いをしてもらえれば、うちとしても助かる」

「少し……少し考えさせて下さい」

「そうか、無理にとは言わぬが考えてみてくれ。ミゲル、お前からもお礼を言いなさい」

村長の隣に控えていたミゲルは、複雑そうな表情を浮かべていた。

命が助かって嬉《うれ》しいが、自分達を助けた立役者が俺だというのが気に入らないのだろう。

「よ、良くやったな。爺《じい》ちゃんが、片目になったお前でもできる仕事をくれるって言ってるんだ、ありがたく思え……痛っ！」

「この馬鹿たれが！　命を救ってくれた恩人に対して、何て口の利き方をするんだ！　フリオにお前を勘当《かんどう》させて、村から放り出すぞ！」

村長に拳骨《げんこつ》を落とされ、ミゲルは渋々といった感じで俺に礼を言った。

ゼオルさんの手伝いは魅力《みりょく》的だが、村長の家で働くことになると、ミゲルと毎日顔を合わせることになるので、床払《とこばら》いをした後で丁重《ていちょう》にお断りした。

結局、村長からは小麦粉、ダレスの両親からは芋《いも》、キンブルの両親からは蜂蜜《はちみつ》をどっさり貰って元の生活に戻った。

親父《おやじ》が何で村長に雇ってもらわなかったのかとグジグジ文句を言って来たので、もうモリネズミも魚も捕《と》って来ないぞと言ってやったら静かになった。

身体強化魔法を使っていたので傷は思ったよりも早く塞がったが、コボルトの爪で抉られた痕《あと》はザックリと三本消えずに残っている。

体のゴツイ冒険者が同じような傷を負っていたら、強大な魔物と命懸《いのちが》けの戦いでもしたのだろうと畏怖《いふ》されるだろうが、猫人の俺では命からがら逃げたとしか思われないだろう。

まったく、男前の顔と自慢の毛並みが台無しだ。


包帯が取れてから薬屋に顔を出すと、カリサ婆ちゃんにメチャメチャ怒られた。

「まったく、あれほど無茶をするなって言っておいたのに、何をやってるんだい！　愚《おろ》か者のミゲル達なんか、見捨ててしまえば良かったのさ！　それを、それを……あぁ可哀相《かわいそう》に、この婆《ばば》が代わってやれるものなら代わってやりたいよ……うぅぅ……」

烈火《れつか》のごとく怒った後で、カリサ婆ちゃんは俺の潰《つぶ》れた左目を見てポロポロと涙を零《こぼ》した。

「ごめん、婆ちゃん。でも、ミゲル達が死んだら家族が悲しむから……」

「あぁ、あんたは本当に優しい子だよ……でもね、あんたが傷付いても悲しむ人がたくさんいるんだ、もう無茶をするんじゃないよ」

「うん、分かった……」

カリサ婆ちゃんは、俺を優しく抱きしめて頭を撫で続けた。

傷が塞がるのを待って、元の生活に戻った。

見えなくなった左目には、カリサ婆ちゃんが作ってくれた眼帯をしている。

ちょっと中二病っぽくって、静まれ俺の左目……なんて言ってしまうが、やはり片目が見えないのは不便だ。

すっかり手馴れていたモリネズミの捕獲も、遠近感が掴めないせいで何度も失敗した。

視野が狭《せま》くなった分、山に入る時にはより慎重《しんちょう》にならざるを得ないし、コボルトに襲われた記憶が蘇《よみがえ》って体が強張《こわば》ったりもしたが、この辺りは慣れていくしかないのだろう。

エアウォークは、足に密着させる形で使い続けていたので殆ど影響《えいきょう》はないが、シールドは少々展開場所の精度が甘くなっている。

強度に関しては問題無いので、片目の状態に慣れると同時に、考えるよりも早く反射的に展開できるようにしたい。

狭くなった視界をカバーできるように、探知系の魔法も習得しようと思っている。

空属性魔法で作った物体とは感覚的な繋がりがあり、熱さや冷たさ、痛みまでは感じないが、まるで直接手で触れているかのような感触《かんしょく》がある。

この特性を使って、見えない場所の状況を探《さぐ》るような魔法が作れそうだ。

具体的な方法は検討中だが、例えば小さな粒状《つぶじょう》の物を狭い間隔《かんかく》で並べて動かし、接触した感覚で物の形を探るとか、薄い膜にして振動《しんどう》で音を探知するとかだ。

最終的には映像を捉《とら》えられるようにして左目の死角を補い、音の探知を併用して敵の状況を探るような使い方ができればと考えている。

ただし、どの魔法の強化に関しても使える魔力を高める必要がありそうだ。

ミゲル達の騒動《そうどう》の後、アツーカ村では計三回の魔物討伐が行われたが、俺は目の感覚が戻らないことを理由にして参加を見送った。

◆◆◆◆

アツーカ村は豪雪《ごうせつ》地帯ではないが、冬には雪に覆われることも少なくない。

冬の間は農作業も休みで、その間の食糧は秋までに準備しておく必要がある。

何よりも主食となる穀物の確保が重要だが、今年はコボルト騒動の時に小麦粉や芋をどっさり貰ったので、こちらは心配ない。

副食材も、秋までに捕った魚やモリネズミを燻製《くんせい》にしてある。

冬の間は、どちらも捕れなくなってしまうので、節制して食べる必要があるが、小さな塩漬《しおづ》け肉を家族五人で食べるような貧しさは無い。

それに、冬になると渡り鳥が飛来する。

これまでは、指を咥《くわ》えて見ているだけだったが、空属性魔法を使えば捕まえられそうだ。

冬の食い物に困らないならば、あとは棒術と魔法の訓練に熱中するだけだ。

猫人は自前の毛皮を着込んでいるし、夏よりも寒い冬の方が暴れるには適している。

素振りを始めて約二ヶ月、ようやくゼオルさんから次の段階へ進む許可が出た。

「次は、何をすれば良いのですか？」

「立ち合いだ。体のどこでも良い、俺に一撃入れられたら合格だ。足場の魔法は使っても良いが、宙に浮くのは禁止だ」

ゼオルさんは、自分用の木の棒を手にすると、俺にも木の棒を放ってよこした。

簡単に一撃が入れられるとは思ってはいなかったが、鉄棒をかなり鋭く振れるようになっていたので少しだけ自信があった。

ところが、実際に手合わせしてみるとあまりの実力差に愕然《がくぜん》とさせられた。

俺が全力で走り回り、前後左右、打ち、薙ぎ、突きを繰り出しても掠りもしないどころか、ゼオルさんは元の位置から一歩も動いていない。

まるで巨大《きょだい》な虎の回りを飛び回るハエが、尻尾で追い払われたみたいだ。

この日から、三日に一度の稽古《けいこ》の時間は全て立ち合いに充《あ》てられるようになった。

立ち合いの無い日には、ゼオルさんの動きを想定して鉄棒で素振りを繰り返し、作戦を練って行くのだが掠りもしない。

渾身《こんしん》の力で打ち込んでいるのに、ゆっくりにさえ見えるゼオルさんにあしらわれてしまう。

一合でも多く打ち合えるように、ゼオルさんを半歩でも動かせるように、シッカリと構えさせるように無我夢中で挑《いど》み続けたが、何の成果も感じられなかった。

素振りのチェックしてもらっていた時とは違い、みっちりと立ち合いを行うので、稽古が終わるとかなりの疲労感を覚えると同時に、じわりと焦りも感じてしまう。

一朝一夕《いっちょういっせき》に強くなれるはずもないし、俺の左目を考慮《こうりょ》してゼオルさんは厳しく指導してくれているのだと分かっているが、それでも上達の兆《きざ》しさえも見えないのは辛《つら》い。


ゼオルさんと三度目の立ち合いを終え、村長の屋敷を出て夕暮れの道を家に向かってトボトボと歩いていたら、左手の茂《しげ》みからガサガサっと音がした直後、背中に鈍い痛みが走った。

「どうだ、ニャンゴ。思い知ったか！　俺様の方が棒術の才能があるんだぞ！」

殴られた衝撃《しょうげき》で前のめりに転び、這いつくばって振り向いた先には、棒を振り上げながら勝ち誇《ほこ》った表情を浮かべるミゲルがいた。

立ち合いの後で疲れていたし、以前は事ある毎《ごと》に絡《から》んで来ていたミゲル達も、コボルト騒動の後には姿を見ていなかったので油断していた。

失明した左目の死角になる茂みに身を隠し、俺が通り過ぎた直後に飛び出して、背後から殴りつけるなんて卑怯《ひきょう》なことをしても、まるで恥《はず》かしいと思わないようだ。

そもそも命懸けで助けてやったのに、不意打ちされるとか意味が分からない。

ゼオルさんに稽古であしらわれた徒労感も加わって、これまで抑えてきた感情の歯止めが利かなくなりそうだ。

茂みからは棒を手にしたミゲルの手下どもがゾロゾロと出て来て、道に倒れた俺の周りを取り囲んだ。

「おい、お前ら……やっちまえ！」

ニヤリと笑ったミゲルが顎をしゃくると、俺を取り囲んでいた六人が一斉《いっせい》に棒を振り上げたが、馬鹿正直に食らってやる気はない。

猫人は体こそ小さいが敏捷《びんしょう》性に関しては優《すぐ》れているし、倒れている間に身体強化魔法を発動させて、いつでも動ける準備を終えておいた。

六人が棒を振り上げた時には立ち上がり、ミゲルから一番離れて立っている二人の腹に突きを入れ、脛《すね》を打ち払ってから間を摺《す》り抜けて鉄棒を構えた。

「お前ら、寄ってたかって殴り掛かって来たんだ、殴り返される覚悟はできてるよな！」

蹲《うずくま》った二人は、脛を押さえて立ち上がれないでいる。

結構強めに打ったから、骨にヒビぐらい入っているかもしれないが知ったこっちゃない。

残る四人のうち、ダレス、ルーゴ、ハウゼンは一つ年上、キンブルは一つ年下だ。

全員俺より頭一つ以上背が高いし、当然リーチも長い。

一対一ならば負けないだろうが、さすがに四対一では分が悪そうだ。

それに、左目が見えない分、囲まれると状況はさらに悪くなる。

「いくぞ！」

相手の覚悟や作戦が決まる前に、こちらから仕掛けて勝機を探る。

俺から向かって右にいるキンブルに突っ込むフェイントを入れて、最初は左側に立っている犬人のルーゴに突きを入れた。

「ぎゃう……」

体を折って蹲るルーゴを盾に使い、左に回り込んで後ろにいたダレスの脛を払った。

「痛《いて》ええぇ……」

蹲ろうとするダレスの脇腹《わきばら》を突いて、向かって来ようとしていたミゲルの前に転がした。

「シールド！」

ルーゴとダレスの間から殴り掛かって来た牛人のハウゼンの一撃はシールドで受け止め、鳩尾《みぞおち》に突きを食らわせたら、エアウォークで駆け上がって鼻面《はなづら》を蹴飛《けと》ばしてやった。

残るはキンブルとミゲルの二人だが、間に挟《はさ》まれる格好になってしまった。

「シールド！」

ミゲルの一撃をシールドで受け止め、キンブルの一撃は躱しながら太腿を打ち据える。

さらにキンブルの背後へ回り込んで、強《したた》かに左の脇腹を打ち据えてやった。

「いぎぃ……」

「さぁ、ミゲル、あとはお前だけだ！」

「なっ……き、汚《きたな》いぞ。鉄棒を使うなんてズルぃ」

「じゃあ、これなら良いんだな？」

最初に倒した一人が放り出した木の棒を拾って構えると、ミゲルは怯んだ表情を見せる。

睨みつけてやると、ジリっ……ジリっと後退りし始めた。

「なんだよミゲル。猫人の俺を相手にビビってるのか」

「お、お前なんかに、俺様が、ビ、ビビるわけないだろう」

ビビらないと言う割には、ミゲルは声が震えているのを隠せていない。

『巣立ちの儀』を受ける前は、体格差にビビっていたのは俺の方だったが、今では魔法を使わなくても負ける気がしない。

「し、しょうがないから相手をしてやる。ただし、棒術の試合だから魔法は無しだぞ。いいな、魔法は使うなよ！」

棒を握って喚《わめ》き散らすミゲルに、言葉ではなく歯を剥いた笑いを返して足を速める。

ミゲルが振り回して来た棒を強く弾《はじ》き、鋭く踏み込んで鳩尾に突きを食らわせてやった。

「ぐふぅ……ぐぇぇぇ……」

腹を押さえてのたうち回るミゲルの横で、太腿を摩《さす》っていたキンブルが放り出した棒を拾おうとしていたので、持っていた棒を投げ付けて牽制《けんせい》した。

「まだやるって言うなら、次は手加減しないからな。全員覚悟しとけよ！」

怒鳴りつけ、睨み付けると、棒を拾い掛けていた者も慌てて手を引っ込めた。

放り出しておいた鉄棒を拾って、余裕を見せつけながら歩きだす。

相手がこちらを舐《な》めていたのと、上手く作戦が嵌って立ち回れただけで、実際には見せつけているような余裕は無かった。

追い掛けてくる足音がしないか聞き耳を立て、背後にシールドを展開しながら歩き、木立に隠れる所まで来てから大きく息を吐《は》いた。

七人を相手にして勝ったといっても、ゴブリン一頭、コボルト一頭倒せない奴ばかりだ。

そんな相手にギリギリの戦いだったし、一つ間違っていたら袋叩《ふくろだた》きにされていただろう。

コボルト七頭だったら、間違いなくやられていたはずだ。

『巣立ちの儀』の後、使えるようになった空属性魔法の工夫を重ね、ゼオルさんから棒術と身体強化魔法の手ほどきを受け、少しずつだが着実に強くなってきた。

でも、あのコボルト騒動で左目を失ってから歯車が狂い始めている。

簡単に捕まえられていたモリネズミには逃げられ、ゼオルさんには片手であしらわれている。

死角を補うために空属性魔法で探知をすれば、武器や防具に回す魔力が足りなくなってしまう。

それなら防具や武器は魔法ではなく普通の物を使えば良いのだろうが、猫人の体格に合う物なんて、アツーカ村どころかイブーロでも手に入らない。

地道な訓練で伸《の》ばせる魔力量には限界があるし、猫人の体格では剣や槍などの武器と身体強化魔法だけで大型の魔物を倒せるようになれると思えない。

諦めないと誓《ちか》ったけれど、数年先に自分が冒険者として活躍している姿を想像できない。

魔力が欲しい、せめて普通の人並みの魔力があれば、状況を変えられるはずだ。

地道に鍛える方法以外に、魔力を増やす裏技《うらわざ》を一つだけ聞いたことがある。

四年前、ユキヒョウ人の冒険者が教えてくれた裏技は、魔物の心臓を食べるというものだ。

魔物の心臓は魔石のすぐ近くにあるので大量の魔素を含んでいて、生で食べると飛躍《ひやく》的に魔力を高められるらしいが、ファティマ教では魔物の肉の生食は禁忌《きんき》とされている。

何だか迷信じみた話だし、本当に効果があるのか怪《あや》しい。

それに、生の心臓を食べるには魔物を倒さなければならない。

上手く不意打ちできれば戦いを優位に進められるだろうが、相手も反撃してくるだろう。

命懸けの戦いになるだろうし、ゼオルさんに相談したら止められると思うけど、裏技を試したいという思いは強くなる一方だった。

第三話　成長を求めて

ユキヒョウ人の冒険者《ぼうけんしゃ》から聞いた怪《あや》しげな方法を試《ため》す機会は、意外にも早く訪《おとず》れた。

ミゲル達《たち》を叩《たた》きのめしてから二週間後、その日も薬草を摘《つ》みに山に入っていた。

もう晩秋から初冬へと季節が移る頃《ころ》で、薬草も茸《きのこ》の類《たぐい》も殆《ほとん》ど見当たらない。

沢《さわ》の淵《ふち》にいた魚も深い場所へと移動してしまったし、モリネズミも冬ごもりに入った。

「はぁ……もう今年は無理だな」

空っぽの籠《かご》を背負って沢沿いに村へ戻《もど》ろうとしていた時、ゴブリンの姿が見えた。

エアウォークを使って高い所を歩いていたが、慌《あわ》てて近くの木の幹に隠《かく》れて様子を窺《うかが》う。

ゴブリンは群れで行動する場合が多いのだが、このゴブリンは一頭のようだ。

キョロキョロと足元を気にしているのは、虫などの食べ物を探しているのだろう。

他にゴブリンがいないか注意して観察を続けたが、どうやら単独行動のようだ。

もしかしたら、巣の外にいて山狩《やまが》りの難を逃《のが》れたゴブリンなのかもしれない。

「どうする……やるか？」

単独行動しているゴブリンと遭遇《そうぐう》する機会なんて、滅多《めった》にあるものではない。

このチャンスを逃したら、次にいつ巡《めぐ》ってくるかも分からない。

「冒険者になるんだ……そのためにも魔力《まりょく》を手に入れるんだ」

木の枝に背負っていた籠を引っ掛《か》けて、持って来た鉄棒も置いていく。

木に隠れながら接近して、三十メートルほどの距離《きょり》まで来たところで地上へ下りた。

わざと落ち葉を踏《ふ》み鳴らすと、音を耳にしたゴブリンがこちらに視線を向けた。

「ギィイイ……」

軋《きし》むような唸《うな》り声を上げたゴブリンの口の端《はし》から、涎《よだれ》が糸を引いて落ちる。

ゴブリンは獲物《えもの》を狙《ねら》う血走った眼《め》で俺《おれ》を見つめながら、ジリジリと距離を詰《つ》めて来た。

距離が二十メートルほどまで近づいたところで、俺はゴブリンに背中を向けて走った。

「ギャギャ！　グフゥ……」

猛然《もうぜん》と俺を追い掛けて来たゴブリンは突然《とつぜん》足を止め、深くお辞儀《じぎ》するように体を折った。

ゴブリンが走り寄ってくるコース上に、空属性魔法で作った刃渡《はわた》り十五センチほどのダガーナイフを固定しておいたのだ。

目に見えない凶器《きょうき》に、ゴブリンは自分から突《つ》っ込《こ》んで腹を貫《つらぬ》かれた格好だ。

ゴブリンが痛みに気を取られて目を離《はな》した隙《すき》に、エアウォークで音も無く走り寄る。

あと五メートルまで迫《せま》った所で、ダガーナイフを消して手元に槍《やり》を作り、これで止《とど》めを……と思った瞬間《しゅんかん》、顔を上げたゴブリンが飛び掛かって来た。

慌てて突き入れた槍は、ゴブリンの右胸に深く刺《さ》さったが砕《くだ》けてしまった。

掴《つか》み掛かってきたゴブリンの爪《つめ》が、横っ飛びした俺の耳を掠《かす》める。

ゼオルさんと立ち合いをしていなかったら、捕《つか》まっていたかもしれない。

なおも襲《おそ》い掛かって来ようとするゴブリンに対して、エアウォークを使って上空へと駆《か》け上がって距離を取った。

「ギッ、ギギィイ……」

ゴブリンは、五メートルほどの高さまで逃《に》げた俺を睨《にら》み、悔《くや》しげな唸り声を上げている。胸や腹から滴《したた》る血の量を見れば、このまま見守っているだけでもゴブリンを倒《たお》せそうだが、それでは冒険した意味が無いと思った。

ゴブリンから十メートルほど離れた場所に下りて、空属性魔法で新たな武器を作る。

槍の穂先《ほさき》の幅《はば》を広げて笹《ささ》の葉のようにした笹穂槍だが、勿論《もちろん》ゴブリンには見えていない。

「ゴフッ……ギィィ……」

血泡《ちあわ》を噴《ふ》きながら牙《きば》を剥《む》いたゴブリンは、残った命を燃やし尽《つ》くす勢いで突っ込んで来た。

「にゃあぁぁぁぁぁ！」

こちらからも全力で踏み込み、笹穂槍を突き出してゴブリンの首筋を深々と斬《き》り裂《さ》き、迫って来た爪を掻《か》い潜《くぐ》って走り抜《ぬ》ける。

そのまま二十メートルほど走り抜けて振《ふ》り返ると、首から血飛沫《ちしぶき》を撒《ま》き散らしたゴブリンがバッタリと倒れるのが見えた。

慎重《しんちょう》に近付き、完全に死んでいるのを確かめたら急いで解体を始める。

山狩りに参加した人達のように焚火《たきび》の用意はしていないから、モタモタしていると別の魔物や獣《けもの》が寄って来る可能性がある。

震《ふる》える手でゴブリンの胸を切り開き、心臓と魔石を取り出し近くの沢でざっと洗った。

籠と鉄棒を回収し、沢に沿って屏風岩《びょうぶいわ》の近くまで下りる。

切り立った岩壁《がんぺき》の突き出た部分に座《すわ》り、空属性魔法でまな板と刺身《さしみ》包丁を作った。

魔力を高めるには魔物の心臓を生で食べないといけないらしいが、心配なのは寄生虫だ。

心臓を二つに割り、薄《うす》く削《そ》ぎ切りにしたが動く物は見えない。

半分を削ぎ切りにしたところで手を止めた。どの程度の量を食べれば良いのかも分からないし、やっぱり魔物の肉を生で食べるのには抵抗《ていこう》がある。

「これはレバ刺し、これはレバ刺し……ええい、食ってやる！」

覚悟《かくご》を決めて、ゴブリンの心臓の薄造りを口へと放《ほう》り込んだ。

全身に血液を送るポンプだけあって、かなりの歯ごたえがある。

もっと血生臭《ちなまぐさ》いと思っていたが、鮮度《せんど》が良いからかあまり苦にならない。

「これ、にんにく醤油《じょうゆ》とか生姜《しょうが》醤油で、薬味と一緒《いっしょ》に食べたら結構うみゃ……んんっ？」

三切れ、四切れと、調子に乗って食べていたら、胃の中に異変を感じた。

カーっと熱くなってくる感じは、前世で親の目を盗《ぬす》んで酒を飲んだ時のようだ。

「これは、魔素か……ぐぅ」

身体強化魔法の訓練で、魔素を制御《せいぎょ》する術《すべ》を学んでいたから良いものの、胃袋《いぶくろ》から大量の魔素が取り込まれて、血管や魔脈を滅茶苦茶《めちゃくちゃ》に駆け巡ろうとしている。

「これぐらいならコントロールできるけど……どうする、もっと食うか？」

無茶をして、意識を失うような事になれば、魔物や獣の餌食《えじき》になってしまうかもしれないし、沢に落ちて溺《おぼ》れ死ぬかもしれない。

それでも、ここで手を止めて魔力が増えなかったら、冒険者として活躍《かつやく》するなんて夢のままで終わってしまうかもしれない。

「もう一切れ……あと一切れだけ……」

何切れ食べたか分からないが、体中に魔素が満ちて暴走寸前の状態になった。

たとえるならば過剰《かじょう》なドーピング、薬物を乱用したような状態なのだろう。

エアウォークと身体強化魔法を使った状態で、シールドにプロテクター、槍まで作っても魔素が有り余っていて、ゲップをすると口から溢《あふ》れ出そうだ。

「すげぇ……やべぇ……」

今なら何でもできそうな気がするが、衝動《しょうどう》に任せて行動したら体が壊《こわ》れそうだ。

ギリギリ残っている理性が、爆発《ばくはつ》的に体を動かすなと警告していたが、いつまで抑《おさ》えられるか自信はない。

それならば、空属性魔法を目一杯《めいっぱい》使ってやろう。

作ったのは、ボブスレーをイメージした滑《すべ》り台とボード。

表面をツルツルにしたボードに乗ってツルツルに作った滑り台を滑ったら、さぞ楽しいだろうと思ってしまったのだ。

「にゃあぁぁぁぁぁ！」

摩擦《まさつ》抵抗がゼロになるようにイメージしたからか、滑り台とは思えない速度が出た。

あっという間に麓《ふもと》まで滑り降りたら、身体強化を使って今来た斜面《しゃめん》を駆け上がる。

「にゃはははは！　たーのしぃぃぃぃぃ！」

再度斜面を滑り降り、また駆け上がり、またまた滑り降りた所で魔素が底を突いた。

「うにゃぁ……ヤバっ……」

途端《とたん》に襲い掛かってきた疲労《ひろう》感に押《お》し潰《つぶ》されそうになりながら、這《は》うようにして家まで辿《たど》り着いたが、夕食も食べずに朝まで泥《どろ》のように眠《ねむ》り続ける羽目になった。

翌朝目覚めると酷《ひど》い頭痛と倦怠《けんたい》感に筋肉痛で、まるでインフルエンザにでも罹《かか》ったようだった。

少しでも回復を早めようと身体強化魔法を使ってみたのだが、前日とはまるで感覚が変わってしまっていた。何と言うかスカスカなのだ。

昨日までは、体の隅々《すみずみ》まで魔素を巡らせるには、ギューっと魔素を押し込んでいく感じだったのが、今朝はスルっと魔素が入り込んでいく。

身体強化魔法は、血管に魔素を送り込んで発動する魔法だが、血管の太さが一夜にして変わるはずもないし、もし太くなっているのだとしたら、血圧まで低下してしまうはずだ。

ゴブリンの心臓を食べて、急激に体内の魔素の量が増えたのが原因なのは間違《まちが》いない。

ただ、違和《いわ》感はあるものの身体強化魔法は、ちゃんと発動している。

慣れれば瞬時に、使いたい部分にだけ身体強化を掛けられるようになるかもしれない。

結局この日は親父《おやじ》にうにゃうにゃ文句を言われたが、一日寝《ね》て過ごした。

翌日、薬草を摘みに行く時の籠を確認《かくにん》してみたが、入れておいたはずのゴブリンの魔石は見当たらなかった。

それでもゼオルさんから借りている鉄棒が、無くならず残っていたのは不幸中の幸いだ。

体の調子を確かめるように、エアウォークを使いながら基本の素振《すぶ》りを行う。

どうにか問題なく動けるようなので、続いて身体強化を併用《へいよう》してみた。

やっぱりスルっとスムーズに発動できるようになっている。

そのままシールドを展開し、槍を作っても余裕《よゆう》がある。

間違いなく魔力は上がっているように感じるが、そのままの状態で素振りを続けて動きを確認していたら、ガクンと倦怠感が襲ってきた。

一度に使える魔力は上がったが、継続《けいぞく》して使えるスタミナは増えていないのだろう。

いったん素振りを止めて、周囲から魔素を取り込むようにイメージしながら座禅《ざぜん》を組むと、徐々《じょじょ》に倦怠感は抜けていった。

魔法を使い始めた頃も同じような倦怠感に襲われていたが、それでも魔法を使い続けているうちに余り感じなくなっていった。

たぶん今回も、ギリギリまで消耗《しょうもう》させる、休息、再度魔力が切れるまで魔法を使うというサイクルを続けていれば、そのうちスタミナも付くはずだ。

「全部が全部、簡単に解決できる訳じゃなさそうだな。また訓練するしかないか」

薬草摘みも終わりだし、春までは魔法と棒術の訓練に時間を割《さ》くようにしよう。

◆　◆　◆　◆

新年まで、あと二週間を切った日に雪が降った。

どうやら今年は雪が多い年のようで、最初の雪が消える前に次の雪が降り、アツーカ村は白一色に染められた。

猫《ねこ》はコタツで丸くなる……ではないが、猫人である俺の家族は、畑仕事ができないとあって、家の中でヌクヌクと丸くなっている。

こうなると、服は着ているが大きな猫そのものなので、モフりたい欲求が頭をもたげるが、そもそも自分もモフモフなのだと思い直した。

ヌクヌクしている家族を横目に、ゼオルさんから借りた鉄棒を持って家を出る。

雪景色となった屋外は、当然凍《こご》えるような寒さだが、体の回りに柔軟《じゅうなん》な空気の防寒着を作っているし、自前の毛皮があるから寒くない。

山まで出掛けて行くのは面倒《めんどう》なので、一面雪で埋《う》まった近所の川原で素振りを行った。

足元はエアウォークを使っているから、雪に埋もれる心配は要《い》らない。

少しずつ体をほぐすように動き始めて、温まったところでまとっていた空気の層を消して本格的に素振りに没頭《ぼっとう》した。

最初は棒の重さに振り回されていたが、今は自分が支配して振っている感覚が強くなった。

打ち込み、突き、薙《な》ぎ、払《はら》い……棒が自分の体の一部になるように、思い通りの軌道《きどう》で、思い通りの威力《いりょく》を出せるように振り続ける。

棒が寒風を切る音が、俺の気持ちを加速させる。

直接叩きのめして以来、ミゲル達も絡《から》んで来ることは無くなった。

七人掛かりで挑《いど》んだのにリーダーであるミゲルを含《ふく》めて返り討《う》ちにされ、手下どもが尻込《しりご》みしているらしい。あれ以来、川原でチャンバラごっこに興じる姿も見ていない。

ミゲルは諦《あきら》めそうもないので、また何か仕掛けて来るかもしれないが、その時はまた返り討ちにしてやるだけだ。

基本となる素振りを終え、ゼオルさんとの立ち合いを想定しての素振りも終えた頃、空が暗くなって雪が舞《ま》い始めた。

ゴブリンの心臓を食べて以来、一度に使える魔力指数が増えたので空属性魔法で屋根を作れば続けることは可能だが、今日はこのぐらいにしておこう。

鉄棒を握《にぎ》って家まで走って戻り、裏手の井戸《いど》で水浴びをする。

猫人は猫と違って汗《あせ》をかくので、そのままにしておくと臭《にお》うのだ。

井戸水だから凍《こお》るほどの冷たさではないが、それでも冷たいことに変わりは無い。

気合いとともに水を浴びて汗を流したら、ブルブルっと体を震わせて水気を飛ばして家に入って暖炉《だんろ》の火に当たった。

俺自身は臭わないとは思うけど、家の連中は結構猫臭い。

農作業をやっている時でも二日か三日に一度、農閑期《のうかんき》になったら四日に一度、雪が降ってからは何日前に風呂に入ったか忘れるほどだ。

この物臭さも猫人が侮《あなど》られる理由の一つだとも思うのだが、まぁ直らないのだろう。

昼飯後も外で魔法の練習をしようと思っていたが、雪の降り方が強くなっていたので、母と姉が内職をする部屋のハンモックで丸くなりながら探知魔法の練習を始めた。

空気を触《ふ》れたら壊れる強度で粒子状《りゅうしじょう》に固め、俺を中心にして放射状に広げて行く。

粒子が物体に当たって壊れた位置から距離や形を感じ取ろうという試みだ。

最初は、粒子を広げていくことすらできなかったが、今ではおぼろげながら物の形を感じられるようになっている。

まだ粒子を動かす速度が遅《おそ》いため反応が悪いが、もっと素早《すばや》く、常時展開できるようになれば、失った左目の視力を補えるかもしれない。

二時間ほど訓練を続けていると、集中力が切れてしまった。

こんな時、日本ならコーヒーでも飲んで……となるところだが、我《わ》が家にはお茶すらない。

コンビニや自販機《じはんき》で缶《かん》コーヒーなんて無理だから、そのうちに、カリサ婆《ばあ》ちゃんに頼《たの》んで茶葉をブレンドしてもらおう。

でも今日は出掛けるのが億劫《おっくう》なので、こちらも新たに始めた別の探知魔法の練習をする。

空属性魔法で固めた空気には感覚があるので、マイクを作れば離れた場所の音が聞こえるかもしれないと思ったのだ。

音は空気を振動《しんどう》として伝わるので、それを捉《とら》える薄い膜《まく》があれば良い。

膜の大きさ、薄さ、弾力性《だんりょく》などを変化させ、捉えた振動を音として認識する練習中だ。

試行錯誤《さくご》を続けて音を感じられるようになったが、まだ膜の直径は三十センチもあるし、音質はチューニングが狂《くる》ったラジオレベルだ。

もっと小型化して、もっとクリアーな音質になるように訓練を続ける予定だ。

空属性魔法を使って、映像を捉える試みもしているが、こちらはサッパリ目途《めど》が立たない。

光は固めた空気を通過してしまうので、対策の立てようがない状態だ。

とりあえずは、粒子タイプの探知魔法と、集音マイク魔法の練習度を上げていこう。

二つの魔法のレベルが上がれば、死角をカバーする以外の役割も果たしてくれるだろう。

魔法の練習に没頭していたら、あっと言う間に夕方になっていた。

雪が降り続いているので、部屋の中がいつもよりも暗くなっている。

日暮れ時には夕食になり、食べ終えると、家族は床《とこ》に入ってしまう。

ランプの油も、明かりの魔道具のための魔石も、貧乏《びんぼう》な我が家にとっては高価な品物で、夜は節約のために、さっさと眠る時間なのだ。

それにしても、二番目の兄貴は大丈夫《だいじょうぶ》なのか？　年明けには数えで十六歳《さい》、村での働き口がないなら、街に出て仕事を探さないといけないはずだ。

真面目《まじめ》に学校に通っていたようだし、学力は問題無いのだと思うが、なにしろ猫人に対する世間の風は冷たい。

体が小さく力仕事には向いていないから、頭の働きでアピールしないといけないのだが、朝から晩まで暖炉の部屋でゴロゴロしているのだから、勝算ぐらいはあるのだろう。


一夜が明けると、積雪はさらに深くなっていた。

新雪が積もった所では、猫人だとスッポリ頭まで埋まってしまう深さがある。

これでは、うちの家族は当分の間は家に籠《こ》もりきりになりそうだ。

素振りを行うために出掛けた川原も、川の流れを除けば白一色の世界になっている。

いつものように体を温めてから、本格的に素振りを始めようとした時に、上流の方から近付いてくる二つの影《かげ》に気付いた。

雪を掻き分けるように、真《ま》っ直《す》ぐに駆け寄って来るのはコボルトだった。

普通《ふつう》こんなに村の中までは入って来ないのだが、雪で山との境界が曖昧《あいまい》になっているのと、食糧《しょくりょう》が乏《とぼ》しく飢《う》えているのだろう。

雪にまみれて丸っこいユーモラスな姿に見えるが、目はギラギラとしていた。

「俺を狙ってるんだよな……」

エアウォークで五メートル程《ほど》の高さに退避《たいひ》したが、コボルトは立ち去ろうとしない。

「ウゥウゥウ……」

手の届かない所にいるのにコボルトの唸り声を聞いていると、左目を失った時の痛みを思い出してしまい体が震えてくる。

このままの高さで移動して、川を渡って遠回りすれば無事に家まで帰れるが、コボルトは別の村人を襲うかもしれない。

体の大きな人ならば追い払えるだろうが、それでも怪我《けが》をする可能性はある。

前世の日本のように医療《いりょう》体制が確立されていないから、アツーカ村では大きな怪我は命取りになりかねない。

治癒《ちゆ》魔法を使える者もいないから、深い傷を負った時には木綿糸と針で縫《ぬ》って、包帯で縛《しば》って血が止まるのを祈《いの》るしかない。

「つまり、ここで俺が倒さないと駄目《だめ》なんだよな」

高さを保ったままで、コボルトをじっくりと観察する。

二頭のコボルトは唸り声を上げながら、俺の下をウロウロと歩き続けている。

こちらが少しでも動く気配を見せると、すぐ飛び掛かれるように身構えてみせた。

少しずつ下りながら、じっと見ていると、コボルトも足を止めて俺を凝視《ぎょうし》する。

「サミング」

「ギャウン！」

一頭のコボルトに視力を奪《うば》う鋭《するど》いサミングを食らわせ、すぐさま止めを刺そうとしたら、もう一頭が猛然と走り寄ってきた。

「シールド」

「ギャーン！」

ゴブリンの心臓を食べて魔力が増えたおかげで強度を増した盾《たて》は、コボルトの突進を受けても壊れなかった。

鼻面《はなづら》をぶつけたコボルトが倒れている間に、サミングを食らわせたコボルトに走り寄り、空属性魔法で鉄棒の先に笹穂槍を作って首筋に突き立てた。

「ギャフ……」

真っ白な雪の上に鮮血《せんけつ》が撒き散らされる。

仲間がやられたのを見て、もう一頭のコボルトが目を怒《いか》らせて突進してきた。

「ダガー」

「ガフゥ……」

空中に固定したダガーナイフが腹に突き刺さってコボルトは動きを止める。

魔力が上がっているので、ダガーナイフはそのままにして、正面から笹穂槍で喉《のど》を貫き、コボルトに止めを刺した。

完全に死んだのを確かめた後、二頭から魔石を取り出し、死体は川に捨てる。

コボルト二頭を相手にして危なげなく勝利できたが、飢えて弱っていたみたいだし、雪に足を取られて本来の動きができなかったのだろう。

この程度の成果で調子に乗るとまた痛い目に遭《あ》いそうだが、シールドでコボルトの突進を止められたのは、体の小さい俺にとっては素直《すなお》に嬉《うれ》しい。

「いける、まだまだだけど着実に強くなってるぞ」

これなら冒険者としてやっていけるかもしれない。

◆◆◆◆

年が明けてからも、ゼオルさんとの訓練は続けている。

立ち合いを始めて一ヶ月、一度も打ち込めていないどころか、まだ一歩も動かせていない。

その日も小雪が舞う中、手土産《てみやげ》を下げてゼオルさんの住む離れを訪ねた。

「こんにちは、ゼオルさん」

「来たな、ニャンゴ。おっ、アカメガモじゃないか、お前が仕留めたのか？」

「いつもお世話になってるんで、手土産です」

「そうか、丁度良かった。今朝は麺《めん》を打ったから、こいつでスープを作って食おう」

「いいですね」

「よし、ニャンゴ、雪の中でもサボらずに来たご褒美《ほうび》だ、今日は宙に浮《う》いてもいいぞ」

「ありがとうございます。でも、後悔《こうかい》しても知りませんよ」

「ほう、面白《おもしろ》い、ちょっとは楽しませてくれよな」

ゼオルさんとの立ち合いでは、エアウォークで宙を駆ける使用法は禁止されている。

いずれ応用するにしても、まずは純粋《じゅんすい》に棒術の技《わざ》を身につけるためだ。

その枷《かせ》を外してくれるのならば、思い切り楽しませてあげようではないか。

「行きます！」

いつものように、膝《ひざ》のバネを使って真っ直ぐに踏み込みながら突きを繰《く》り出す。

ゼオルさんも、いつものように無造作に、俺の棒を跳《は》ね上げた。

いつもと違うのはここからで、弾《はじ》かれた勢いも利用して高く飛び上がりながら、棒を大きく振りかぶる。

「馬鹿《ばか》め……何ぃ！」

空中にいる俺の腹を目掛けてゼオルさんは無造作な突きを繰り出したが、エアウォークで宙を蹴《け》って躱《かわ》しながら棒を振り下ろした。

カツンと乾《かわ》いた音を立てて、俺の打ち込みは弾かれてしまったが、ゼオルさんは左足を引いて俺に向き直っている。

「こいつ……こんなに厄介《やっかい》だとは思っていなかったぞ」

「ようやく、ようやく半歩だけ動かせましたよ」

「面白い、面白いぞニャンゴ！」

牙を見せつけるような笑《え》みを浮かべ、ゼオルさんが初めて棒を構えてみせた。

全身から闘気《とうき》が噴き出していると感じるほどで、一年前の俺だったら失禁もののド迫力《はくりょく》だ。

「来い！　ニャンゴ！」

「ううう……にゃぁぁぁぁ！」

これまで一人で訓練を続けてきた立体機動を存分に発揮するつもりだったが、全力ではないにしても足捌《あしさば》きを使い始めたゼオルさんには全く通用しなかった。

空中を自由に動けるが、足元を薙ぎ払われると上に飛ぶか、後ろに下がるしかない。

後ろに飛べば、鋭い踏み込みで間合いを潰されるし、上に飛ぶとリーチの差で俺の攻撃《こうげき》は届かなくなってしまう。

結局、この日も一撃も入れられず、叩き落され、突き飛ばされ、転げ回って泥だらけになってしまったが、それでもゼオルさんを構えさせたのだから大きな進歩だ。

「よし、今日はここまで。井戸で泥を流してから中に入って火にあたれ」

「はい、ありがとうございました」

泥だらけになるのは想定内なので、立ち合いしている間は短パン一丁だった。

体が火照《ほて》っている間に水浴びして泥を落とし、短パンも濯《すす》いでおく。

ブルブルっと体の水気を切り、尻尾《しっぽ》を絞《しぼ》って離れに入ると、大きな手ぬぐいが飛んで来た。

「風邪《かぜ》を引かないように、良く体を拭《ふ》いておけよ」

「了解《りょうかい》です」

ワシワシと水気を拭《ぬぐ》った後、絞った手ぬぐいで毛並みを整えるように拭いていく。

俺が水浴びをしている間に、ゼオルさんはアカメガモを捌《さば》いてスープを作り始めていた。

大きな鍋《なべ》に、捌いたアカメガモの首やガラを入れて火に掛けている。

この時期のアカメガモは、栄養を皮下脂肪《しぼう》にして蓄《たくわ》えているのでとても美味《おい》しいが、モリネズミと同様に警戒心《けいかい》が強く、腕《うで》の良い弓の使い手でもなければ捕まえるのは困難だが、俺は空属性魔法のケージに閉じ込めて簡単に捕まえられる。

「出汁《だし》が出るまで少し時間が掛かる、まぁ茶でも飲んでおけ」

「ありがとうございます。あっ、いい香《かお》りですね」

「だろう……」

初めてゼオルさんにお茶を振る舞ってもらった時は、口に苦い良薬かと思うような味だったが、薬屋のカリサ婆ちゃんの教えもあって、今日のお茶は良い香りがする。

「今日は生姜も入ってるんですか？」

「ほう、良く気付いたな。そうだ、体が温まるからな」

生姜も風味を損《そこ》なう量ではなく、口に含んだ時に、僅《わず》かに香りが鼻に抜けていく程度だ。

「それにしても、空属性の魔法をあれほど使いこなしているとは思ってなかったぞ」

「そうは言っても、驚《おどろ》かせたのは最初だけで、後は手も足も出ませんでしたよ」

「がはははは、当たり前だ。加減しているとは言え、俺が構えて棒を振ってるんだぞ」

「まぁ、ゼオルさんを構えさせただけでも、今日は一歩前進ですね」

「本来は棒術だけで技術を高めていくものだが、ニャンゴの場合は今後も足場の魔法の使用は認めてやろう。その方が俺も楽しめるからな」

ゼオルさんにとって、俺に棒術を教えるのは田舎《いなか》暮らしの退屈《たいくつ》を紛《まぎ》らわすためだが、こちらとしても腕の立つ元冒険者に教えてもらえるのだから文句は無い。

「だいぶ片目にも慣れてきたようだな」

「えっ……？」

「なんだ、気付いてないのか。立ち合いの最中、左側からの攻撃にも、ちゃんと反応してたじゃないか」

「あっ……」

言われてみて初めて気付いたが、ゼオルさんは立ち合いを始めた時から、少しずつ、少しずつ攻撃を加える範囲《はんい》を増やしてくれていたのだ。

「達人クラスには程遠いが、顔を少し左に振って、自然と死角をカバーするようになったぞ」

「いつも無我夢中だったんで、気が付きませんでした」

「今のまま訓練を続けていけば、一対一の戦いならば殆ど大丈夫だろう。問題は、一人で多数の敵を相手にする場合だが、魔法でカバーできそうか？」

「はい、以前披露《ひろう》した盾の強度が上がってきたので、死角は盾でカバーしながら戦おうかと思っています」

「そうか、まぁ、両目があったとしても、死角は完全には無くならない。だから普通の冒険者であっても、多数の敵を相手にする場合には、カバーしあえる仲間と一緒に戦うもんだ」

確かに、両目があっても頭の後ろまでは目が届かない。

一般《いっぱん》的な属性の場合には、死角を魔法でカバーするのも難しいだろう。

そう考えると、空属性を使える俺は、普通の属性の冒険者よりも大きなアドバンテージを持っていそうだ。

「さて、そろそろスープも煮出《にだ》せただろう、麺を茹《ゆ》でるか」

ゼオルさんが作ったのは、日本で言うなら『ほうとう』のような麺料理だ。

煮出したスープを別の鍋に取り、そこへ芋《いも》やニンジン、ネギなどの野菜とスライスしたアカメガモの肉を入れ、最後に生の麺をそのまま放り込む。

麺の打ち粉によってスープにはとろみが付いていく。

味付けはシンプルに塩と生姜だけだ。

「さぁ、できたぞ。冷めないうちに食おう」

大きな鍋をテーブルにドンと載《の》せて、勝手に取り分けて食べるスタイルだ。

「熱っ、熱いけど、うみゃい！」

「そうだろう、そうだろう……熱っ！」

「うみゃ、熱っ、でもうみゃ、熱っ！」

せっかく熱々でき立てなのに、虎人《とらひと》のゼオルさんと猫人の俺は、二人揃《そろ》って猫舌だから、フーフーしながらでないと食べられない。

味は文句無しだったが、完食するまでには、だいぶ時間が掛かってしまった。

◆　◆　◆　◆

二番目の兄貴が家を出たのは、二月も終わりに近付いた頃だった。

例年であれば、街で仕事を探す者は、年明け早々に村を出るのだが、今年は雪が多かったので乗り合い馬車がなかなか通らなかったのだ。

たぶん、近隣《きんりん》の村も同じような状況《じょうきょう》で、街での就職活動はこれから……と言いたいところだが、元々街で暮らしていた者達は、仕事にありついているはずだ。

周辺の村から就職希望者が来なければ、街は人手不足の売り手市場となっていたはずだが、そのまま一ヶ月も過ぎれば足りない人手でも仕事が回るようになる。

当然、就職希望者に対して求人の数が足りなくなり、今は買い手市場になっているだろう。

良い仕事を見つけるには厳しい状況とあってか、家を出る兄貴の表情は冴《さ》えなかった。

兄貴が村を出て五日後、立ち合いの後でゼオルさんから街への同行を持ち掛けられた。

「おい、ニャンゴ。明後日《あさって》、街まで行くから一緒に来い」

「街に何か用事ですか？」

「村長が『巣立ちの儀《ぎ》』の件で教会に顔を出すから、その道中の護衛だ」

「俺が一緒に行っても、護衛の役には立ちませんよ」

「何を言ってる。お前は、ずーっと高い所まで上って見下ろせるんだろう？　人混《ひとご》みで騒動《そうどう》に巻き込まれた時に、上から状況を把握《はあく》できるのは大きなアドバンテージになるんだぞ」

「なるほど、それなら確かに役に立てます」

猫人以外の成人男性を相手にして戦う自信は無いけれど、状況を把握するだけなら俺でも役に立てる。

二日後、久々に街に行くのでウキウキした気分で村長の家に向かったが、外出用にめかしこんだミゲルの姿を見て一気に気分が悪くなった。

「ゼオルさんもニャンゴも、今日はよろしく頼むよ」

「爺《じい》ちゃん、なんでニャンゴなんかを連れて行くんだよ」

「ゼオルさんが役に立つと薦《すす》めてくれたからだよ」

「こんな奴《やつ》、何の役にも立ちゃしないよ」

こいつは、俺に命を助けられた事も叩きのめされた事も忘れているのだろうか。

文句を言い続けるミゲルを村長が馬車に押し込み、俺とゼオルさんは御者台《ぎょしゃ》に座った。

「村長、出発しますよ！　ニャンゴ、寒かったら、そこの毛布に包《くる》まってろ」

「寒さ対策は万全《ばんぜん》ですから、大丈夫ですよ」

普段から魔法を使い、空気の層で顔だけ残して全身を覆《おお》う防寒着を作っているし、自前の毛皮も着ているのだから山肌《やまはだ》に雪が残っていても寒くない。

御者台に座った尻《しり》の下にも空気の層があり、クッションとしての役目も果たしている。

ゼオルさんは、村を出た後も慎重に馬車を走らせていた。

この時季は、雪解けでぬかるんだ道に深い轍《わだち》ができている場所があって、勢い良く轍に嵌《はま》ると酷い突き上げを食らうどころか、馬車が引っくり返る恐《おそ》れもある。

ゼオルさんは地形や道の乾き具合を観察し、深い轍に嵌らないように巧《たく》みに馬を操《あやつ》っているが、それだけ注意しても馬車は時折大きく揺《ゆ》れた。

それでも尻は痛くならないし、まるで寒さも感じない、空属性魔法の防寒着様々なのだが、居眠りして意識が途絶えると消えてしまうので道中は睡魔《すいま》との戦いだった。

昼前に隣村《となりむら》のキダイ村に到着《とうちゃく》。ここの村長もイブーロの街まで同乗していくそうだ。

キダイ村の村長にしてみれば、馬車と護衛を用意しなくて済み、アツーカ村の村長にしてみれば、厩《うまや》や飼い葉の費用が半分で済む。

あまり裕福《ゆうふく》とは言えない山村の村長とすれば、見栄《みえ》よりも実利の方が重要らしい。

アツーカ村の村長とミゲルが用を足しに行っている間に、馬車の馬を入れ替《か》えた。

ここまで馬車を引いて来た馬は預けておき、また帰りに入れ替えるそうだ。

「同じ馬に長い距離を引かせるには、休憩《きゅうけい》を多く取る必要がある。馬を入れ替えてしまえば、休憩の時間も節約できるってことだ」

「乗り合い馬車とかは、そのやり方ですよね」

「そうだ、村の駅舎で馬を預かっていて、次の馬車が来たら入れ替えている。冒険者として生きていくなら、馬の扱《あつか》いぐらいは覚えておけ。受けられる依頼《いらい》の幅が広がるぞ」

「なるほど……でも、猫人の俺じゃあ馬に舐《な》められませんかね？」

「確かに馬によっては舐めた態度を取る奴もいるが、馬を痛めつけずに、自分の方が強いって分からせてやればいいだけだ」

「痛めつけずに分からせる……？」

「がははは、そんなものは気合いだ、気合い！」

「はぁ……」

体の大きい虎人のゼオルさんなら気合いで馬を屈服《くっぷく》させられるのだろうが、同じ事ができるかと聞かれたらノーと答えるしかない。

俺にできるとすれば、空属性魔法を使って身動きできないように拘束《こうそく》するぐらいだろうか。


村長とミゲルは、キダイ村の村長と身内らしい女の子と一緒に戻ってきた。

キダイ村の村長と同じ熊人《くまひと》の女の子は、今年『巣立ちの儀』を受けるらしい。

丸っこいクマ耳が可愛《かわい》らしい女の子だが、俺とはいろいろと釣《つ》り合いが取れない存在だ。

女の子の方が俺よりも頭一つぐらい背が高いし、年齢《ねんれい》を重ねるほどに差は広がっていく。

村長の身内ともなると、ただの村人では恋愛《れんあい》対象として見られないが、村長の孫であるミゲルなら釣り合いが取れる。

以前から顔見知りの間柄《あいだがら》なのだろう、ミゲルはさり気無い様子を装《よそお》いながら気取った口調で話し掛けているが、尻尾が物欲しげに振られているから下心が丸分かりだ。

女の子の名はオリビエというそうで、ゼオルさんと一緒に挨拶《あいさつ》をすると、俺の顔を物珍《ものめずら》しそうにジーっと眺《なが》めた後で話し掛けてきた。

「あなたがニャンゴさんですね。とても勇敢《ゆうかん》な方だと伺《うかが》っています」

「いえ、ただ無茶をやっただけですよ」

「そうだぞオリビエ、ニャンゴなんか調子に乗ってしゃしゃり出て来て、このザマだ」

ミゲルは自分の左目の辺りに、指で三本線を引くジェスチャーをした。

「ミゲルさんの軽率《けいそつ》な行動で、お友達まで危ない目に遭わせたと伺っていますよ」

「ち、違う、あ、あれはダレスの奴が大丈夫だって言うから……」

良いね、良いね、オリビエ、もっと思いっきりとっちめてやってくれ。

馬車に乗り込むまでミゲルはブチブチぼやいていたが、日ごろの行いってやつだよ。

キダイ村を出発した後、車内の様子を空属性魔法の集音マイクで聞いていると、ミゲルの言い訳はオリビエに完封《かんぷう》されていた。

オリビエは、春からはイブーロにある学校に入るらしい。

キダイ村からはイブーロまで馬車で半日も掛かるので、寄宿舎で生活するそうだ。

この話を聞いたミゲルが、自分も入りたいと言い出した。

編入するには学力試験があるそうで、一定の点数が取れなければ、二学年に編入ではなく新入生として入学という形になるらしい。

それでも構わないらしく、明日はミゲルもイブーロの学校へ行って試験を受けるそうだ。

まぁ、オリビエと一緒に過ごしたいミゲルにとっては、そっちの方が好都合なのだろう。

村長にしてみれば、理由はどうあれ親元を離れての生活で、ミゲルのわがままな性格が矯正《きょうせい》できるのであればと考えているのかもしれない。

俺にとっても、目障《めざわ》りなミゲルが村からいなくなるのは大歓迎《だいかんげい》だ。

キダイ村を出た後も順調に進んで来たのだが、イブーロの街まであと一時間程度の場所でポツポツと雨が降り始めた。

「ちっ、あとちょっとだってのに、これは少し強く降りそうだな」

ゼオルさんが視線を向けた西の空には、黒く厚い雲が広がっている。

「ニャンゴ、少々濡《ぬ》れるが……って、何だこりゃ！」

「濡れるなんて御免《ごめん》ですよ」

空属性魔法を使って、御者台の上に屋根を作った。

ゴブリンの心臓を食べて魔力が増えたので、馬の上までカバーできる。

「こいつは大したもんだ。空属性の魔法にこんな使い方があるとはな……」

空属性魔法で固めた空気に強度を持たせられなくても、雨除《よ》け程度なら十分に使えるはずだが、役立たずという思い込みが魔法を工夫《くふう》する邪魔《じやま》をしたのだろう。

魔力値が高い人ならば、使えない属性魔法に固執《こしつ》するよりも身体強化魔法に磨《みが》きを掛けた方が良いと考えたのかもしれない。

雨脚《あまあし》は次第《しだい》に強くなり、イブーロの街に着く頃には本降りになっていた。

「見ろよニャンゴ、道行く連中が目を丸くして見てやがるぜ」

強い雨の中でも濡れずに馬車を走らせている俺達を見れば、街の人が驚くのも当然だろう。

村長達の定宿に着いた時には、馬車と宿の入口との間に空属性魔法で屋根を作った。

「こいつは驚いた。空属性魔法で、こんな事ができるのか」

「お爺様、雨が勝手に避《よ》けていくようです」

「どうだミゲル、ニャンゴは役に立っておるぞ」

「こ、こんなの雨の日以外は役に立たないよ」

ミゲル以外の三人は、俺の空属性魔法が気に入ったらしく、中でもオリビエがキラキラした視線を向けてくるが、ミゲルが妬《ねた》んで面倒臭いので、ほどほどにしてもらいたい。

宿に着いた後、村長達とは別行動となった。

側《そば》にいないと護衛は務まらないが、この宿には腕利《うでき》きの警備の者がいるらしく、ゼオルさんと俺は明日の朝まで自由に過ごして良いらしい。

「おい、ニャンゴ。ちょっと付き合え」

「どこかに出掛けるんですか？」

「ギルドの酒場だ」

「お供します」

ゼオルさんは村長からの夕食の誘《さそ》いを断わって、ギルドの酒場に情報収集に向かうそうだ。

夕方から夜への早い時間は、仕事を終えた冒険者が互《たが》いの情報を交換《こうかん》する時間で、時間が遅くなってくると酒が回りすぎて話に取り止めが無くなるらしい。

宿を出てからは、大きめのアンブレラで雨を防ぎ、エアウォークで少し浮いて歩く。

道行く人達に驚いた表情で注目されたが、魔法を使っているのはゼオルさんだと思っているらしく、俺が少し浮いていることも気付いていないようだ。

「まったく便利な魔法だな。これなら雨の日の外出も苦にならんな」

「俺達猫人は、毛が濡れると乾かすのが面倒ですからね」

「なるほど、必要性が産んだ魔法ってことか」

ゼオルさんに続いてギルドの扉《とびら》をくぐると、内部には湿《しめ》った獣の臭いが籠もっていた。

街であっても、冒険者達は傘《かさ》など使わない。

村では樹液を染《し》み込ませた防水布の雨合羽《あまがっぱ》が多く使われているが、冒険者は革《かわ》のマントを使っている者が殆どのようだ。

ギルドに充満《じゅうまん》しているのは、濡れた革と汗の臭いのようだ。

雨の中でも依頼を終えた冒険者達が集まって来ているようで、低い囁《ささや》きが響《ひび》いている。

冒険者の中には俺と同年代に見える若い者も混じっているが、はしゃいだ声を上げては周囲のベテラン達に睨まれ、肩《かた》を竦《すく》めて小さくなっていた。

どうやら、イブーロの冒険者ギルドは、お気楽なファンタジー仕様ではなく、ガナンコのハードボイルド仕様らしい。

ゼオルさんは、酒場に向かう前に依頼書の貼《は》られた掲示板《けいじばん》へと足を向けた。

登録に来た時にも見たいと思っていたのだが、ヘラ鹿人《しかひと》の冒険者に絡まれてしまい、ギルドカードを取り戻して逃げ出したので見られなかった。

冒険者になるのは体の大きな人種が殆どなので、依頼書の貼られている位置は高く、猫人の俺では見づらい。エアウォークで、ゼオルさんと同じ高さまで目線を上げた。

「まったく、便利なものだな」

「こうでもしないと、良く見えないんですよ」

掲示板に貼られている依頼の多くは、魔物の討伐《とうばつ》だ。

イブーロの周囲には牧場が多く、家畜《かちく》を狙う魔物の討伐依頼は毎日のようにあるらしい。

ゴブリンやコボルトの討伐は銀貨五枚程度、オークでも大銀貨三枚程度が相場のようだ。

日本円の感覚だとゴブリンで五千円、オークでも三万円程度なので思ったよりも安い。

「魔物の討伐って、あんまり儲《もう》からないような……」

「ここに書かれているのは依頼料だけだぞ、素材や肉、魔石を売れば、その分の金が入る。ゴブリンは魔石程度しか使い道が無いが、コボルトなら毛皮や牙、オークならば肉も売れる。黒オークを仕留めて一頭丸ごと売り払えば、大金貨五枚ぐらいにはなるぞ」

「えぇぇ、そんなに儲かるんですか？」

「ただし、オークの巨体《きょたい》を持って帰ってこられなきゃ金にはならねぇぞ」

「あぁ、そうですよね。買い取ってもらうには持ち込まないといけませんよね」

森の中、山の中からオークを運んで来るのは、体の大きな冒険者でも一人では無理だろうから、パーティーを組んで活動するらしい。

協力して持ち込めたとしても、血抜きなどの処理が悪ければ、それだけ買い取りの値段も下がってしまうだろう。魔物の討伐で稼《かせ》ぐのは大変そうだ。

魔物の討伐以外の仕事では、商人や旅人の護衛の依頼が多く寄せられている。

こちらは日当が銀貨五、六枚で、その他に成功報酬《ほうしゅう》、戦闘報酬などが加味されるようだ。

「護衛の仕事は、長距離になるほど割が良い。護衛を主とする冒険者は、往復で別の依頼主の仕事をすることも珍しくない。依頼を受けながら、気ままに旅を楽しむ奴もいるな」

「へぇ、そっちの方が楽しそうですね」

「まぁ、何事も無ければ……だな。魔物だけでなく、商人狙いの盗賊《とうぞく》に襲われる場合もある。人間相手の命懸《いのちが》けの戦闘は、神経を磨《す》り減らす仕事だぞ」

「なるほど……」

魔物相手の戦闘ならば罪悪感も少ないし、頭を使ってくる場合でも限度がある。

だが、人間を相手にする場合には、自分と同等か場合によっては自分よりも悪知恵《わるぢえ》が働く者を相手にしなければならない。

そして、いくら悪人とはいえ、人間を殺すのには罪悪感が付いて回る。

護衛の依頼も、楽に稼げる仕事ではなさそうだ。

掲示板の依頼内容を一通り眺めると、ゼオルさんは酒場に足を向けた。

ドアを抜けると、フロアにはタバコの煙《けむり》が漂《ただよ》い、酒の香りと混じり合う大人の空間だ。

受付前のピリピリした空気とは一変し、嬌声《きょうせい》や笑い声が響いていた。

フロアでは、数人の綺麗《きれい》なお姉さんが、酒や料理を配って歩いている。

「ニャンゴ、間違っても女達には、自分から手を出すなよ」

「えっ？　はい……何かあるんですか？」

「酒場の女は、みんなのものだから、勝手に手を出す奴は……」

「全員の敵……ってことですね？」

「そうだ」

冒険者はゴツい男ばかりだから、セクハラ行為《こうい》は当たり前かと思いきや、紳士《しんし》協定のようなものがあるようだ。

前世でいうならオタクの不文律とか、純朴《じゅんぼく》男子柔道部員《じゅうどう》の紳士協定みたいな感じだろうか。

ゼオルさんは、フロアのテーブル席ではなく、カウンター席に腰《こし》を落ち着けた。

「エールをくれ、ニャンゴ、お前は？」

「ミルクをください」

俺が注文を告げると、一拍《ぱく》の間があった後で、ゲラゲラと品の無い笑いが起こった。

「おいおい、聞いたかよ。どこの子猫ちゃんが迷いこんだんだ？」

「そこの虎《とら》の爺《じじい》の隠し子じゃねぇの」

うんうん、こちらの世界でもお約束は通用するみたいだね。

少し声を張って注文した甲斐《かい》があるってもんだよ。

「おい、聞いてんのかぁ？　ここは、お子ちゃまの……うわっ、冷てぇ！」

これまたお約束の展開で、歩み寄って来た犬人の冒険者に、頭の上からエールをぶちまけられたけど、空属性魔法の漏斗《ろうと》で集めて、パイプを通して相手の股間《こかん》へお返ししてやった。

「爺ぃ、舐めた真似《まね》しやがって！」

「がははは、エールをこぼしたのは手前《てめえ》だろう。なに寝言をほざいている」

「このぉ……」

「それに、俺は何もしておらんぞ。手前を舐めてるのは、このニャンゴの方だぞ」

「なっ……このガキぃ！」

ゼオルさんと立ち合いをするようになったからだろう、自分よりも遥《はる》かに大きい犬人の冒険者と向かい合っても、まったく怖《こわ》いと思わない。

「舐めた真似しや……ぶほっ、な、なんだ？」

掴み掛かって来ようとした犬人の前にシールドを展開してやった。

思い切り顔面をぶつけた犬人は、驚いて後退《あとずさ》りしたので、次の仕掛けを展開する。

「痛っ、痛っ……な、何だ、痛っ……くそっ、どうなってやがる」

壊れやすく設定した空気の塊《かたまり》で、尖《とが》った棘《とげ》のようなものを作り、犬人の冒険者の周りに幾《いく》つも展開してやった。

チクっとするが、すぐに壊れる。痛みに驚いて体を反応させると、別の棘が刺さる。

棘は透明《とうめい》だから周りからは犬人の冒険者が一人で動き回っているように見えているだろう。

「ぎゃははは、なに踊《おど》ってんだローダス」

「なんだ、なんだ、もう酔《よ》っぱらってんのか？」

「くっそ、このガキがぁ……ぎゃう！」

犬人の冒険者がナイフを抜き放ったので、すかさず目つぶしを食らわせてやった。

勿論、視力を奪わない球形のサミングだが、ちょっと強めにしておいた。

ローダスと呼ばれている冒険者が、ナイフを放り出して蹲《うずくま》ると酒場は静まり返った。

ゼオルさんは静かに席を立つと、力んだ様子も見せずにローダスの鳩尾《みぞおち》に蹴りを見舞った。

グッタリとしたローダスの襟首《えりくび》を掴むと、引き摺《ず》っていって酒場の外へと放り出した。

ローダスと一緒に飲んでいた連中が動いた場合に備えて、いつでも空属性魔法を使えるように準備を調《ととの》えておいた。

「ぎゃははは、だっせぇ……ローダス、マジだささすぎぃ！」

「おう、ニャンゴって言ったな。なかなか、やるじゃねぇか」

「マスター、俺の奢《おご》りで小僧《こぞう》にミルク飲ませてやってくれ！」

意外な展開にきょとんとしていると、戻ってきたゼオルさんが肩を叩いた。

「ニャンゴ、冒険者って奴は、実力が全《すべ》てだ」

「はぁ……でも、あのローダスって奴は……」

「酒場で叩きのめされた奴は、外へと放り出される。なぜだか分かるか？」

「それが、勝敗を決めるから……ですか？」

「半分正解だ。負けた奴が、尻尾を巻いて帰りやすくしてやるんだよ」

「なるほど……」

放り出されたら負け、負けたら大人しく帰るのが、酒場の不文律なのだ。

「君……強いんだねぇ」

「うみゃぁ……は、はいぃ？」

突然、死角である左側から囁かれ、驚いて振り返ると、目の前に豊かな山脈があった。

気付かないうちに、酒場で働く獅子人《ししひと》のお姉さんに接近を許していたようだ。

「いくつ？　将来有望そうだねぇ……」

「え、えっと、十四になったばかり……」

「ふーん……お姉さんが、いいこと教えてあげよっか？」

おぉぅ、そんなに寄せて上げたら、零《こぼ》れる、零れそうだよ。

「え、えっと、えっと……」

「悪いが、こいつはまだ依頼の最中だから、また今度にしてくれ」

「あら、ざんねーん！」

獅子人のお姉さんは、スーっと俺の頬《ほお》を撫《な》でてから、仕事に戻っていった。

背中の毛がゾゾってなったよ。

「気を付けろよ、ニャンゴ。骨までしゃぶ……いや、齧《かじ》られるぞ」

「う、うっす……」

もの凄《すご》く残念だけど、大人の階段を上るのは、もう少し経《た》ってからだな。

この後、ゼオルさんと一緒に周囲の話に聞き耳を立てながら、いろんな冒険者の話を教えてもらった。

◆　◆　◆　◆

翌朝、俺はゼオルさんと一緒に村長一行を護衛して学校まで出向いて来た。

イブーロの学校は寺子屋みたいなアツーカ村の学校とは違い、荘厳《そうごん》な石造りの建物だ。

オリビエの入学試験については事前に話してあったが、ミゲルの編入試験は突然だったので、少々準備に時間が必要らしい。

オリビエとミゲルが試験を受けている間に、村長達は教会で『巣立ちの儀』に関する話し合いを済ませてくるそうだ。

「学校の内部は警備が行われているので大丈夫だと思うが、念のためにニャンゴ、二人を守っていておくれ」

「はい、頑張《がんば》ります」

ゼオルさんは村長達の護衛として教会に同行するので、こちらは俺一人だ。

これまでだったら、一人での護衛なんて荷が重すぎると思っていただろうが、昨夜ギルドの酒場で冒険者をあしらったことが自信になっていた。

「いいかニャンゴ、もし襲われた場合には、無理に相手を倒そうとするな。自分達の身の安全を確保して逃げに徹《てっ》しろ」

「分かりました、ゼオルさん」

護衛を任されたが試験中は入室を禁じられているので、俺はミゲルと一緒に廊下《ろうか》で編入試験の準備ができるのを待った。

廊下に置かれた五人ぐらいが座れそうな長椅子《ながいす》の、端《はし》と端に分かれてミゲルと座る。

「ふん、お前なんかに護衛が務まるのかよ」

「そう思うなら、勝手な行動はするなよ」

学校への入学試験は、イブーロの子供を対象としたものは日程が決められているそうだが、周囲の村からの入学希望者には、今日のように随時《ずいじ》試験が行われているらしい。

日本の学校とは違い二学期制で、春分の日と秋分の日の前後二週間が長い休みとなる。

新年の休みが無い理由は、雪で道が閉《と》ざされる地域からも入学してくる子供がいるので、下手に帰ってしまうと戻って来られなくなったりするからだ。

つまり、今年の春分の日から二週間もすれば、目障りなミゲルはアツーカ村から姿を消すという訳だ。

「おい、ニャンゴ」

「なに?」

「オリビエに手を出すんじゃないぞ」

「お前とオリビエじゃ身分が違うんだ、結婚《けっこん》なんかできないからな」

「はぁぁ?」

「心配するな、別に興味無いし……」

こちらの世界での恋愛観というものに、俺は少々戸惑《とまど》っていたりする。

いろんな種族が入り乱れて暮らすこの世界では、違った種族間での恋愛や結婚も珍しくないが、生まれてくる子供は父親か母親のどちらかの種族となる。

例えば、虎人と獅子人が結婚しても、ライガーは生まれて来ない。つまり、俺とオリビエが結婚した場合、俺よりも遥かに大きな熊人の子供ができる可能性があるのだ。

それに、俺の異性についての美的感覚とか倫理観《りんりかん》が前世のままなのだ。

昨夜、ギルドの酒場で近付いて来た獅子人のお姉さんは、ライオンの耳と尻尾を着けたコスプレみたいな、ボン、キュ、ボンなスタイルで、一緒に大人の階段を上りたいと思ったが、猫人の女性を見ても性的欲求は刺激《しげき》されない。

それに加えて、いわゆる人間に近い容姿の種族と、立って歩く猫にしか見えない自分が、そうした行為に及《およ》ぶのは獣姦《じゅうかん》じゃないのか、倫理的にどうなんだとも思ってしまう。

まぁ、こちらの世界では普通の事だし、いざとなれば欲望が理性を駆逐《くちく》しそうだが、だとしても普通の恋愛は上手《うま》くできそうもない。

「へくしっ! へっくしっ!」

俺が高尚《こうしょう》な物思いに耽《ふけ》っていると、静寂《せいじゃく》を邪魔するようにミゲルがクシャミを連発した。

視線を向けると、ミゲルはガタガタと震えている。

石造りの廊下には所々に明かり取りの窓があるだけで、休校期間で人がいないためか空気はヒンヤリとしていた。

俺は空属性魔法で作った防寒着を着込んでいるので寒くないが、馬車に外套《がいとう》を置いて来たミゲルは相当寒いらしい。

「アツーカ村のミゲル君、編入試験の準備ができたので教室の中へどうぞ」

教師と思われる山羊人《やぎじん》の女性が呼びに来た時には、寒さに耐《た》えかねたミゲルは廊下をウロウロと歩き回っていた。

「頑張れよ、ミゲル」

「うるさい……」

せっかく人が応援《おうえん》してやっているのに、うるさいとは何事だ。

まともな会話すらできないこんなガキが、将来アツーカ村の村長になるのかと思うと村の将来が心配になってくる。

ミゲルが教室に入って少しすると、入学試験を終えたオリビエが教室から出てきた。

教室を出る時、しっかりと挨拶をする辺りに育ちの良さが表れている。

「ミゲルの試験は始まったばかりだから、ここで待っていてくれる？」

「はい、失礼します……えっ？」

長椅子の中央に座ると思ったオリビエは、俺の隣に腰を下ろして怪訝《けげん》な表情を浮かべた。

「どうかした？」

「あの、これは……？」

オリビエは、俺が着込んでいる空属性魔法の防寒着を物珍しそうに触《さわ》っていた。

「あぁ、それは空属性魔法の防寒着だよ」

体の周りに空気の層を作る事で、寒さが伝わって来るのを防いでいると説明すると、オリビエは何度も頷《うなず》いてみせた。

「あの、ニャンゴさん。私の周りにも作れませんか。ここは少し寒くて……」

オリビエは、ちゃんと外套を着込んでいたけど、暖房《だんぼう》も無い廊下でじっとしているので、足元からの寒さを感じているようだ。

「うーん……体にピッタリ合うのを作るのは難しいから、空気の布団《ふとん》みたいなものに、俺も一緒に包まるようになっちゃうけど……」

「はい、お願いします」

「分かった、じゃあ、いったん立ち上がってくれるかな？」

自分にフィットする防寒着を作り、その上でオリビエが包まれる防寒用のシートを作ると魔素が足りなくなりそうな気がしたので、大きなシートを用意して一緒に包まることにした。

「わっ、わっ……ふわふわです」

「えっ、ちょっ……まぁ、いいか」

一緒に包まるとは言ったけど、抱《だ》きつかれて頬摺《ほおず》りされるとは思っていなかった。

オリビエにすれば、服を着た猫みたいな俺をモフりたかったのだろう。

「ふわぁぁ、本当に温かいです。ポカポカですぅ」

「うん、まぁ……ね」

前世で見た、モフられて迷惑《めいわく》そうな顔をしていた猫の気持ちが少し分かった気がする。

とりあえず、早いところミゲルの編入試験が終わってほしい。

どうせ真面目にやったところで、編入ではなく新入学になるのだろう。

俺に抱きついて、スリスリ、モフモフしていたオリビエは、体が温まったからか、コックリコックリと居眠りを始めた。昨夜は緊張《きんちょう》して眠れなかったのかもしれない。

自分以外の体温も加わってポカポカしているので、こちらまで眠たくなってくる。

昨夜は、ちょっと遅くまでゼオルさんに付き合わされて、少々寝不足気味なのだ。

「なっ、なにやってんだ、ニャンゴ！」

「良く見ろ。やってるんじゃない、されてるんだ」

試験を終えて教室から出て来たミゲルが、ピッタリと寄り添《そ》う俺達を見て騒《さわ》ぎ立てた。

「うるさい！　さっさとオリビエから離れろ、ノミが移ったらどうするつもりだ！」

「失敬な、毎日水浴びしてるんだ、ノミなんか飼ってねぇよ」

ギャンギャン吠《ほ》えるミゲルの声で、オリビエもうたた寝から目を覚ました。

試験は終わったので帰っても良いと言われたが、村長達が戻って来ないと帰れない。

さすがに二人を連れて、街中を歩いて宿まで戻るのは心配だ。

「すみません。どこかで待たせていただけませんか？　ここは、少し寒いので……」

「それなら、校門前のカフェが良いんじゃない？　窓から学校の門が良く見えるので、迎《むか》えの人も良く分かるわよ」

とりあえず廊下は寒すぎるので、試験官の先生に教わったカフェに移動する。

行き違いにならないように、伝言も頼んでおいた。

カフェは校門の斜向《はすむ》かいにあって、大きなガラス窓のあるお洒落《しやれ》な店だった。

ここならば、校門を警備している兵士の目が光っているので安心だ。

大きな窓枠《まどわく》に嵌《は》められた透明な板ガラスは土属性魔法を応用して作っているそうで、まだまだ高価なので村では見かけない。さすがに街は違うなと感じてしまった。

「どうしたの？　二人とも」

「あの、私お金を持っていないので……」

「あぁ、大丈夫。俺が出しておくよ」

「なんでニャンゴのくせに金持ってんだよ」

「毎日真面目に働いているからに決まってるだろ。カフェに入るぐらいのお金は持ってるよ」

どうやらミゲルもオリビエも、金を持たされていないようだ。

アツーカ村には店らしい店は、カリサ婆ちゃんの薬屋とビクトールの何でも屋しかなく、生活の殆どは物々交換《ぶつぶつこうかん》だし、子供が金を使うような場所が無いのだ。

たぶん、キダイ村もアツーカ村と大差無い状況だろう。

尻込みする二人を引っ張ってカフェへ入り、事情を話して窓際《まどぎわ》の席に座らせてもらった。

四人掛けのテーブルに、ミゲルとオリビエを隣り合わせに座らせ、俺はミゲルの正面に座る。

店員さんがメニューを持って来てくれたが、二人は目を白黒させているばかりだ。

村長や両親と街に来た時には、レストランなどで食事をすることもあるそうだが、注文も支払いも任せきりなので、勝手が分からないらしい。

かく言う俺も、こちらの世界の店のシステムは良く分からない。

というか、料理の名前が分からないので注文のしようがなかった。

「あのぉ……学校の生徒さんに、一番人気のあるメニューはどれですか？」

「それなら、このポテュエね。卵と牛乳を使ったお菓子《かし》よ」

「では、それと、飲みやすいお茶を三人分お願いします」

「かしこまりました」

店員さんが厨房《ちゅうぼう》へと向かうと、ミゲルはふーっと大きく息をついて、額の汗を袖《そで》で拭った。

「お前、何でそんなに落ち着いてんだよ」

「そりゃあ、自分のお金を持ってるからだよ。注文した品物に代金を払えれば、何歳だろうが猫人だろうが客だからな」

「凄いです。やっぱり冒険者の方は違いますねぇ」

またオリビエの評価を上げてしまったみたいだけど、その手をワキワキさせてるのは、俺をモフろうとしているのか。

「ふん、冒険者なんて言っても、こいつがやってるのは草摘みとネズミ捕《と》りだけだぞ」

「まぁ、その通りだが、爺さんや親に頼《たよ》りきりの誰《だれ》かさんよりはマシだろう」

「何だと、こいつ！」

「悔しかったら学校で勉強して、どうすれば村の生活が楽になるのか考えてくれ。それが将来の村長である、お前の仕事だ」

「ふん、お前に言われなくても分かってる」

注文したポテュエという菓子は、日本で言うプリンに近いものだった。

日本のプリンのような滑《なめ》らかさや、プルプル感には欠けるものの味は濃厚《のうこう》だ。

「うみゃ、うみゃいな、これ」

「ふ、ふん、この程度、珍しくもないさ」

「美味しいです。こんなの初めてです」

子供は子供らしく、美味《うま》いって言っておけば良いのに、本当にミゲルは捻《ひね》くれている。

美味しそうに食べるオリビエの笑顔は可愛らしくて、ミゲルが惚《ほ》れるのも納得《なっとく》だ。

それにしても、このポテュエは美味い。たぶん使っているミルクの質が良いのだろう。

昨晩、ギルドの酒場で出されたミルクも、思った以上に新鮮《しんせん》で濃厚な味わいだった。

あのミルクが普通に出回っているのならば、チーズとかも美味いだろう。

今夜もゼオルさんが酒場に行くならば、ぜひ乳製品を使った料理を頼んでみよう。

◆◆◆◆

イブーロへ行った数日後、オラシオから手紙が届いた。

両親に宛《あ》てた手紙に、俺宛《あて》の手紙が同封《どうふう》されていたそうだ。

こちらの世界で初めてもらった手紙は、オラシオらしい几《き》帳面《ちようめん》な文字で書かれていた。

ニャンゴ、元気にしていますか。

僕《ぼく》は、元気にしています。

王都は、ニャンゴが言っていた通り、すごい街です。

アツーカ村の周りの山よりも広くて、お城とか、お屋敷《やしき》とか、すごい建物がいっぱいです。

ニャンゴが遊びに来るまでに、王都を案内できるようになりたいけど、まだ王都の端にある訓練所から殆ど外に出ていません。

外に出たのは、騎士団《きしだん》の荷物を運びに行った時だけで、当分案内できるようになれそうもありません。

騎士になるための訓練は、とても厳しくて、辛《つら》くて、何度も泣いてしまいました。

でも辛い時は、ニャンゴに貰《もら》った魔道具に火を灯《とも》しています。

魔道具の炎《ほのお》を見ていると、村や巣立ちの日にニャンゴと回ったお祭りを思い出します。

炎の中からニャンゴが、頑張れ、必ず騎士になれって励《はげ》ましてくれているようで、いつも元気になります。

これからも厳しい訓練が続くと思うけど、ニャンゴとの約束を守って、必ず騎士になるから、いつか王都に遊びに来て下さい。

また会える日を楽しみにしています。

オラシオより

ゼオルさんから聞いた話では、騎士見習いは基礎《きそ》体力と魔力を鍛《きた》えるために、ひたすらトレーニングをやらされるそうだ。

オラシオは、気は優《やさ》しくて力持ちタイプだが、力があると言っても村の子供の中では……というレベルだし、騎士になるために相当しごかれているのだろう。

泣きべそをかきながら、じっと魔道具の火を見詰《みつ》めているオラシオの姿を想像すると、本当に大丈夫なのか心配になってくる。

田舎者だと馬鹿にされたり虐《いじ》められたりしていないか、前世の自分を思い出して不安になるが、必ず騎士になると力強く書いているのだから信じよう。

俺も約束を守って、王都まで旅ができるような冒険者になろう。


オラシオから手紙を受け取った翌日は、棒術の立ち合いの日だったが、やる気が空回りしてボコボコにやられた。

「何があったか知らんが、急に強くなったりしねぇぞ」

「ですよねぇ……」

「水でもかぶって、頭冷やして来い」

稽古《けいこ》を終えると汗と埃《ほこり》でドロドロになるので、井戸で水浴びさせてもらい、お茶をご馳走《ちそう》になってから帰るのが最近のパターンだ。

最初は、薬湯かと思う味だったが、最近のゼオルさんが淹《い》れるお茶はお世辞抜きに美味しい。

「はぁぁ……うみゃ、ほっとしますねぇ」

「だろう……」

「ゼオルさん、探知魔法と棒術の併用ってどうですかね？」

「はぁ？　探知魔法だぁ？」

　冬に始めた小さな空気の粒《つぶ》をばら撒いて、接触《せつしょく》した物を探知する魔法に慣れてきたので、本格的に死角のカバーに使おうと考えたのだ。

「また面白いことを考えやがるな。三人四人を相手にする場合ならば、死角にいる相手を捉えるのに有効だが、一対一の戦いにおいては相手を視野から逃さず戦った方が良いな」

「なるほど……今の時点でゼオルさんに手も足もでない俺は、他に気を配ってる余裕なんか無いだろう……ってことですね？」

「そうだ。もっと集中して研ぎ澄《す》ませ」

　俺にエアウォークを使用した立体機動を許可して、しっかりと構えるようになったゼオルさんの強さは、それまでとは別格の出鱈目《でたらめ》さだ。

　腕が何本あるのか、棒を何本持っているのかと疑いたくなるぐらい、千変万化《せんぺんばんか》、自由自在に繰り出される棒は、打ち合わせるだけでも大変だ。

　視力、気力、体力、知力、全ての力を注ぎこんでも、ゼオルさんに俺の棒は掠りもしない。

　確かに探知魔法に気を取られている余裕は無いのだが、将来のことを考えるなら使えた方が良いので、後方の一部にだけは内緒で探知魔法を使うようにしよう。

「そうだ、ゼオルさん、魔道具って何なんですかね？」

「なんでぇ、いきなり変なことを聞きやがるな」

「魔物とか獣の討伐をするなら、水の魔道具とか持っていた方が良いかと思って」

　ゴブリンを倒して心臓を食べた時は、近くに沢が流れていたので水は確保できたが、魔物除けのための焚火はできなかった。

冒険者として活動するならば魔道具を持っていた方が良いが、知識が不足しているので経験豊富なゼオルさんに聞いてみたのだ。

「そうだな。ニャンゴは空属性だから、解体の時に付いた血を洗い流すには、水の魔道具を持っていた方が良いし、野外で活動するなら火の魔道具も欲《ほ》しいな」

「俺もそう思って、次にイブーロの街に行く機会があったら、魔道具屋を覗《のぞ》いてみようかと思ってるんですが……何を基準に選べば良いのか分からなくて」

「あぁ、なるほどな。それなら、俺が持ってるやつを見せてやろう」

ゼオルさんの離れに置かれている魔道具は、全部で四種類だった。

水の魔道具、火の魔道具、明かりの魔道具、最後の一つが風の魔道具だ。

「俺は、風属性だから風の魔道具は必要ないが、こいつはここに置いてあったもんだ」

俺の家は、水は井戸、火は母親の魔法、明かりはランプ、風は団扇《うちわ》で代用しているので魔道具は存在していない。

魔道具の値段は驚くほど高価ではないので、別に貧しい我が家でも買えない訳ではないが、無くても何とかなっている。

「この水の魔道具は、魔石でも自分で魔力を流しても使えるタイプだ。解体の時は紐《ひも》で木の幹とかに括《くく》り付け、下のこの部分に魔石が接触するようにして、水を出しっぱなしにして使う」

水の魔道具は、幅五センチ、長さ十五センチ、厚さが二センチ程度の板状で、端に開けられた穴には革紐《かわひも》が通してある。

材質は、滑らかに加工された石材で、革紐の反対側には魔法陣《じん》が刻まれてある。

魔法陣は、複数の同心円と複雑な模様で構成されていて、一番外側の円からは持ち手側に向かって一本の線が伸《の》びていた。

「俺も詳《くわ》しいことまでは知らんが、この魔法陣の部分は魔物の角や牙などの魔素を通しやすい材質で作られているそうだ。この魔法陣に魔素が流れると魔法が発動するらしい」

「なるほど、ちょっと使ってみても良いですか」

「構わないが、ここだと部屋が水浸《みずびた》しになるから流しか庭でやってくれ」

庭に出て魔道具の持ち手を握り、魔素を循環《じゅんかん》させるようにイメージすると、魔法陣の部分から水が溢れ出した。

身体強化魔法の要領で魔素を余分に押し込もうとしたが、一定の量までしか入らなかった。流し込む魔素の量で、魔道具の出力を調整したりはできないようだ。

魔法陣から伸びている線の部分が魔素を流し込む導線のようで、ここに魔石を押し当てても魔道具を使えるようだ。

火の魔道具も、明かりの魔道具も、風の魔道具も基本的な構造は同じだ。

「違いは、魔法陣の大きさと模様ですか?」

「そうだ、一般的に魔法陣が大きいほど、魔素を通しやすい材質ほど魔法の威力は増す。魔法陣の模様は、魔法の種類によって異なっている」

確かに見くらべてみると、どの魔法陣も模様が全く異なっている。

「ゼオルさん、この魔法陣の模様、描《か》き写しても良いですかね」

「それは構わないが、お前、自分で魔道具を作るつもりなのか？」

「いや、自作は難しいと思うけど、ちょっと確かめてみたいので」

魔法陣の模様は複雑で、陣の正確性も効率に影響《えいきょう》を与《あた》えるらしいので、間違いが無いよう慎重に魔法陣を描き写した。


翌日、魔法陣を描き写した紙を持って川原へ行き、棒で土の上に火の魔法陣を描いた。

極力歪《ゆが》みが無いように三回ほど描き直したが、土に描いただけでは火は点《つ》かない。

「それじゃあ、これならどうだ？」

川原に描かれた魔法陣の形になるように、空属性魔法で空気を固めてみた。

紙のようにペラペラではなく、厚さ三センチぐらいに空気を固めて魔法陣を作ると、ボンっという音とともに炎が噴き上がった。

「おぉぉぉぉ！　凄ぇ、マジで火が点いた……」

魔道具を見ている時に、魔素を含んでいる空気を魔法陣の形に固めれば発動するのではと思い付いたのだが、こんなに上手くいくとは思わなかった。

火の魔法陣だけでなく、水の魔法陣も、明かりの魔法陣も、風の魔法陣も試してみたが、どの魔法陣もちゃんと発動した。

「凄ぇ、魔道具買わないで済んだ。てか、これって他の属性魔法も使えるみたいじゃん」

これまで多くの人が研究し挑戦《ちょうせん》してきたが、属性魔法は一人一種類というのが常識で、複数の属性を操れた人は過去には一人もいないそうだ。

この空属性魔法による魔法陣を使えるようになれば、正確には刻印魔法を使っているのだが、一人で複数属性を操っているように見えなくもないだろう。

「あーっ……でも悪目立ちするから、人前では使わない方が良いのかな？」

世界初とか世界で唯一《ゆいいつ》となると、変な妬みや恨《うら》みを買いそうな気がする。

止《や》むを得ない場合を除いて、練習も人目につかない場所でやろう。

とりあえず、魔法陣を覚えるところから始めたのだが、これが思った以上に大変だ。

複雑な模様が少しでも違っていると、発動しなかったり発動しても効果が安定しない。

魔法陣の形を覚えるために、ゼオルさんの所で写してきた手本を地面に棒で描いて覚えようとしたのだが、何度描いても覚えられる気がしない。

フリーハンドで描く感じでは魔法陣を形作れないし、発動までに時間が掛かり過ぎる。

折角、いろいろな魔法が使えるようになるのだから、生活の道具としてだけでなく、武器としても使いたいと思っているのだが、なかなか難しそうだ。

魔法陣の描き取り練習に飽《あ》きて、棒を放り出して違う方法を考えた。

もっと一瞬でイメージする方法が無いか考えたら、答えは意外に簡単だった。

ひたすら魔法陣を描くのではなく、ひたすら魔法陣を発動させるのだ。

火の魔法陣は、発動した瞬間に赤熱した魔法陣が浮かび上がる。

その瞬間を画像として記憶《きおく》して再現するようにしたら、魔法陣を覚えられた。

勿論、何度も、何度も、何度も、何度も発動させた結果だ。

さらに練習と検証を続けてみると、固める空気の厚さによって持続時間が変わり、圧縮率を高めると魔法の強さが上がった。

火の魔法陣なら圧縮率を高めると炎の温度が上がり、明かりの魔法陣なら光度が上がる。

もう一つ大きな発見があって、魔法陣は組み合わせて使えるようだ。

一般的な魔道具は土台の上に魔法陣が刻まれているので重ねては使えないが、空属性魔法で作った魔法陣は模様以外の部分は中空になっているので重ねて使えるのだ。

火と風の魔法陣を重ねると、ボォーっと音を立てて炎が大きく噴き上げられた。

「すげぇ、バーナーだ、バーナー。これ攻撃として使えるんじゃない？」

今はガスコンロぐらいの威力しかないけど、魔法陣を大きくして圧縮率も高めれば、火力も上がって火炎《かえん》放射器のように使えるだろう。

魔物は火を恐れるし、攻撃が軽いという空属性魔法の欠点を補える。

「でも、もっと素早く発動できなきゃ使えないよね」

バーナーは作れたが、火の魔道具と風の魔道具を別々に作って、移動させてドッキングさせる……なんて時間が掛かっていたら武器としては使い物にならない。

逆に、発動させる場所、魔法陣の大きさ、厚さ、圧縮率、方向などを自由自在に、瞬時に作れるようになれば強力な武器になるはずだ。

薬草の採取、モリネズミの捕獲《ほかく》、棒術の素振りに魔法陣の練習、いくら時間があっても足りない気がするが、それだけ毎日が充実《じゅうじつ》している証拠《しょうこ》だ。

努力と工夫を重ねて、いつか王都でオラシオと再会した時にでも、胸を張れるような冒険者になってやる。

第四話　強敵との戦い

六月に入り雨の日が増えてきた。

村の人達は、単純に雨季と呼んでいるが、俺《おれ》は密《ひそ》かに梅雨《つゆ》と呼んでいる。

アツーカ村の季節の移ろいは、日本の四季に良く似ていた。

ジメジメとするこの季節は、自前の毛皮を着込《きこ》んでいる猫人《ねこひと》にとっては一段と鬱陶《うっとう》しい。

雨季が終われば、太陽が照りつける夏がやって来るが、やっぱり猫人には辛《つら》い季節だ。

今年もゼオルさんとの稽古《けいこ》の日以外は、昼間は沢《さわ》沿いの涼《すず》しい場所で過ごすとしよう。

雨が降り続いていても、ゼオルさんとの稽古は行われている。

実戦では雨の中で戦う場合もあり、足元が濡《ぬ》れて滑《すべ》りやすい、雨滴《うてき》が目に入るなどの状 況《じょうきょう》にも対応できなければならないからだ。

俺はエアウォークを使っているから足を滑らせる心配は要《い》らないし、何ならアンブレラで雨も防げるが、経験値を上げる意味で濡れながら立ち合いを行っている。

その棒術も、少しずつだが上達の兆《きざ》しが見え始めてきた。

構えをとったゼオルさんとでも、打ち合える回数、時間が増えてきている。

「しゃっ！」

「おぅ！」

突《つ》き入れた棒を弾《はじ》かれても、以前のように手から離《はな》れて飛んでいきそうな感じは無い。

何度も、何度も、何度も弾かれているうちに、受け流す術を体が覚えたのだ。

弾かれる場所、方向、強さは、一回ごとに違《ちが》っているので、頭で考えて動いているようでは対処が遅《おく》れてしまう。

勝手に体が反応するまで、ひたすら打ち合い、打たれ、悔《くや》しい思いをしてきた成果だ。

だが経験の差に加えて体格差もあるので、俺の棒はゼオルさんには当たらない。

一朝一夕《いっちょういっせき》には埋《う》められない差だが、俺はまだまだ成長する。

成長を続ける限り、差は縮まっていくはずだ。

「そこっ！」

俺の上段から打ち込《こ》みを払《はら》った時、ほんの少しゼオルさんの足捌《あしさば》きが乱れたように見えた。

すかさず脛《すね》を払いにいったが、待ち構えていたように上から押《お》さえ込まれ、跳《は》ね上がって来た棒の先は、俺の顎《あご》の下でピタリと止まった。

「罠《わな》か……」

「そうだ、お前を誘《さそ》い込むために、わざと隙《すき》を作って見せたのさ」

「くぅ……」

「だが、悲観することは無いぞ。今までにも、何度か同じような隙を見せて誘っていたが、明確に反応できたのは初めてだ」

「でも、反応できても罠じゃ……」

「隙と見れば攻撃《こうげき》するのは当然だ。罠だったら、罠に対処すれば良いだけだ」

「うわぁ、先は長いなぁ……」

「そういう事だ……そら、行くぞ！」

時々、ゼオルさんは教えるのが上手《うま》いのか下手なのか分からなくなるが、たぶん考えたら負けなんだと思う。考えるな……感じろだ。

稽古の後は、井戸《いど》で水浴びをしてから、冷たいお茶をご馳走《ちそう》になった。

ゼオルさんが、行商人の持ち込んだ冷蔵庫を購入《こうにゅう》したのだ。

構造は単純で、内側に金属板を貼《は》った木箱の中に冷やす魔道具《まどうぐ》が取り付けてあるだけで、凍《こお》るまではいかないがキンキンには冷える。

冷やしてあったのはハーブティーで、スーっとした清涼《せいりょう》感が涼しさを増してくれた。

「ゼオルさん、茶店でも開くつもりですか？」

「がはははは、それも良いな。体が動かなくなったら、村長から街道《かいどう》沿いの土地を借りて、茶店の爺《じじ》いに納まるか」

茶店のゼオルさんを想像しかけたが、そもそも動けなくなった姿が思い浮《う》かばない。

このおっさんは、俺が爺ぃになっても矍鑠《かくしゃく》としていそうだ。

そろそろ帰ろうかと思っていたら、外からバシャバシャと足音が聞こえてきた。

「ゼオルさん、オークです。キダイ村からアツーカ村へ向かう途中《とちゅう》で三頭の群れが現れて、乗り合い馬車が襲《おそ》われました」

「被害《ひがい》は？」

「馬一頭と御者《ぎょしゃ》が一人、怪我人《けがにん》も数人出ています」

「街道は止めたのか？」

「うちからキダイ村に向かう側は通行止めにしてありますが、キダイ村には情報が届いているかどうか……」

「十五人集めろ。明日の朝には出るぞ」

「分かりました」

村長宅の使用人は、雨に打たれながら駆《か》け戻《もど》っていった。

「ニャンゴ、お前も来い」

「はい、俺も戦闘《せんとう》に参加させて下さい」

「状況次第《しだい》だが……良いだろう。ただし、俺と組んで攪乱《かくらん》する役目だ。間違っても自分一人で仕留めようなんて考えるなよ」

「ゼオルさんと組むんですか？」

「他の村の連中には、五人掛《が》かり、七人掛かりでオークと戦う訓練を付けている。それに、体格差があり過ぎるニャンゴが急に混ざると、かえって混乱を招くから組むのは俺とだ」

オークは大きな個体になると身長二メートルを軽く超《こ》える。

銀級以上の冒険者《ぼうけんしゃ》でなければ、単独で討伐《とうばつ》するのは難しい。

イブーロのような街の近くでオークが出た場合には、冒険者ギルドに依頼《いらい》が出されて討伐が行われるが、ギルドの出張所すら無いアツーカ村では村人の手で対処するしかない。

今回はオーク三頭を、一頭はゼオルさんと俺、残りの二頭は十五人の村人で討伐する。

「オークは春から夏に掛けて、縄張《なわば》り争いをする。おそらく今回のオークは、これまで養われていた若いオスが群れから追い出され、まだ縄張りを持てず集まって行動しているのだろう」

「では、そんなに大きな個体じゃないんですかね？」

「だとしても油断は禁物だぞ。若いオスってのはニャンゴ、お前みたいなものだ。食って、寝《ね》て、どんどん成長する時期でもあるから貪欲《どんよく》だ。それに経験の浅い個体は人を恐《おそ》れず、街道や村にも踏《ふ》み込んで来る。早めに対処しないと被害が大きくなる恐れがある」

アツーカ村のような小さな村は、オークの群れに狙《ねら》われれば壊滅《かいめつ》的な被害を受けかねない。

だから村長は元冒険者のゼオルさんを雇《やと》い、村の男達が戦えるように指導を頼《たの》んでいるのだ。

一人では無理でも、五人、十人で囲んで攻め立《せ》てれば勝機が生まれる。止《とど》めは刺《さ》せなくても、痛い目に遭《あ》うと覚えさせれば村には近づかなくなる。

「ゼオルさん、討伐はどういう手順でやるんですか？」

「今回は、参加する十五名を幌馬車《ほろばしゃ》に乗せてキダイ村に向かう。オークどもは馬車を見つければ襲って来るから、そこを返り討《う》ちにする」

「もし五頭とか十頭のオークが出て来たら？」

「応戦しつつ、キダイ村まで引っ張って行く」

「えっ、キダイ村に連れて行っちゃうんですか？」

「馬車の向きを変える余裕《よゆう》は無いだろうし、キダイ村でも準備は進めているはずだ。その上でニャンゴ、お前にキダイ村まで知らせに走ってもらう」

「俺が先行して、キダイ村にオークを連れて行くと知らせるんですね」

「そうだ、こいつはアツーカ村だけでなく、キダイ村の問題でもあるからな」

オークどもが、そのまま街道周辺に留《とど》まるのか、それとも村を襲って来るのか、襲うとすれば、アツーカ村なのかキダイ村なのか……どちらの村にとっても他人事《ひとごと》ではない。

「明日は、晴れるといいですね」

「そうだが……あまり期待はできんな」

稽古をしていた時よりも雨脚《あまあし》は弱まっているようにも見えるが、窓から見える西の空は雲に覆《おお》われていて暗い。

せめてもう少し明るければ明日の好天も期待できるのだが、今の時点では望み薄《うす》のようだ。

「天候は期待できないが、討伐を終えた後の飯は期待できるぞ」

「そうか、オークは村に持ち帰って食えるんですね？」

「おうよ、バラ肉の煮込《にこ》み、ロースのステーキ、腹一杯《はらいっぱい》食えるぞ」

オークの出没《しゅつぼつ》は村にとっては危機だが、仕留められれば一転してお祭り騒《さわ》ぎだ。

育ち盛《ざか》りの若いオークどもには、育ち盛りの俺の糧《かて》となってもらおう。

明日の討伐は、明るくなってから出発するらしい。

あまり早い時間だと、肝心《かんじん》のオークが目覚めていない場合があるそうだ。

討伐に行く馬車はオークを引き寄せる囮《おとり》でもあるので、たとえ好天に恵《めぐ》まれたとしても速度を落として進むらしい。

「ニャンゴ、お前は俺と一緒《いっしょ》に御者台に座《すわ》ってもらう」

「屋根係ですね」

「そうだ。晴れた日ならば、ノンビリ馬車を走らせるのは良いものだが、この鬱陶しい雨に打たれるのは御免《ごめん》だからな」

村長やミゲルと一緒にイブーロに行く途中で雨に降られ、空属性魔法で御者台を覆うように作った屋根が気に入ったのだろう。

「笠《かさ》や雨合羽《あまがっぱ》、革《かわ》のマント……いろいろ試《ため》してみたが完璧《かんぺき》には雨を防いではくれん。尻《しり》が濡れていくのは心底気持ち悪いし、座ったまま小便を漏《も》らしたようで情け無い気分になるからな」

「ゼオルさんでも、チビるようなことがあったんですか？」

「ば、馬鹿野郎《ばかやろう》、物のたとえだ、物のたとえ！」

「ですよねぇ……」

強面《こわもて》のゼオルさんからは、座り小便を漏らすような姿は想像できないのだが、否定の仕方がちょっと必死そうだったので、あるいは若い頃《ころ》に何かあったのかもしれない。

まぁ、聞き出せる気もしないし、真相は闇《やみ》の中だな。


翌朝は、やはり雨模様だった。

土砂降りではないのだが、細かい雨が風に乗って吹《ふ》き付けてくるのが鬱陶しい。

討伐に参加する村人は十五名、全員が革鎧《かわよろい》を身に着け、雨合羽を着こんでいる。

ムワっとする気温と湿度《しつど》なので、立っているだけで汗《あせ》が噴《ふ》き出しているようだ。

「全員用意はいいな。相手はオークだ、ゴブリンみたいに簡単じゃねぇが、人数を揃《そろ》えて掛かれば倒《たお》せる相手だ。五人組、七人組、どちらでも混乱せずに動けるように、馬車の中で最終確認《かくにん》をしておけ。では、乗り込め！」

幌馬車の荷台の左右に七人ずつ、余った一人は一番後ろに寄り掛かっている。

皆《みな》全員、雨合羽を脱《ぬ》いで汗を拭《ぬぐ》い、少しホッとした表情を浮かべていた。

御者台の左側にはゼオルさん、右側に俺が座り、周囲を警戒《けいかい》しながら進む。

オークが出没したのは、アツーカ村とキダイ村のちょうど真ん中辺りだったそうだが、移動している可能性は十分に考えられるので油断はできない。

「ニャンゴ、身体強化も使って見張れ。街道にいる俺達《たち》と森に身を潜《ひそ》めているオーク、どちらがどれだけ早く発見できるかで後の状況が変わってくるからな」

「了解《りょうかい》です……」

とは言ったものの、周囲の景色は雨で霞《かす》んで見える。

練習している探知魔法を試してみたが、立木や灌木《かんぼく》が邪魔《じゃま》をして上手く探知できない。

街道の両側は、草地が広がっている場所もあれば、森が近くまで迫《せま》っている場所もある。

雨に煙《けむ》る森は薄暗く、いつもなら何でもない道だが、今にも隠《かく》れていたオークが飛び出してきそうで不気味だ。

「そんなに硬《かた》くなるな……と言っても難しいだろが、オークどもが隠れているのは森とは限らん。草地の窪《くぼ》みに伏《ふ》せて、待ち構えている場合もあるからな」

「そういうのは、どうやって見破るんですか？」

「棒術の隙と一緒だ。俺達は神様じゃねぇからな、全部を見破るなんてできやしない。見破る努力はするが、見破れなかった時にも備えておけ」

「なるほど……分かりました」

去年の今頃の俺では、オークの攻撃を防ぐ術《すべ》は無かったが、ゴブリンの心臓を食べて空属性魔法の強度が上がっているから、防御《ぼうぎょ》できるし反撃だってできるはずだ。

あとは急な事態が起こってもパニックにならず、冷静に的確に行動できるように心構えをしておくだけだ。

出発してから二時間ほどが経過したが、オークらしき影《かげ》は見当たらなかった。

昨日、馬一頭と御者を餌食《えじき》にしているので、今日は現れないのではないかと思い始めていたが、ゼオルさんは俺では気付けない何かを察知したようだ。

「全員準備を始めろ。今のうちにしっかり水を飲んでおけよ。戦いが始まったら、水を飲む余裕は無いぞ」

御者台から振《ふ》り返ったゼオルさんが放った一言で、幌馬車の中の空気が一気に張り詰《つ》めた。

参加する十五人の村人は、馬車に乗り込む時に雨合羽を脱いだが再び着込むことはない。

「ゼオルさん、オークはどこですか？」

「まだ見えてねぇ。見えてはいないが……近いぞ」

「えっ、それって……」

「ふふん、勘《かん》だ、勘」

ゼオルさんは、ニヤリと口許《くちもと》を緩《ゆる》めたが、目には尋常《じんじょう》ではない光が宿っている。

そして、ゼオルさんの警告から五分と経《た》たずに襲撃《しゅうげき》が始まった。

「ブルッヒィイイン！」

いきなり目の前に降って来た丸太に驚《おどろ》いて、馬車を曳《ひ》いていた馬が棹立《さおだ》ちになる。

「来たぞ！　左の森だ！」

鬱蒼《うっそう》と茂《しげ》る灌木の向こう側から、三頭のオークが姿を現した。

予想した通り若い個体のようで、オークとしては小柄《こがら》に見えるが、それでも俺からすれば見上げるような巨体《きょたい》だ。

上手く馬車を足止めできたと思っているのか、悠然《ゆうぜん》と歩み寄ってくる。

「全員下りて、七人組で準備しろ！　一頭は俺が引き受ける！」

ゼオルさんは村の男達に指示を飛ばした後も、御者台からオークの背後を確かめている。

馬車から降りた村の男達は、二手に分かれて迎撃《げいげき》態勢を整え始めた。

前衛三人、後衛四人を基本として、オークを包囲する陣形《じんけい》だ。

こちらの迎撃態勢を見て、オークも足を止めた。

空気がピーンと張り詰めていく中、叩《たた》き付けるように降り始めた雨音が辺りを支配する。

ゼオルさんが馬車のブレーキを掛けて御者台から降りた。

「ブモォォォォ！」

「来るぞ！　気合い入れろ！」

「うぉぉぉぉ！」

オークの咆哮《ほうこう》に、村の男達が雄叫《おたけ》びを返す。

「ブモォォォ！」

突然《とつぜん》背後から迫ってきたオークに反応できたのは、いつもの癖《くせ》で背後に展開していた探知魔法のおかげだ。

咄嗟《とっさ》に馬車の中へと飛び込んだ直後、俺のいた御者台はオークの棍棒《こんぼう》で粉砕《ふんさい》された。

御者台が砕《くだ》ける大きな音で馬が暴れ、ブレーキの外れた馬車が暴走を始める。

エアウォークで宙を駆けて体勢を立て直し、馬車の後ろから飛び出すと、別のオークと鉢合《はちあ》わせになってしまった。

「ブフゥゥ！」

「シールド、ダブル！　ふぎゃぁ！」

シールドを二重に展開し、一枚は固定、一枚は自分で持ってオークの棍棒を受け止めようとしたが、一枚目はあえなく粉砕され二枚目を持ったまま殴《なぐ》り飛ばされた。

二枚目のシールドは砕けなかったが、バットで打たれたボールのように体が宙を舞《ま》う。

街道脇《わき》の草地に叩き付けられてゴロゴロと転がった所へ、さっきのオークが迫って来た。

「シールド！」

「ブギィ！」

突っ込んで来るオークの顔の前にシールドを展開して足止めするが、俺を殴り飛ばしたオークも追い掛けてくる。

「くそっ、何で俺ばっかり……」

馬車の向こうでも乱戦が始まっているようで救援《きゅうえん》は期待できないし、こっちのオークが向こうに行けば状況は一気に悪化する。

あちこち痛む体を無理やり引き起こし、覚悟《かくご》を決めて雄叫びを上げる。

「うにゃぁぁぁぁ！」

「ブモォォォォォ！」

棍棒を振り上げたオークの腕《うで》の前にシールドを展開、エアウォークと身体強化を併用《へいよう》して一気に走り寄り、オークの腹に空属性魔法で作った槍《やり》を突き入れる。

「ブギィイ……」

槍を放棄《ほうき》して振り下ろされるオークの左腕を回避《かいひ》。

「サミング！」

視力を奪《うば》う鋭利《えいり》なサミングを発動するが、右目は外してしまった。

探知魔法で察知した背後から迫ったオークが振り回す棍棒を飛び上がって躱《かわ》し、そのままエアウォークを使って上空から包囲を抜《ぬ》け出す。

槍の一撃は確かに刺さったが、コボルトの時のように深く刺さった手応《てごた》えがない。

分厚い皮下脂肪《しぼう》とか筋肉が邪魔をして、俺の力では刺さらないのかもしれない。

「それならば……デスチョーカー」

オークの首の周りに、空属性魔法で固めた輪っかを嵌《は》めた。

輪の内側には、ぐるっと刃《は》が付けてある。

「さぁ、こっちだ、掛かって来い！」

「ブモォォ……ブギッ？」

オークが動くと首に刃が食い込み鮮血《せんけつ》が溢《あふ》れたが、すぐ握《にぎ》りつぶされてしまった。

「ブフゥゥ……」

一頭は片目と腹、もう一頭は首筋、いずれも致命傷《ちめいしょう》には程《ほど》遠いが、体の小さい俺に傷を負わされたことでオークの目が怒《いか》りで血走っている。

二頭のオークはチラリと視線を交《か》わすと、俺を挟《はさ》み込むように動いた。

「シールド、ダブル！」

「ブギィ……」

左側に回り込もうとするオークの足元にシールドを展開、躓《つまず》いて倒れる顔面の前にもう一枚のシールドを展開してやった。

シールドは砕けたけれど、鼻面《はなづら》を強打してオークは呻《うめ》いている。

「そうか、相手の体重を利用すればいいんだ。シールド、スピア！」

「ブギィイ……」

右側に回り込もうとしたオークの足元にもシールドを展開して、倒れ掛かる胸の前に槍を立てると、俺が持って突っ込んだ時よりも深く刺さった。

これなら戦える、俺でもオークを倒せるかもしれない。

「ブモォォォォォ！」

先に転がしたオークが起き上がり、再び突進してきた。

「シールド、ダブル改！」

一枚目のシールドは従来通り形を足元に展開して躓かせ、二枚目のシールドは外周の縁《ふち》に刃を付けて、倒れ込むオークの首を斬《き》り裂《さ》くように立てた。

「グブゥ……」

骨に当たってズレたが、刃を付けたシールドはオークの左の首筋を深々と斬り裂いた。

倒れたオークの首筋から噴き出す鮮血の量が、致命傷だと物語っている。

「よしっ！　もう一頭も……にゃっ、シールド！　ふぎゃ……」

一頭のオークに致命傷と思われる深手を与《あた》え、ほんの一瞬《いっしゅん》だけ気が緩んでしまった。

同じパターンで仕留めてやろうと思ったら、もう一頭のオークは起き上がると同時に棍棒を投げ付けてきた。

シールドを展開したが砕かれて、棍棒の直撃を食らってしまった。

咄嗟に体を捻《ひね》って背中で受けたが、衝撃《しょうげき》で息が詰まって動けない。

草地の上に倒れ込むと、右目の視界の端《はし》にオークが立ち上がり、駆け寄って来るのが見えた。

「やばい、やばい、やばい、動け、動け、動け！」

頭を揺《ゆ》らされたせいなのか、魔法も上手く発動できない。

駆け寄ってくるオークの動きが、スローモーションのように見える。

「ブモォォォォォ！」

「させっかよ！」

覆《おお》い被《かぶ》さって来ようとするオークを、ゼオルさんがショルダータックルで弾き飛ばした。

「食らいやがれ！」

ゼオルさんの長剣《ちょうけん》が、銀色の光芒《こうぼう》となってオークの首筋を深々と斬り裂く。

「ブギィィィ……」

悲鳴を上げたオークが首筋を押さえたが、噴き出す血は止められずガックリと膝《ひざ》を突き、横倒しになると動かなくなった。

「ゼオルさん……」

「しっかりしろ、ニャンゴ！」

戻って来たゼオルさんの顔を見たら緊張《きんちょう》の糸が途切れて、気を失ってしまった。


意識を取り戻したのは、アツーカ村へ戻る馬車の中だった。

毛布に包まれて、ゼオルさんに抱《かか》えられていた。

「ゼ、オル、さん……」

「気が付いたか、ニャンゴ」

「あれっ、俺は……」

「無理に思い出さなくていい、ゆっくりと息を整えて、できるなら身体強化を使ってみろ」

「えっ……はい」

魔力切れを起こした時に回復させるように、ゆっくりと息をして、じんわりと身体強化魔法で体に魔素を巡《めぐ》らせる。

しばらく続けていたら、ようやく頭が働き出した。

「ありがとうございました。また危ないところを助けてもらって……」

「また無茶をしやがって。だが、お前のおかげで他の連中は大きな怪我もなく討伐を終えられた。あの二頭に突っ込んで来られていたら、ちょっと面倒な事になっていただろうな」

俺が二頭を引き付けている間に、オークを一頭倒したゼオルさんは、残る二頭は村人が抑《おさ》えられると判断して、急いで駆けつけてくれたそうだ。

「それにしても、どうやったんだ。一頭は俺が手を下す必要は無かったぞ」

「オークの体重を利用してやったんです」

一頭のオークを仕留めた状況を説明すると、ゼオルさんは大きく頷《うなず》いていた。

「なるほどな、そいつはこれからのお前にとって大きな武器になる戦術だ。相手の力、相手の体重をいかに利用するか考えて磨《みが》きを掛けろ」

「はい、どんなに頑張《がんば》っても体は大きくなりそうもありませんからね」

アツーカ村に戻ると日が暮れてしまっていたが、参加した大人達は持ち帰ったオークを解体し宴《えん》会《かい》を開いたそうだ。

俺は精神的にも肉体的にも疲労《ひろう》の限界だったので、帰って水浴びをして寝てしまった。


翌朝、目は覚めたのだが、体がビキビキで身動きができなかった。

前日の打ち身によるダメージが、今日になって出て来たようだ。

トイレにも這《は》って行く有様で、ひたすら身体強化魔法を使って回復を促進《そくしん》しても、まともに動けるようになったのは翌日になってからだった。

「おう、ニャンゴ。動けるようになったか」

午前中に軽く棒術の素振《すぶ》りを行って体を解《ほぐ》し、午後からゼオルさんの所へ顔を出した。

「はい、何とか……」

「立ち合いは？」

「明後日《あさって》ぐらいからお願いします」

「分かった、まぁ入って座れ」

ゼオルさんは竈《かまど》に火を入れてお湯を沸《わ》かしながら、テーブルの上に革袋《かわぶくろ》を置いた。

「ニャンゴ、お前の取り分だ」

革袋の中には、オークの魔石が入っていた。

「討伐の成果は、山分けじゃないんですか？」

「そういう時もあるが、今回オークの一頭を倒したのは、間違いなくお前だ。それに、あの二頭を足止めしてくれたおかげで怪我人も出さずに済んだ、遠慮《えんりょ》せずに取っておけ」

「では、ありがたくいただいておきます」

オークの魔石は、イブーロのギルドに持ち込めば大銀貨七枚程度になるが、同じ金額で村が買い取るのは難しいそうだ。

ギルドのように販路《はんろ》を持っている者ならば、大銀貨七枚の相場で買い取れるが、販路を持たない村では同じ価格では赤字が出てしまう。

討伐に参加した村の大人達には、一時金が渡《わた》されていて、残りは魔石を売却《ばいきゃく》した後に頭割りして支払われるそうだ。

「まぁ、魔石のままの方が村にとっても、お前にとっても取り分が多くなるってことだ」

「ゼオルさん、オークの魔石一個で、イブーロの街なら何日ぐらい滞在《たいざい》できますかね？」

「飲まず、食わずで、ただ宿を確保するだけならば、二ヶ月ぐらいは住めるだろうな」

「じゃあ、オークの魔石があれば、一ヶ月ぐらいは暮らしていけますよね？」

「まぁ、贅沢《ぜいたく》しなければ大丈夫《だいじょうぶ》だろう」

現状の俺の手持ち資産は、オークの魔石が一個、コボルトの魔石が二個、大銀貨三枚、その他銀貨と銅貨を合わせて大銀貨二枚分程度だ。

節約しても、三ヶ月暮らすのがやっとだろう。

イブーロに拠点《きょてん》を移すならば、もっと貯蓄《ちょちく》しておきたいし、安定した収入を得られる方法も確保しておきたい。

イブーロ近郊《きんこう》には牧場が多く、魔物の討伐依頼も多かったので仕事には困らないだろうが、現状では仕留めた魔物を持ち帰る方法が無い。

オークの場合、魔石の値段よりも肉の価値の方が高いのだから、それを毎回捨てて来るのは余りにも勿体無《もったいな》い。

「自分で運搬《うんぱん》する方法が無ければ、パーティーを組むんだな」

「なるほど、運搬を手伝ってくれる仲間を探す訳ですね」

「そうだが……ニャンゴ、お前の場合は難しいかもしれんな」

「えっ、あぁ……猫人だから、ですね？」

ゼオルさんは、無言で頷いてみせた。

『巣立ちの儀《ぎ》』の当日には多くの男の子が登録をするが、実際に冒険者になる者の九割以上は体格の大きな人種だ。

俺のような猫人では、体を使った戦闘でも、魔法を使った戦闘でも劣《おと》っていると思われているので、仲間にするメリットが感じられないのだ。

「確かに、俺が別の人種で猫人が仲間にしてくれって言って来たら、たぶん断ると思います」

「勘違いするなよ、ニャンゴ。お前は、もう一端《いっぱし》の冒険者としてやっていけるだけの実力を持っている。だが、体が小さい猫人というハンデは、どうしても付いて回るものだ」

「別に、今すぐ街に行って冒険者になる訳じゃないので、もう少し対策を考えてみます。実際、俺だけでオークを運べる方法を手に入れれば、何の問題もないですしね」

「がははは、その通りだ。お前の魔法なら、何か良い方法を見つけられるんじゃないか?」

「そうですねぇ……オークサイズの物を運ぶのは難しいですけど考えてみます」

少しの自信と新たな課題を残して、オークの討伐は幕を下ろした。


猫人の俺でも、相手の勢いや体重を利用すればオークを倒せると分かった一方で、シールドや武器の強度はオーク相手では不安だ。

単純に考えるなら、もっと魔力を増やせば解決できそうだが……。

「ゴブリンではなく、オークの心臓を食べたら、もっと魔力を増やせるのかな?」

だが、ゴブリンやコボルトと違って、オークは村の近くでは殆《ほとん》ど見掛けない。

見掛けたら村を挙げて討伐に動く相手だし、ゼオルさんや村の人が一緒では心臓を手に入れるチャンスは無いだろう。

「あぁ、俺にもオラシオぐらいの魔力があればなぁ……」

言っても仕方のないことだが、やっぱり愚痴《ぐち》が洩《も》れてしまう。

愚痴ったところで現状は変わらないから、有るもので工夫《くふう》を重ねるしかない。

打開策として少し前から、魔法陣《じん》を使った攻撃の実用化に取り組んでいる。

火の魔法陣と風の魔法陣を組み合わせたバーナーの威力《いりょく》を上げ、思い通りの位置に、思い通りの方向に向けて設置して火炎《かえん》放射器のように使用する計画だ。

まずは安定して発動できるように、基本となる形を固めた。

ゴォォォ……っと音を立てて一メートルほどの炎《ほのお》を噴き上げる基本形ができるまで、繰《く》り返し練習を続けて二週間ぐらい掛かった。

次に、思った場所で瞬時に発動させ、瞬時に消す練習を始めた。

角度も変えたかったが、傾《かたむ》けた状態の魔法陣をイメージするのが難しく、とりあえず場所を変更《へんこう》するだけに留めておいた。

下から上に噴き上げるだけでも、牽制《けんせい》の役割は十分に果たしてくれるはずだ。

あとは角度を変え、複数同時に発動できるように、これからも練習を重ねていこう。

◆　◆　◆　◆

オークの討伐に出掛けてから一ヶ月ほどが経《た》ち、村には本格的な夏が訪《おとず》れた。

朝早く家を出て薬草の採取を終えたら沢に移動して、洗って束ねて根を水に浸《つ》けておく。

涼しい沢の上でエアウォークを使って棒術の素振り、勿論《もちろん》探知魔法も併用する。

魚を突いて火の魔法陣でこんがり焼いて昼食を済ませたら、沢に突き出して生えている木の枝に吊《つ》ったハンモックで昼寝を楽しむ。

起きたら魔法の練習を繰り返した後で水浴びでサッパリし、夕方涼しくなってから村に下りるという生活パターンをゼオルさんに話したら、めちゃくちゃ羨《うらや》ましがられた。

村長に雇われているゼオルさんは、有事に備えて村からは離れられないのだ。

腹いせとばかりに棒術の立ち合いが厳しくなったけど、俺にとっては望むところだ。

オラシオには返事を出したが、あれきり手紙は届いていない。

訓練が厳しくて、手紙を出す余裕が無いのだろうか。

まぁ、便りが無いのは無事の知らせとも言うので、気長に待っている。

課題であった大きな獲物《えもの》の運搬方法は、まだ解決に至っていない。

最初に頭に浮かんだのは、ゴブリンの心臓を食べた時に作った滑り台だった。

あれなら山から村まで獲物を運べると思ったのだが、猫人サイズなら大きさも重さも耐《た》えられるが、オークでは大きすぎるし重すぎる。

空属性魔法でコロを作って運ぶという方法も考えたが、オークが載《の》るサイズだと二本ぐらい作るのが限界だ。

摩擦抵抗《まさつていこう》の少ないツルツルのボードに載せて滑らせればとも考えたが、オークが載るサイズは作れそうもない。

やはり魔力を増やさないと、俺一人でオークを運搬するのは難しそうだ。

体の大きな人種は仲間を得られて協力しあってオークを運ぶのに、体の小さい俺は一人で運べるようにならなきゃいけないというのは矛盾《むじゅん》していると思うが、これが現実なのだ。

状況を打破するべく、今度はオークの心臓を食べるために、北側の奥山《おくやま》に入ることにした。

北側の奥山は、殆ど人が入らないので薬草も豊富だが、魔物との遭遇《そうぐう》率はぐんと上がる。

カリサ婆《ばあ》ちゃんからも、ここから先は危ないから行くなと言われているが、エアウォークを使って高い所を歩き、探知魔法も併用して死角をカバーしながら慎重《しんちょう》に足を踏み入れた。

三十分ほど分け入って行くとゴブリンの群れに遭遇したが、こちらは五メートルほどの位置を木の幹に隠れながら移動していたので全く気付かれない。

ゴブリンの群れが移動する方向を見定め、迂回《うかい》して先へと進む。

その後もオークやコボルトとも遭遇したが、いずれも複数で行動していたので、討伐するチャンスは無かった。

結局、初日は薬草を採取しただけで村へと戻った。

その後も、ゼオルさんとの手合わせの日、涼しい沢で過ごす日、北側の奥山に入る日というパターンを繰り返していたが、魔物の心臓を食べるチャンスは意外な形で巡って来た。


その日は涼しい沢で過ごす予定の日で、村の南から山に入って薬草を摘《つ》みながら北の山へと向かっていたのだが、途中で大きな魔物と遭遇した。

褐色《かっしょく》の体はオークよりも筋肉質で、身長は二メートルを軽く超えている。

太い牙《きば》が覗《のぞ》く口許、頑丈《がんじょう》そうな顎、額から二本の角が生えたオーガは、オークよりもさらに危険な魔物だと言われている。

歩いて来た方向からみて北の奥山の方から下りてきたようだが、このままの方向へ下りていくと炭焼き小屋から村へと下りる道に出てしまう。

倒せないにしても、牽制して追い払った方が良さそうだ。

「まぁ、上から攻撃している分には捕《つか》まらないだろう」

木の枝に籠《かご》を引っ掛けて、素振り用の鉄棒も突っ込んでオーガを追い払う準備をする。

木の幹から幹へと姿を隠しつつ、慎重に距離《きょり》を詰めた。

「ではでは……バーナー」

「ウボァァァ！」

練習してきた魔法陣による攻撃を発動すると、炭焼き小屋の方へと下っていたオーガは目の前に噴き上がった炎に驚いて、叫《さけ》び声を上げながら尻餅《しりもち》をついた。

「あれっ？　大した事ないのかな？　いやいや、油断は禁物だよね」

「ウバァ！　ウバァァァ！」

起き上がったオーガは、キョロキョロと辺りを見回しながら威嚇《いかく》の声を上げているが、まだ俺の存在には気付いていないようだ。

「もう一度……バーナー」

「バッハァァァ……」

続いて股間《こかん》を狙ってバーナーを発動させると、オーガは変な悲鳴を上げて飛び上がり、股間を押さえながら物凄《ものすご》い勢いで後ろを振り返った。

「ふぐっ……うくくく……」

あまりの狼狽《ろうばい》振りに堪《た》え切れずに吹き出してしまい、オーガに気付かれてしまった。

「ヴゥゥゥゥ……」

俺に気付いたオーガは四つん這《ば》いの姿勢になると、足で地を掻《か》いて突進の構えを取った。

木の幹に体当たりを食らわせて、振動《しんどう》で俺を落とすつもりなのだろう。

「ウバァァァァァ！」

「キリングシールド！」

オークを仕留めた側面に刃を付けた盾《たて》をオーガの肩口《かたぐち》を狙って展開した。

他の魔法はエアウォークしか使っていないので、あの時よりも強度は上がっているはずだが、オーガの左肩が衝突《しょうとつ》すると砕け散ってしまった。

同時に凄まじい衝撃音の後、オーガに突っ込まれた太い木の幹は圧《へ》し折れ、メキメキ音を立てながら倒れていく。

エアウォークで足場を確保しているから巻き込まれる心配はないが、飛び移ったように装《よそお》いながら隣《となり》の木に移動した。

キリングシールドは砕かれたが、オーカの肩もザックリと切れて血が溢れている。

ただし、出血の度合いを見ると致命傷ではなさそうだ。

「ヴゥゥゥ……」

オーガは再び突進の姿勢を取るが、今度は待ってやるつもりはない。

「バーナー」

「ウバァァァ……」

クラウチングスタートのように両手をついたオーガの顔面をバーナーで焦《こ》がしてやった。

両手で顔面を擦《こす》った後、何度も瞬《まばた》きを繰り返すオーガに新しい武器を試す。

「デスチョーカー・タイプR」

「グフゥ……ブァァ……」

輪の内側に刃を付けたデスチョーカーは、オークにあっさり握り潰《つぶ》されてしまったので、今度は輪ではなく、内側を向いた八本のダガーナイフをイメージした形にした。

これならば一度では壊《こわ》されないし、より鋭角《えいかく》的なのでより深く突き刺さるはずだ。

首筋に走った痛みから反射的に逃《のが》れようとすると、対角線上の刃が深々と突き刺さる。

結局、突き刺さったものを含《ふく》めてデスチョーカーは握り潰されてしまったが、オーガの右の首筋からはおびただしい量の血が溢れ出してきた。

「バァァ……ウバァァァ……」

木の上から下りようとしない俺をオーガは憎々《にくにく》しげに睨《にら》みつけてくるが、目から力が失われつつあるようにも感じる。

不意にオーガは黙《だま》り込むと、俺を睨みつけたまま大きく息を吸い込んだ。

何かは分からないが強烈《きょうれつ》に嫌《いや》な予感に駆られ、背中の毛が一斉《いっせい》に逆立った。

「ヤバい！　シールド、ダブル！」

「ガァァァァ！」

シールドを展開し終えた直後にオーガが俺に向かって吼《ほ》え、一枚目は粉々に砕かれた。

二枚目は辛《かろ》うじて形を保っていたが、オーガの咆哮によって周囲の空気ごと身体を揺さぶられてしまった。

「みぎゃ……か、体が……」

恐らく魔力のこもった咆哮だったのだろう、体が痺《しび》れてエアウォークも消失、辛うじて木の枝に爪《つめ》を立ててしがみ付いている状態だ。

オーガも咆哮を上げた後に片膝《かたひざ》をついて蹲《うずくま》っている。

吠《ほ》えた瞬間、傷付いた首筋から激しく血飛沫《ちしぶき》が噴き出していたように見えた。

「立つな……そのまま、くたばれ……」

深呼吸を繰り返して、何とか体内の魔素を落ち着かせようと試みるが、体の芯《しん》まで揺さぶられて痺れている感じだ。

ゼオルさんに身体強化魔法の基礎《きそ》訓練を受けていた頃を思い出し、必死にざわつく魔素を鎮《しず》めてスムーズに循環《じゅんかん》するようにイメージする。

「グゥゥ……」

俺の願いは虚《むな》しくオーガはゆっくりと顔を上げ、こちらを睨み付けてきた。

片膝をついたままだが、一度大きく息を吐《は》き出して、大きく息を吸い込もうとした。

「ウバァ……ガハッ……グハッ……」

ギリギリのタイミングだったが回復が間に合って、息を吸おうとしたオーガの顔に魔法陣を使って水を浴びせてやった。

思い切り水を吸い込んだオーガは、蹲って咳《せ》き込んでいる。

まだ痺れは残っているが、属性魔法は使えるし、身体強化魔法も使える。

オーガが咳き込んでいる間に枝を離れ、死角に回り込みながら駆け下りる。

「うにゃぁぁぁぁ！」

足音も立てずに後方から駆け寄り、オークの首筋に笹穂槍《ささほやり》を突き立てた。

「ウバァァァ……」

そのまま頭上を駆け抜け、大木を回り込むようにして右向きに方向転換《てんかん》すると、オーガはこちらを目で追いながら息を吸おうとしていた。

「バーナー」

「ブァァ……」

顎の下から火炙《ひあぶ》りにしてやると、オーガは顔面を押さえて転げ回った。

さっきの咆哮は、たぶん大きく息を吸って溜《た》めないと放てないのだろう。

起き上がったオーガは俺の姿を探して首を回し、痛みに呻き声を上げた。

デスチョーカー・タイプRと先程の笹穂槍の一撃によって、首筋の両側からは今も出血が続き、オーガの体を赤く染め始めている。

もう一息で倒せるところまで来ているはずだが、止めとなるような一撃が放てない。

俺の場合、威力のある攻撃は相手の力や体重を利用するしかないのだが、立ち上がったり、動いたりする余裕を与えると例の咆哮を食らいそうだ。

「もう一度、デスチョーカー・タイプR」

再度オーガの首の周りにデスチョーカーを発動させたが、最初に切っ先を感じた直後に気づかれて全部打ち払われてしまった。

「それなら……ダガー、バーナー！」

「グブフゥ……」

喉元《のどもと》に突き付けるようにして大きめのダガーナイフを形成して、尻に向けてバーナーを発動させると、オーガは自《みずか》ら突っ込んで深手を負った。

「ガフッ……ゴフゥ……」

咳き込む度《たび》にオーガの首筋から鮮血が噴き出し、上半身を真っ赤に染めていく。

十メートルほどの距離を取って真正面から睨み合ったが、べったりと座り込んだオーガの瞳《ひとみ》から光が失われ、グラリと体を揺らすと土下座をするように倒れ込んだ。

「はぁ……はぁ……やったのか？」

手近な木に寄り掛かり、五分ほど待ったがオーガが動く気配は無かった。

大きく息を吐いてから、ゆっくりと距離を詰め、あと五メートル程に近づいた時だった。

「ガァァァァ！」

「ふぎゃ……」

いきなり顔を上げたオーガが吠え、衝撃波《しょうげきは》をまともに食らってしまった。

最初の咆哮程の威力は無かったが、体が痺れて膝から力が抜け、座り込んだまま動けない。

「ガフッ……ゴボッ……」

上体を起こしたオーガは、口から血泡《ちあわ》を溢れさせながら、ブルブルと震《ふる》える膝に力を込めて立ち上がった。

爛々《らんらん》と光る眼《め》は、座り込んだ俺からは天を見上げるような位置にある。

「動け、動け……せめてシールドを……」

立ち上がろうとして無様に転び、倒れたままオーガを見上げる事しかできない。

勝ちを確信したのか、オーガは血塗《ちぬ》られた牙を剥《む》きだしにして笑《え》みを浮かべ、右手の拳《こぶし》を頭上へと振り上げ……そのままバッタリと仰向《あおむ》けに倒れた。

「えっ……？」

必死に体内の魔素を鎮めながら見守ったが、オーガはピクリとも動かない。

どうやら最後の足掻《あが》きだったようだが、本当に駄目《だめ》かと思った。

体が回復した後、シールドを三重に展開しながら近づいて槍で突き、オーガが完全に死んだのを確認して解体を始める。

まず他の魔物が寄って来ないように、底を網《あみ》にした空属性魔法の容器に落ち葉を詰め込み、下から火の魔法陣で炙って周囲に煙《けむり》を流した。

オーガの解体は、ゴブリンとは比較《ひかく》にならないほど重労働だ。

胸板《むないた》の筋肉が硬くてナイフでは太刀《たち》打ちできず、笹穂槍を両手で持ってザクザクと切り進め、手を突っ込んだ程度では届かないから、潜《もぐ》り込むようにして心臓を取り出した。

心臓も魔石を内蔵した器官も、ゴブリンの数倍の大きさがある。

とても全部は食べられないので心臓から一部分を塊《かたまり》で切り出し、魔石と一緒に魔法陣で作った水で洗い、籠を回収して移動する。

オーガの魔石は、落とさないように手拭《てぬぐ》いに包んで腹に巻いた。

角も素材として売れるはずだが、斬り落とす方法が無いので諦《あきら》めた。

いつも過ごしている沢まで移動して、オーガの心臓を食べる支度《したく》をする。

オーガに遭遇するまでに採取した薬草は、洗って束ねて沢の端に根を浸けておき、採取に使っている籠は木の高い枝に引っ掛けておいた。

崖《がけ》の途中にある岩に上り、空属性魔法で手袋、エプロン、まな板、包丁を準備して、オーガの心臓をスライスしていく。寄生虫らしき姿は見当たらない。

持って来たオーガの心臓の一部は四百グラム程度の大きさだったが、半分ほどをスライスしたところで包丁を置いた。どれほど魔力が増えるのだろうか、期待で鼓動《こどう》が高まっていく。

「では……いただきます！」

スライスしたオーガの心臓を、三枚ほどまとめて口へ放《ほう》り込む。

噛《か》み締《し》めると、口の中に血の味が広がっていった。

「そうだよ、生姜《しょうが》かニンニクが欲《ほ》しかったのを忘れてたよ」

オーガの心臓は、ゴブリンの心臓よりも濃厚《のうこう》で、まろやかな味わいがする。

「これ、結構いけるよね……ぐぅあぁぁぁ……」

調子に乗って、ポイポイとスライスを口にしていたら、急激な反応が起こった。

「ぐぎぎぃぃ……ヤバい、これヤバっ……」

ゴブリンの心臓の時には、前世で親の目を盗《ぬす》んでウイスキーを飲んだ時のように、カーっと胃が熱くなる感じだったが、今回はそんなものではなかった。

胃の中に落ちたオーガの心臓のスライスから猛烈《もうれつ》な勢いで溢れ出した魔素が、魔脈や血管を無理やり押し広げて全身を侵蝕《しんしょく》していく。

身体強化魔法の基礎訓練をしていた頃にゼオルさんから聞いた、血管が裂けたり、心臓が破裂《はれつ》したりすることもあるという魔素の暴走状態なのだろう。

胃を中心として、体が無理やり押し広げられて、全身が悲鳴を上げている。

このままでは、本当に全身の血管が裂け、心臓が破裂するかもしれない。

「うにゃぁぁ……」

沢近くの岩の上に這いつくばりながら、とにかく大きな範囲《はんい》で空属性魔法を発動させて、少しでも多くの魔素消費を試みる。

宇宙まで届く高い塔《とう》、天空を覆いつくすような屋根、ダイヤモンドを超える硬度《こうど》の盾、音速を超える矢……実際に発動しているかどうかは問題ではなく、とにかく莫大《ばくだい》な魔素を消費するようなイメージで、空属性魔法を使い続けた。


どれぐらいの時間、空属性魔法を使い続けたのだろうか。

どうにか死なずに済んだらしいが、体の調子がメチャメチャだ。

魔脈と血脈の両方で、魔素が暴走した影響《えいきょう》は、肉体にまで及《およ》んでいた。

全身が酷《ひど》い筋肉痛のようで、寝転んだ姿勢から体を起こすだけで呻き声が出た。

そこから立ち上がるまで、五分ぐらい掛かったような気がする。

使えそうな魔法は、日常生活で当たり前のように使い続けてきたエアウォークだけで、それすらも気を抜けば霧散《むさん》してしまいそうだ。

身体強化魔法なんて、怖《こわ》くて使う気にならない。

命拾いしたのは良いけれど、目の前には問題が山積している。

ここは村から離れた山の中で、俺以外の人間は寄り付かない場所だ。

夏とはいえども日が暮れると気温が下がるから、今の体調のまま眠《ねむ》り込んでしまえば、朝には冷たくなっているかもしれない。

とにかく村まで、それが無理なら、安全に身を隠せる暖かい場所まで移動する必要がある。

だが沢沿いの岩の上から下りるだけでも、ずいぶん時間が掛かってしまった。

普段《ふだん》なら意識せずに使えるエアウォークも、確認しながら一歩ずつ踏み出す状態で、一歩ごとに疲労が圧《の》し掛かってくる。

岩から下りたら手頃な木の枝を拾って杖《つえ》にして、すがるようにして歩いた。

普段はエアウォークと身体強化魔法を併用して飛ぶように駆け下っていく場所だが、見通しの良い場所を選んでノタノタと地面を歩いていくしかない。

空属性魔法も身体強化魔法もロクに使えない状態では、ゴブリンやコボルトと遭遇すれば一巻の終わりだろう。

普段よりも周囲に目を配り、耳を澄《す》まして歩くが、胸の底から恐怖《きょうふ》心が湧《わ》き上がってくる。

「ヤバい……怖い、怖い、何も出て来ないでくれ……」

風が枝を揺らすたび、鳥が羽音をたてるたび、ビクリと体が震えて痛みが走る。

もう日が傾いて気温は下がってきているはずだが、汗が噴き出してきて止まらない。

汗が噴き出してくるのに、寒気を感じて体はガタガタと震えている。

傾いていく日が焦《あせ》りを増幅《ぞうふく》して、過度の緊張が呼吸や思考を乱していく。

村に下りるまでに、魔物にも獣《けもの》にも遭遇しないで済んだのは本当に幸運だった。

もしかすると、放置してきたオーガの死体が囮になってくれたのかもしれない。

村に入って歩いて来る人影が見えたら、緊張の糸が切れて道の上に倒れ込んでしまった。

駆け寄って来た人に名前を呼ばれた気がしたが、返事をする気力は残っていなかった。

◆　◆　◆　◆

「お前、オーガの心臓を食っただろう？」

「はい……」

意識が戻った途端《とたん》に問い掛けられれば、弁明や誤魔化しをする余裕なんて無い。

村に戻って出会ったのはゼオルさんで、俺が寝かされているのは離れのベッドだった。

腹に巻いていた魔石や俺の状態を見れば、長く冒険者として活動してきたゼオルさんには全《すべ》てお見通しのようだ。

「どこで、そんな知識を仕入れたのか知らんが、どれ程危険か身をもって理解したな」

「はい……死ぬかと思いました」

魔素の暴走が始まった直後に規模の大きな属性魔法を連発して、とにかく魔素を消費するように足掻いたと伝えると、ゼオルさんは頷いてみせた。

「それをやっていなかったら、お前は間違いなく死んでいた。いいか、オーガの心臓は、騎士《きし》団にスカウトされるレベルの奴《やつ》でも魔素の暴走を起こして再起不能になったり、命を落としたりする代《しろ》物《もの》なんだぞ。お前が無事に生き残ったのは、奇跡《きせき》みたいなもんだ」

「はい……すいませんでした」

「まぁ、知らずにやったのだから仕方ないが、二度とやるな。いいな」

「はい……」

倒れてから三日三晩も眠り続けていたそうで、家やカリサ婆ちゃんへの連絡《れんらく》だけでなく下の世話までやってもらったらしい。

もうゼオルさんには、一生頭が上がらない気がする。

自宅に戻ると母親に、薬屋に顔を出すとカリサ婆ちゃんにこっぴどく叱《しか》られ、体調が万全《ばんぜん》に戻るまでは山に入ることは禁止された。

床払《とこばら》いをしてから、散歩、ジョギング、素振りという段階を踏んで体を動かし始めたおかげか、違和《いわ》感無く動けているので筋肉は大丈夫そうだが、魔法はバランスが滅茶苦茶《めちゃくちゃ》になっている。

空属性魔法は、固める範囲や強度の制御《せいぎょ》ができない。

例えば、五センチ程度の大きさに空気を固めようとすると、五十センチを超える塊ができてしまうし、ゴム板程度に固めるつもりが、カッチンカッチンに固まってしまうのだ。

有り余る魔力を制御しきれずに放出してしまい、使い続けると途端に魔力切れの倦怠《けんたい》感に襲われてしまうという悪循環に陥《おちい》っている。

身体強化魔法は、さらに危険な状態に陥っている。

ゴブリンの心臓を食べた時にはスルっと魔素を流せるようになったが、今は気を抜くと勝手に身体強化を行ってしまう状態なのだ。

しかも強化の度合いが跳ね上がっていて、下手に動くと体が壊れてしまいそうだ。

過ぎたるは及ばざるがごとしを地で行っている感じだ。

魔力値さえ高まれば、騎士団にスカウトされたオラシオとも肩を並べられるなんて考えは、とんでもない間違いだった。

「これって、元に戻るのかにゃぁ……それとも、今のままなのかにゃ……」

元に戻らないとすれば、今の状態に慣れていくしかないのだろう。

今までとの反応の違いに不安を感じてしまったが、ふと思い出した。

前世で高校生をやっていた頃、レーシングカーは市販車に比べて扱《あつか》いが難しいという話を聞いたことがある。

アクセル、ブレーキ、ハンドルなど、素早《すばや》い動きが求められるために、一般人《いっぱんじん》が操作するには過《か》敏《びん》すぎるほどの反応をするそうだ。

今の俺は、市販車からレーシングカーに乗り換《か》えたようなものなのだろう。

「上等だよ！　俺の体なんだ、すぐに意のままに操《あやつ》ってみせるし、強くなってやる」

威勢の良い言葉とは裏腹に、おっかなびっくり少し腰《こし》が引けながらだが、魔法の練習に没頭《ぼっとう》する毎日に戻った。

第五話　増えた魔力《まりょく》の活用法

魔力の調整には戸惑《とまど》っているが、頭を悩《なや》ませていた大きな獲物《えもの》の運搬法《うんぱんほう》は解決できそうだ。

これまでオークサイズの獲物を載《の》せる板すら作れなかったが、空気を固められる範囲《はんい》も強度も飛《ひ》躍《やく》的に上がったので、望んでいたものが作れそうだ。

オーガの心臓を食べてから二週間ほどが経《た》ち、体調も戻《もど》ったので山の浅い所で運搬のための魔法の練習を始めた。

山の上からだけでなく平らな場所でも楽に運べるように、丈夫《じょうぶ》な路面と獲物を載せるボード、それにコロを作ってみた。

路面は一度に作れる長さが二十メートルほどなので、十メートルのものを二枚作って継《つ》ぎ足しながら進む。

路面まで空属性魔法で作ってしまえば、途中《とちゅう》の道に穴が空いていようが、川を渡《わた》る必要があろうが、関係なく進んでいけるはずだ。

まずは試《ため》しに、山の中から丸太を運び出してみた。

自分の体の五倍以上ありそうな倒木《とうぼく》を、身体強化魔法を使って路面とコロの上に設置したボードの上に押《お》し上げる。

コロとボードの固定を解いて動かすと、思ったよりも軽い力で動きだした。

魔法陣《じん》を発動させる練習を繰《く》り返したおかげで、形をイメージする力が上がったようで、コロも路面もボードも滑《なめ》らかに作れているようだ。

動きだしたのは良かったが、次のコロの設置が遅《おく》れて、路面の上にボードが落ちてしまった。

こうなると、最初からやり直しだ。

今度はコロを設置するタイミングに気を取られ、ボードの上から倒木が転げ落ちてしまった。

当然、最初からやり直しで、なかなか思うようにいかない。

倒木が落ちないようにボードの形状を変更《へんこう》し、コロの設置に気を付けて動かすと、今度こそ上手《うま》く進み始めた。これならば、俺《おれ》一人でも討伐《とうばつ》したオークを運んでいけそうだ。

平らな場所での運搬は上手くいったので、続いて路面を山の傾斜《けいしゃ》に沿って作ってみた。

これならば、俺が押さなくても自重で進んでくれるはずだし、多少スピードが上がってもコロの設置と路面の傾斜角にだけ気を付ければ問題無いだろう……と思っていた。

「おぉ、次のコロ、次のコロ……やべ、速過ぎ、コロ、路面、コロ、コロ、うわぁぁぁ……」

コロの設置に路面の設置と傾斜の管理をそんなに早く行えるはずもなく、速度が上がり過ぎて倒木がすっ飛んで行った。

勢いのついた倒木は、速度を落とさず斜面《しゃめん》を転げ落ちて、途中で若い木を数本薙《な》ぎ倒《たお》してようやく止まった。

「ふぅ……誰《だれ》もいなくて良かった」

結局、コロを次々に設置するのは面倒《めんどう》なので、台車を作ることにした。

土台、シャフト、ローラーだけのシンプルな構造だが、コロを設置する手間を省ける。

あとは、路盤《ろばん》の継ぎ足しと傾斜だけ気を付ければ良いだろう。

カーブにはバンクを付けて路面を設置すると、安全に山から村まで運べるようになった。

体調も戻って、また昼間は沢《さわ》で過ごす生活に戻ったが、夕方村に戻る時は台車に乗って沢の上をガーと滑《すべ》り下りるようにした。

魔法の練習にもなるし、なによりも楽ちんなのだ。


獲物の運搬方法に目途《めど》が立ったので、本格的に狩《か》りの支度《したく》を始めた。

と言っても、準備したのは丈夫なロープだけで、他の物は空属性魔法で準備する。

将来的には一人でオークを仕留めて、一人でオークを運搬できるようになるつもりだが、まずは小型の獲物から始めた。最初の獲物は、若い牡鹿《おじか》だった。

沢の近くの林で棒術の素振《すぶ》りをしていたら遠くを移動していく姿が見えたので、薬草を入れる籠《かご》に鉄棒を戻し、ロープを肩《かた》に担《かつ》いで後を追いかけた。

エアウォークを使っているから足音はしないが、見つからないように木の幹に隠《かく》れながら様子を窺《うかが》っていると、鹿は沢へと下りて行った。どうやら水を飲みに来たらしい。

水を飲み始めた鹿に、エアウォークを使って移動しながら近付いていくと、三十メートルほどの距離《きより》で気付かれた。

鹿は警戒《けいかい》するように頭を上げて、こちらをジーっと眺《なが》めて動こうとしない。

「悪いな、その格好は殺してくれって言ってるようなもんだ。デスチョーカー・タイプR」

鹿の目には見えないだろうが、首の周囲を八本のダガーナイフが取り囲んだ。

水飲みを再開しようとした鹿は、チクリと刺《さ》さった痛みに驚《おどろ》いて跳《は》ね、逆側のダガーナイフに首を深々と突《つ》き刺した。

鹿は痛みから逃《に》げようとするたびに、別のダガーナイフに突っ込《こ》んでさらに深手を負い、デスチョーカーを解除すると膝《ひざ》を折って崩《くず》れ落ち、そのまま動かなくなった。

鹿が息絶えているのを確認《かくにん》したら、まず魔物や獣《けもの》を追い払《はら》うための焚《た》き火をする。

続いて鹿の後ろ脚《あし》を縛《しば》り、頭が沢の上に来るようにして吊《つ》るした。

都合よく枝が生えていた訳ではなく、鹿の上に一本、少し離《はな》れた俺の腰《こし》より低い場所に一本、コロを設置してロープを掛《か》けたのだ。

単純に上から吊るそうとしても、俺より重い鹿を吊り上げられるはずがない。

そこで下に設置したコロにロープを掛けて、身体強化の魔法を使って引っ張ったのだ。

デスチョーカーで仕留めたので、改めて血抜《ちぬ》きのために首を切る必要は無い。

ロープの端《はし》を近くの木の幹に巻き付けたら、血抜きをしている間に籠と鉄棒を回収して来た。

血抜きを終えた鹿を台車に載せたら、路面を作って沢の上を下って行く。

向かった先は流れが緩《ゆる》やかになる淵《ふち》で、後ろ脚を縛ったロープを近くの岩にシッカリと結び付けて鹿を沈《しず》めた。

死んだ直後の獣は、熱が取れるまで川で冷やすと肉が美味《うま》くなるらしい。

翌朝、鹿を取りに戻る前にゼオルさんに声を掛けに行った。

村まで持ち帰る方法は確立したが、解体は一人ではできそうもないからだ。

「ほぉ、ここまでは一人で持って来られるのか？」

「はい、解体を手伝ってもらえませんか？　勿論《もちろん》、肉のお裾《すそ》分《わ》けはしますよ。というか、ここで解体を始めたら、また宴会《えんかい》でしょうね」

「そうだな、村長からいくらか金が出るように交渉《こうしょう》しておいてやる」

「よろしくお願いします」

話をつけた後、淵まで戻って鹿を吊り上げ、台車の上へと載せた。

「では、レッツゴー！」

アツーカ村には日本のように高い建物も電柱も電線も無いので、傾斜の度合いだけ気を付ければ沢の上や畑の上を通過して、村長の家の庭までノンストップの路面を設定できる。

鹿と一緒《いっしょ》に台車に乗って、空中を滑るように進んでいくと、畑仕事をしている村の人達が驚いて見上げていた。

「がははは、こいつは驚いた。まさか空を飛んで来るとは思わなかったぞ」

「飛ぶと言うよりは、転がって来たんですけどね」

路面と台車の仕組みを説明すると、俺も乗せろと言われてしまった。

ゼオルさん、そんなに退屈《たいくつ》しているなら、冒険者《ぼうけんしゃ》に戻った方が良くないかい。

◆◆◆◆

俺が猟師《りょうし》の真似事《まねごと》を始めると、ちょくちょく村の人から感謝されるようになった。

理由は簡単、美味い肉を食べられる機会が増えたからだ。

モリネズミの捕獲《ほかく》もしてきたが、村全体に行き渡るほどの量にはならない。

だが、鹿やイノシシを一頭仕留めれば、少しずつだが村人達も肉を口にできる。

最初の鹿は、村の宴会に提供する形になったが、ゼオルさんの提案で二頭目以降は、みんなでお金を出し合うようになった。

裕福《ゆうふく》な村ではないから価格は街よりもずっと安いけど、それでも集まれば結構な額になる。

それと皮は別口で買い取って貰《もら》えるので、一頭仕留めると大銀貨三枚程度の収入になった。

ミゲルが村にいた頃《ころ》には取り巻き連中は俺を目の敵《かたき》にしていたが、今では顔を合わすと愛想《あいそ》笑いを浮《う》かべるようになっている。

美味い物の供給源であるし、体は小さいが一人で鹿やイノシシを仕留めるのだから、喧嘩《けんか》でも敵《かな》わないと分かったからだろう。

「ニャンゴ、ニャーンゴ！」

ゼオルさんの所へ向かう途中で、俺を見つけたイネスが手を振りながら駆《か》け寄って来た。

獲物を仕留めて来るようになってから、イネスに声を掛けられる事が増えている。

「ニャンゴ、どこに行くの？」

「ゼオルさんの所に棒術の稽古《けいこ》だ」

「ねぇねぇ、猟には行かないの？」

「猟は明日か明後日《あさって》にでも行く予定だけど、獲《と》れるとは限らないぞ」

「そっか、そうだよねぇ……」

羊人のイネスは、ふわふわの白い髪《かみ》に可愛《かわい》らしい顔立ち、おっとりとした性格で同世代の男に人気があるが、まだまだ色気より食い気のようだ。

俺に声を掛けてくる時も、話題は決まって猟の話、つまり美味い肉がいつ食えるかだ。

「ニャンゴ、いつも一人で猟に行ってるんだよね？」

「うん、俺の猟のやり方は、ちょっと特殊《とくしゅ》だからな」

「怪我《けが》しないように気を付けてよ」

「分かってるよ。美味い肉は、もうちょっと待ってくれ」

村長の家に着いたので、手を振ってイネスと別れて離れに向かう。


ゼオルさんとの立ち合いでは、相変わらず一撃《いちげき》も入れられずにいるが、隙《すき》と見せかける罠《わな》には徐々《じょじょ》に対応できるようになってきた。

そもそもゼオルさんが俺相手に隙を見せるはずがないので、隙イコール全《すべ》て罠なのだ。

だが、罠だと分かっていても、その隙を突かない訳にはいかないので、ゼオルさんの返し技《わざ》にカウンターを繰り出せるように備えている。

キツネとタヌキの化かし合いではないが、素早《すばや》い打ち合いの中での駆け引きが面白《おもしろ》い。

「ふふん、この俺に罠を仕掛けるなんざ千年早い」

「とんでもない。千年も生きていられませんから、今すぐ仕掛けさせてもらいますよ」

「ほう、言うようになったじゃないか、そら、いくぞ！」

「わっ、たっ……おわぁぁぁ、危にゃ……」

憎《にく》まれ口を叩《たた》きながらも、ゼオルさんは笑顔《えがお》を浮かべている。

笑顔なのだが、棒の回転はさらに早くなってくるから始末におえない。

「よし、今日はここまで」

「はぁ、はぁ……ありがとうございました」

「ニャンゴ、明後日イブーロに向かうから一緒に来い」

「はい、分かりました。村長の付き添《そ》いですか？」

「いや、ミゲルを迎《むか》えに行く」

「あー……秋分の休みですか」

こちらの学校は二学期制で、長期の休みは春分の日と秋分の日を中心とした一ヶ月間だ。

一年遅れでイブーロの寄宿制の学校に入ったミゲルが、半年振りに家に戻ってくるのだ。

「キダイ村の村長の孫も一緒に連れて帰って来るから、前の時と同様に替《か》え馬を借りられるが、少し早めに村を出るぞ」

「何か、理由でもあるんですか？」

「早めに村を出れば、イブーロにも早く着く。ミゲル達《たち》を迎えに行くのは翌朝だから、それまでは自由な時間という訳だ」

「おぉ、なるほど、じゃあ俺もちょっと準備してこようかなぁ……」

「ほう、何の準備だ。女でも連れて行くつもりか？」

「いえいえ、ちょっとした小遣《こづか》い稼《かせ》ぎを……」

「そうだ、お前が溜《た》めこんでいる魔石も持って来い。ついでにギルドで換金《かんきん》しちまえ」

「あっ、そうですね。そうします」

ゼオルさんの話では、冒険者ギルドには銀行のようにお金を預けておけるそうだ。

預かったお金を貸し付けなどで運用しているそうで、利子も付くらしい。

「預けるのは良いとして、引き出すのにイブーロまで行かなきゃいけないのは面倒ですね」

「まぁ、そうだな。ニャンゴ、お前なら普通《ふつう》の者よりは楽に行って来られるんじゃないか？」

「えっ、俺がですか？」

「例の、獲物を運ぶ台車でガーっと走って行けば楽だろう」

「まぁ、肉体的には楽ですけど……そうか、車とコースか……」

「ふふん、また何やら面白そうな事を思い付いたみたいだな」

「まだ思い付いただけで、実現できるか分かりませんけどね」

俺が思い浮かべているのは、キックボードだ。

自転車ほど構造が複雑じゃなく、折り畳《たた》む機構を省けばさらに作りはシンプルだ。

路面は作れるから凹凸《おうとつ》を気にする必要も無い。

移動の足としては面白そうなので、時間を見つけて試作してみよう。

ただ、キックボードを作ったとして、歩くよりは早く移動できるだろうが、馬車より速いかと言えば微妙《びみょう》なところだ。

あまり速度を上げてしまうと馬がバテてしまうから、馬車が走る速度は思っていたほど速くないが、それでも人間がジョギングするよりは速い。

馬車の移動速度と乗っている時間から計算すると、アツーカ村からイブーロまでの距離は、だいたい六十キロ前後だと思っている。

いくら空属性魔法で平らな路面を作れると言っても、六十キロの距離をキックボードで移動するというのは現実的では無い。

楽に、速く、遠くまで移動するならば、やはり動力が必要だ。

仮に何らかの動力を確保して時速六十キロで移動できれば、イブーロまで一時間程度で到着《とうちゃく》できるので、日帰りで用事を済ませられるようになる。

「おい、ニャンゴ。考え込むのは良いが、明後日は寝坊《ねぼう》するなよ」

「はい、あぁ、イブーロに出掛けるってことは、狩りは休みにしなきゃ駄目《だめ》ですね」

「なんだ、肉を獲ってこいって催促《さいそく》でもされてるのか？」

「まぁ、そんな感じです」

「この村には、これまで積極的に獣を狩る者はいなかったからな。それにニャンゴは下処理をちゃんとやるから肉が美味い。催促が来るのも無理はないか」

イネスには悪いけど、今回はイブーロ行きを優先させてもらい、戻って来たら少し人物を狙《ねら》うとしよう。

「あっ、そうだ。ゼオルさん、大きな布とか無いですかね？」

「大きな布か……そんな物どうするんだ？」

「馬車の日除《ひよ》けにしようかと思って」

「おぅ、そうか。お前の魔法で作れる屋根は、雨は防げるけど日の光は通しちまうもんな」

「えぇ、なので、布を被《かぶ》せて日を遮《さえぎ》ろうかと思いまして」

「ここの倉庫を探せば、古い幌布《ほろぬの》とかがあるだろう。多少穴が空いていても構わんな？」

「そうですね、雨を防ぐ訳じゃないですから大丈夫です」

翌日、プローネ茸《だけ》を採りに山へ入った。

以前買い取ってもらったレストランに、今回も持ち込んで小遣い稼ぎをするつもりだ。

俺が見つけたプローネ茸の穴場は、沢筋の岩場の奥《おく》の、吹き溜《だ》まりのような場所だ。

風に吹かれて溜まった落ち葉が腐《くさ》り、フカフカの腐葉土《ふようど》になっている。

沢から立ち上る湿気《しっけ》が、プローネ茸の生育に丁度良い湿度を保っているのだろう。

プローネ茸を採りに行く時は、魔物や獣に注意するのは勿論だが、村の人に後をつけられていないか確かめてから穴場に向かう。

村の決まりでは、プローネ茸を見つけた場合、村長の家に持ち込むことになっている。

街で売れば大きな儲《もう》けだが、村長の家に持ち込んでも小銀貨二枚で買い取ってもらえる。

これは、モリネズミ一匹《ぴき》の十倍の値段だ。

穴場を誰かに知られれば、根こそぎ採られてしまう可能性があるから、今日も薬草採取用の籠まで背負ってカモフラージュしているくらいだ。

今回は、売り物になりそうな大きな物が四つも採れた。

これは明日のうちにレストランに売りに行って、お金はギルドに預けてしまおう。

湿《しめ》らせた布を敷《し》いた籠の中に入れ、周りにも柔《やわ》らかい布を詰《つ》めておく。

さらに柔らかい布をそっと被せて蓋《ふた》をして、帰路へとついた。

村でも朝晩は秋の気配を感じるようになっているが、山の中は季節が一足先に進む。

沢から少し遠回りをして山を巡《めぐ》っていると、ゴブリンの姿があった。

「一、二、三……全部で六頭か、結構多いな」

ゴブリン達は木の根元を漁《あさ》って木の実を集めているようで、両手一杯《いっぱい》に抱《かか》えてその場を離れていくのは、おそらく巣に持ち帰るためだろう。

気付かれないようにエアウォークを使って、ゴブリン達の後を追う。

歩いている最中にボロボロと木の実を落としているが、気付いていないようだ。

斜面を回り込んだ先に、湧《わ》き水が流れている場所があり、その先にある岩の割れ目にゴブリンどもが巣を構えたようだ。

半分ぐらいになってしまった木の実を抱えて、ゴブリンは岩の割れ目へと入っていった。

「さて、どうしようかねぇ……」

ここは、山の中と言っても比較的《ひかくてき》村に近い場所だ。

これから冬になって食糧《しょくりょう》が不足した時に、村まで下りてくる可能性が高い。

今の俺ならゴブリンの五、六頭は始末できるが、一人で巣を壊滅《かいめつ》させるまでは難しい。

中途半端《はんぱ》に手を出して、本番の討伐の時に警戒されるのも厄介《やっかい》なので、今日は偵察《ていさつ》だけに留《とど》めておいた。

「でも、ここは洞窟《どうくつ》じゃないから、燻《いぶ》しても出て来ないいんじゃないか？」

エアウォークを使って、上へ、上へと回り込んで偵察すると、斜面の上の方からひょっこりゴブリンが顔を出した。

隠れる場所なんて無い空中なので、開き直って丸まって動きを止めた。

腕《うで》の隙間《すきま》から様子を見ていると、山の斜面は警戒しても、空までは警戒しなかったようだ。

そのままゴブリンは、斜面を伝って上って行った。

ゴブリンが背を向けているうちに、離れた斜面へと走り寄って木立に身を隠す。

「洞窟ではなく煙《けむり》が抜《ぬ》ける隙間がある。その上、別の出入り口まであるのか……こりゃゼオルさんに相談だな」

ゴブリンの巣がある場所や地形を記憶《きおく》して、見つからないように遠回りして山を下りた。


翌朝、イブーロに向かう馬車の御者台《ぎょしゃ》で、ゴブリンの巣の件をゼオルさんに相談した。

「洞窟ではない、出口が別にある……面倒なところに巣を作りやがったな」

「まぁ、俺が魔法で上側の出口や岩の割れ目を、塞《ふさ》いでしまえば良いだけなんでしょうが……」

「なんだ、そんな手があるならば別に悩む必要は無いな。秋に討伐する場所に入れておけば問題無いだろう」

「今年も、ゴブリンやコボルトの巣を駆除《くじょ》するんですね？」

「当然だ。村の近くに残しておくと、冬に面倒な思いをすることになるからな」

秋のうちに討伐を終えておかないと、雪が降った後に村が襲《おそ》われると対処が難しくなる。

「雪で足場が悪くなると、こっちはどうしても不利になる。少しでも条件の良い秋のうちに討伐は終わらせる」

「じゃあ、イブーロから戻ったら山を偵察して来ますよ。巣を探しながら山を歩き回るのは、体力の無駄使いになりますからね」

「そうだな……よし、巣を一箇所《かしょ》発見するごとに、村長に報酬《ほうしゅう》を出させるように交渉してやろう。

巣のある場所、群れのだいたいの規模が分かれば、こちらも支度を調《ととの》えやすい」

「分かりました。戻ったら、早速《さっそく》取り掛かります」

「それにしても、ニャンゴに日除けを作ってもらって助かったぜ。この天気じゃ、馬も俺達も日干しになりかねねぇからな」

ゼオルさんが用意したのは古い幌馬車用の幌布で、広げると御者台だけでなく馬まで覆《おお》える大きさだった。

「俺は自分達の事しか頭に無かったけど、馬まで考えるとは……さすがですね」

「とは言っても、お前が魔法で支えないと意味がねぇ。こんな芸当ができる奴《やつ》は、国中を探したって見つからないぜ」

夏も終わり暦《こよみ》の上では秋なのだが、日差しは強く、日陰《ひかげ》に逃げ込みたくなる気温だ。

布を張って直射日光を遮るだけでも、過ごしやすさは大違《おおちが》いだ。

「馬も汗《あせ》をかく。水と一緒に塩も与《あた》えてやらないと、バテて動けなくなるからな」

「俺は座《すわ》っているだけでもウンザリですよ。早く涼《すず》しくなりませんかね」

「猫人《ねこひと》は、自前の毛皮を着込んでるからな……その分、冬は暖かくて良いだろう」

「どうなんですかね。もう少しすると冬毛に生え変わりますけど、寒いものは寒いですよ」

「冬場は猫人がもてる季節だと言われてるぞ」

「いや、それって完全に暖房《だんぼう》器具としてですよね？」

「ふふふ……まぁな」

幌布で日陰を作ったおかげで、馬達の消耗《しょうもう》がかなり軽減できたようだ。

途中ですれ違った馬車を引いていた馬などは、全身が白くなるほど汗をかき、ずいぶんと苦しげな息遣いをしていた。

ゼオルさんは日陰を作っただけでなく、休息、給水をさせて、決して馬に無理をさせない。

馬が動けなくなれば馬車は街道《かいどう》で立ち往生し、魔物に襲われる確率が高くなる。

街道を行く馬と人は、一蓮托生《いちれんたくしょう》の運命共同体なのだ。

「休憩《きゅうけい》を多く取ると余分な時間が掛かると思うだろう？　確かに、休んでいる時間は進まないし焦《じ》れったい。だがな、気分良く走らせてやれば移動の時間は短くなって、目的地に到着する時間は大して変わらないどころか早い事だってある。それに、その日一日分の疲労《ひろう》度が大きく違ってくる。そいつが積み重なっていくと、馬が馬車を引ける年数が大きく変わってくるんだぜ」

ゼオルさんの言う事は、全くその通りだと思うが実践《じっせん》するのは難しそうだ。

キダイ村に到着した時、アツーカ村から半日馬車を引いてきた馬達には、まだまだ余力が残されているように見えた。

昼前にキダイ村を出発したが、陽炎《かげろう》が立つほどに気温が上がってきた。

「ちっ、これじゃあ無理はできないな……」

「ゼオルさん、水でも撒《ま》きましょうか？」

「はぁ？　どこから撒くほどの水を汲《く》んでくるつもりだ」

「それは、勿論魔道具で……」

怪訝《けげん》な表情を浮かべるゼオルさんに、水の魔法陣を使ったアイテムを披露《ひろう》する。

「ではでは、シャワー」

馬車を引く二頭の馬の前に、細かな水流が降り注ぐ様子は、空中に二つのシャワーノズルが設置されているようだ。

「おいおい、ニャンゴ。こりゃどうなってんだ！」

「実は、空属性魔法で空気を魔法陣の形に固めると、空中に含《ふく》まれている魔素で刻印魔法が発動するみたいなんです」

「なんだと、それじゃあ他の刻印魔法も使えるのか？」

「はい、まだ練習中ですけど、二つの魔法陣を組み合わせても使えますよ」

「がははは、面白い、面白いぞニャンゴ。お前は本当に俺を楽しませてくれるな」

今発動させている魔法陣には、空属性魔法で作った小さな穴を空けたカバーが被せてあって、それでシャワー状の水が出るようになっている。

快適な水浴びができるように、この夏の間に改良を重ねてきたものだ。

「ニャンゴ、もう少し前に撒くことはできるか？」

「はい、あぁ、その方が涼しくなりそうですね」

馬車の前方十メートルぐらいにノズルを増やして水を撒くと、暑さが少し和《やわ》らいだ。

途中で馬にも水浴びをさせてやったので、無事にイブーロまで到着できた。

今日は一段と酷《ひど》い暑さだったので、街道の途中で木陰に馬を入れて休ませている人もいたし、街の入口では衛士が驚いていた。

「あんたら、この暑さの中を走らせて来たのかい？」

「でなけりゃ、ここには来られないだろう」

「まぁ、その通りだが、ずいぶん丈夫な馬なんだな」

「がははは、御者の腕が良いんだよ」

「ははは、そういう事にしておこう。行っていいぞ」

まさか、日除け散水付きで来たとは、思ってもいないだろう。

「ゼオルさん、宿に馬と馬車を預けたら、ちょっと行きたい所があるんですが」

「おぅ、例の小遣い稼ぎか？」

「はい、早めに行かないと、鮮度《せんど》が落ちるので……」

「鮮度だぁ？」

鮮度という言葉が気になったのか、ゼオルさんも一緒に付いてきた。

「どこへ行くんだ？」

「ちょっと、レストランまで」

「レストランだと……？」

『巣立ちの儀《ぎ》』の時に、プローネ茸を買い取ってくれた店長さんは、俺の事を覚えていた。

「おぉ、君は、あの時の……また良い物が採れたのかい？」

「はい、今日は四つあるんですが……」

「見せてくれるかい？　以前、君が持ち込んでくれた物は、とても評判が良くてね……おぉ、今回も素晴《すば》らしいね」

籠を開けてプローネ茸を見せると、店長は目を輝《かがや》かせた。

「どうでしょう?」

「うん、全部いただくよ。四つで金貨一枚でどうかな?」

「はい、ありがとうございます」

店長がお金を取りに店の中へと戻ると、ゼオルさんに背中を叩かれた。

「こいつは驚いたぞ、ニャンゴ。小遣いレベルの話じゃねぇな」

「痛いですよ、ゼオルさん」

「お前、これだけで食っていけるんじゃないか?」

「いやぁ、いつも生えてる訳じゃないから難しいと思いますよ」

「そうか、それもそうか……」

店長からお金を受け取り、お礼を言ってレストランを後にした。

それにしても、ポンと金貨一枚分のプローネ茸を仕入れてしまうのだから、かなり繁盛《はんじょう》しているのだろう。

「ニャンゴ、次は俺の用事に付き合え」

「はい、いいですよ。どこに行きます?」

「まぁ、付いて来い」

ゼオルさんが俺を引っ張って行った先は、イブーロの市場だ。

肉、魚、野菜、穀類、乾物《かんぶつ》、調理器具など、さまざまな店が所狭《ところせま》しと軒《のき》を並べている。

東京で言うなら上野のアメ横か、築地の場外市場みたいな感じだ。

さまざまな匂《にお》いがグワっと押し寄せて来て、何の匂いなんだか分からなくなってくる。

ゼオルさんが辿《たど》り着いた一角は、さらに強い匂いに支配された香辛料《こうしんりょう》などの店が並ぶエリアだった。予想はしていたけど、茶葉を仕入れに来たのだろう。

「ここだ、ニャンゴ。この市場で一番の茶葉を扱《あつか》う店だぞ」

ゼオルさんの言葉は、俺の鼻をくすぐった匂いのせいで半分以上耳から零《こぼ》れていった。

すぐ隣《となり》の小さな店で扱っていたのは、コーヒー豆だった。

「ゼオルさん、俺は隣の店を覗《のぞ》いてるんで、帰る時は声を掛けて下さい」

「おう、分かった……」

コーヒー豆を扱う店にいたのは、四十代ぐらいの狸人《たぬきひと》のおばさんだった。

この辺では見かけない民族衣装《いしょう》を着ている。

「いらっしゃい、坊や。どうだい、良い香《かお》りだろう？　これはカルフェという豆だよ。よーく炒《い》ってから粉にして、お湯に入れて煮出《にだ》すのさ」

「あんまり見かけないよね」

「そうだね、イブーロじゃ、うちが一年前から扱い始めたのが最初だろうね。王都では、もう普通に飲まれているよ」

転生してから初めて嗅《か》いだコーヒーの香りに、脳が支配されている。

珍《めずら》しいものは高いと思い込んでいたが、値段を聞いたら意外に高くなかった。

「酸味が少ないのは、どれ？」

「へぇ、坊やカルフェを飲んだことがあるのかい？」

「ううん、話に聞いただけだよ」

「それじゃあ、このカルジ・フレラが良いだろう。酸味が少なく、香りが豊かだよ」

「じゃあ、それを……」

「はいよ」

結局、我慢《がまん》しきれずに買ってしまった。あとで、砂糖も買っておこう。

良い茶葉が買えたらしいゼオルさんと二人、ホクホク顔で市場を後にする。


市場の次に向かった先は、冒険者ギルドだ。

目的は、オーガとオークの魔石を買い取ってもらうためだ。

「ゼオルさん、買い取りのカウンターってどこですか？」

「おう、向こうの一番端が買い取りだ。オークなどの肉は別の場所だが、今はいいな」

「じゃあ、ちょっと行って来ますから、先に酒場で飲んでいて良いですよ」

「いや、今日は違う店に行く。俺は掲示板《けいじばん》でも眺めて待ってるから行って来い」

「分かりました」

そろそろ夕方という時間なので、買い取りのカウンターには行列ができ始めていた。

買い取られる素材は多岐《たき》にわたっていて、魔石や牙《きば》、角、肉、骨、皮、スライムの体液なんかも素材として使われるそうだ。

買い取りカウンターの前に並んでいる人達は、当然価値のある素材を手に入れてきた人達で、多くは討伐帰りの冒険者だ。

残暑厳しい中で討伐を終わらせてきた人達は、殆《ほとん》どが汗と埃《ほこり》にまみれていて、ぶっちゃけかなり汗臭《くさ》いし埃臭い。

　ちょっと閉口しつつも、普段山に入っている時の自分は同じような感じなのかと、一端《いっぱし》の冒険者気分に浸《ひた》っていたら急に体が浮き上がった。

「邪魔《じゃま》だ、ガキ……」

「ふぎゃ……痛たた」

　一瞬《いっしゅん》何が起こったのか分からなかったが、後ろに並んでいた冒険者に襟首《えりくび》を掴《つか》まれて投げ飛ばされたようだ。

　リュックを抱えたままフロアの隅《すみ》まで転がされ、頭を振って起き上がると、俺が並んでいた場所で十代後半とおぼしき馬人の冒険者が歯を剥《む》いて笑っていた。

　絵に描《か》いたように典型的なチンピラ冒険者という感じだ。

「君、大丈夫かい?」

「えっ、あっ、大丈夫です、このぐらい……」

　急に声を掛けられて驚いて見上げると、三十代前半ぐらいの蜥蜴人《とかげひと》の冒険者が、心配そうな表情で俺に手を差し出してくれていた。

　蜥蜴人はいわゆるリザードマンで、体は鱗《うろこ》で覆われている。

　身長は馬人の冒険者の方が高いが、胸板《むないた》や肩の筋肉は蜥蜴人の冒険者の方が発達していた。

　なにより、二足歩行の大型爬虫類《はちゅうるい》という見た目からして強そうだ。

「酷いことをする男だな」

「あぁ、大丈夫です、本当に大丈夫ですから……」

蜥蜴人の冒険者は俺が立ち上がるのに手を貸した後、憤慨《ふんがい》した表情を浮かべて馬人へと踏《ふ》み出して行こうとしたので慌《あわ》てて止めた。

「そうは言うが、新人が理由も無く投げ飛ばされるのを見ていたのだ、黙《だま》っておれんよ」

「すみません、どうか勘弁《かんべん》してやって下さい」

「ふむ……どうして投げ飛ばされた君が謝《あやま》るんだ？」

「あの人は、可哀相《かわいそう》な人なんです……」

「投げ飛ばした男の方が可哀想？　ますます分からないな……」

「こんなにたくさんの冒険者がいるギルドの中で、猫人の俺にしかイキがれないんですよ……その証拠《しょうこ》に俺は投げ飛ばしたけど、牛人の冒険者さんの後ろには大人しく並んでるでしょ」

「ふはは、君、面白いねぇ。うん、確かに君の言う通りだ」

俺が投げ飛ばされた時点で、どうなるのか成り行きを見守っていた人達もゲラゲラと笑い声を立て始めた。

笑い声と視線に耐《た》えかねた馬人の冒険者が、列を離れて食って掛かって来た。

「手前《てめえ》ぇ！　ニャンコロのクセしやがって、舐《な》めた口利《き》いてんじゃねぇぞ！」

「あぁ、ごめんなさい。舐める気なんてホントに無いんです。だって、俺にまで舐められちゃったら、あなたがこのギルドで最弱の存在になっちゃいますもんね」

「こいつぅ……」

また周囲の見物人が笑い声を上げ、馬人の冒険者は拳《こぶし》を握《にぎ》り締《し》めて歯を食いしばり、顔を真っ赤にしてプルプル震《ふる》えている。

頭の血管が切れやしないか、本気で心配になるほどだ。

馬人の冒険者が俺に掴み掛かろうとすると、蜥蜴人の冒険者がスッと体を割り込ませた。

「一部始終を見ていたが、お前の態度は感心しないな」

「何だぁ手前ぇ、関係ない奴はすっこんでろ！」

「関係はあるさ。同じイブーロのギルドで活動する者として、後進を思いやれないような奴は矯正《きょうせい》しないといけないからな」

「なんだとぉ……上から目線で何ぬかしてやがる」

頭に血が上りきった馬人の冒険者と対峙《たいじ》しても、蜥蜴人の冒険者には余裕《よゆう》が感じられる。

たぶん、棒術の手合わせをしてる時の俺とゼオルさんは、丁度こんな感じなのだろう。

冒険者同士が拳《こぶし》で語る、これぞギルドの風景と思える血湧き肉踊《おど》る展開が始まるのだとワクワクしていたのだが、野次馬《やじうま》の一言で張り詰めた空気が霧散《むさん》した。

「おいおい、金級間近と言われてるライオスに喧嘩売るとか、どこの馬鹿野郎《ばかやろう》だ？」

野次馬の言葉を聞いた途端《とたん》、馬人の冒険者の表情が変わった。

たぶん、かなりのランク差があるのだろう。

「ちっ……今日はこれで勘弁してやる。あんまり調子に乗ってんじゃねぇぞ、ニャンコロ」

「はい、お互《たが》いに気を付けましょう」

尻尾《しっぽ》を巻いて逃げ出そうとしていた馬人の冒険者は、俺の一言を聞いて振り返ると、鬼《おに》のような形相で睨《にら》み付けて来た。

「けっ！」

結局、馬人の冒険者は床を蹴《ゆか　け》り付けると、肩をそびやかして大股《おおまた》で去っていった。

「ふむ、君は外見に似合わずなかなか強そうだね」

「いえいえ、超《ちょう》駆け出しの石ころ級ですよ」

「その割には、あの馬人に凄《すご》まれても全く動じていなかったじゃないか」

「まぁ周りに、もっとおっかない人がいますからね」

「なるほど……さぁ、君の順番を空けてくれている、買い取りにいきたまえ」

「はい、ありがとうございました」

騒動《そうどう》を見物していた冒険者達が、買い取りの列を空けておいてくれた。

冒険者はイキがっている奴らばかりかと思ったが、親切な人もたくさんいるようだ。

それとも、少しは冒険者として認められたのだろうか。

買い取りカウンターにいたのは、色っぽいお姉さんではなく山羊人《やぎひと》のおじさんだった。

「ほう、猫人の冒険者とは珍しい、カードを良いかな？」

「はい、カードです」

「初級のニャンゴ。さて、今日は何の買い取りを希望なのかな？」

「えっと、この魔石を……」

「ほぉ、コボルトの魔石に、オークの魔石、こっちはオーガの魔石じゃないか、まさか一人で倒したとか言うんじゃないだろうな」

「とんでもない、これは村の討伐に参加した分け前を溜めておいたものです」

カウンターの上に魔石を並べると、山羊人のおじさんは驚いていた。

本当は俺一人で倒したものだが、変に目立たないようにしておいた方が良いだろう。

「なるほどのぉ……これで全部かな？」

「はい、それだけです」

「買い取りは現金、それともギルドの口座に貯《た》めておく、どちらにする？」

「全額口座に……それと、ついでに貯金とかできますか？」

「あぁ、構わんよ。コボルトの魔石は二個で大銀貨三枚、オークの魔石は大銀貨七枚、オーガの魔石は金貨一枚と大銀貨二枚、全部で金貨二枚と大銀貨二枚だ」

「では、こちらの金貨一枚を一緒に口座に入れて下さい」

「ふむ、全部で金貨三枚と大銀貨二枚、間違いは無いかな？」

「はい、結構です」

四十代ぐらいだろうか、すっとぼけた感じの山羊人のおじさんは、意外にもテキパキと手続きを進めてくれた。

手続きが済んだところで、順番を確保してくれた犬人の冒険者にお礼を言って、カウンターの前を離れた。

「お待たせしました、ゼオルさん」

「まったく、何を遊んでいやがるんだ」

「すみません、ギルドに来ると気分が盛り上がってしまって……」

「あの程度のガキ、次は自力で叩きのめしちまえ」

「考えておきます。ところで、今日はどこの店に行くんですか？」

「おぅ、まぁ付いて来い。ガッカリはさせねえから」

ギルドを出たゼオルさんは、通りを横切って路地の奥へと足を踏み入れて行く。

ゼオルさんに続いて、路地へと入って少し歩いた時だった。

後ろから足音が迫《せま》って来たと思ったら、ドガっと鈍《にぶ》い音が路地に響《ひび》いた。

「うがぁ、痛ぇ……手前、何しや……ぐふぅ、がはっ！」

「そっちから襲ってきておいて、何しやがったはないでしょう」

襲い掛かって来たのは、さっきの馬人の冒険者で、ギルドの外で待ち伏《ぶ》せしていたのだろう。

不意打ちで回し蹴《げ》りを放ったつもりなのだろうが、路地に入った時点で探知魔法を展開していたから行動は全てお見通しだった。

あらかじめ展開しておいたシールドを蹴飛ばして勝手にダメージを受け、隙だらけだったので空属性魔法で作った棒で鳩尾《みぞおち》と喉《のど》を突いて転がしてやった。

「さすがだな、ニャンゴ。仕事が早いじゃないか」

「こんな銅貨一枚にもならない面倒事は、仕事じゃないですよ」

馬人の冒険者は、喉を突かれた反動で後ろ向きに倒れ、塀《へい》に頭をぶつけて昏倒《こんとう》している。

「ゼオルさん、この手のチンピラって結構いるんですか？」

「あぁ、冒険者を志す連中の中には自分の実力や他人の実力を測れないで、こうして無様な姿を晒《さら》す奴が毎年何人かいるもんだ。そんな事より晩飯だ、そら行くぞ」

「はい、行きましょう」

塀に寄り掛かり、白目を剥いた馬人の冒険者を置き去りにして、ゼオルさんお薦《すす》めの店を目指して路地の奥へと足を踏み入れる。


夕食は、串焼き屋《くしや》だった。

ゼオルさんのお薦めとあって、値段もボリュームも味も素晴らしい。

いろいろ頼《たの》んだ中に、祭りの屋台で食べた黒オークの串焼きもあった。

値段も同じお手頃価格で、一体どこの部分なのかと店の人に訊《たず》ねてみた。

「あぁ、それかい、それは黒オークの骨髄《こつずい》だよ」

「えぇぇ、骨髄って骨の中身ですか？」

「そうだよ、腿《もも》とか脛《すね》の骨から取り出して、ちょいと一手間掛けると美味くなるんだ」

「へぇぇ……だから、こんな丸っこい形なんですね」

手ごろな値段の店とあって、冒険者は勿論、若い労働者の姿も多く、日本で言うなら場末の居酒屋という感じだ。

魔物の討伐の話、工事現場の話、商売の話、女の話、博打《ばくち》の話……雑多な会話に浸っていると、少し大人になった気分になる。

イブーロで冒険者として活動するならば、安くて美味い店を探して食べ歩くのも楽しそうだ。

できれば数日滞在《たいざい》して街で遊んでいきたいところだが、ただで馬車に乗せて来てもらっている以上、勝手な行動はできないので、遊ぶのはまたの機会にしよう。


翌朝、宿で朝食と精算を済ませたら、ミゲルとオリビエを迎えに学校へと向かう。

二人を乗せたら村まで帰るのだが、昨日の季節外れの暑さから一変し、曇《くも》り空で日差しも弱いせいか涼しい。

「涼しいのは良いが、のんびりしていると村に着く前に降ってきそうだな」

「ゼオルさん、降っても俺が屋根を作りますよ」

「そうか、ニャンゴがいるなら焦《あせ》って帰ることもないな」

早めに宿を出て学校へと向かうと、他の村からの迎えはまだ来ていないようだった、じきに馬車が何台も集まってくるらしい。

今日から学校は秋の休暇《きゅうか》に入るので、それに合わせて寄宿舎も閉められてしまうからだ。

「ニャンゴ、俺はここで馬車を見ているから、ミゲル達を迎えに行ってくれ」

「了解《りょうかい》です」

あちこち動き回られると迎えに来た人間が苦労するので、生徒は寄宿舎で待機する決まりになっているそうだ。

寄宿舎は手前が男子寮《りょう》、奥が女子寮だそうなので、オリビエを先に迎えに行く。

女子寮の入口には、寮監《りょうかん》らしき鹿人《しかひと》の女性が待機していて、身分証の提示を求められた。

「アツーカ村の冒険者が、キダイ村のオリビエさんのお迎え？」

「はい、アツーカ村はキダイ村から街道を進んだ先で、村長同志の仲が良いので替え馬などの融通《ゆうずう》もしているんです」

「なるほど、そういう事なのね……でも、あなた荷物を運べるの？」

「へっ、荷物ですか？」

「女の子が半年も家を離れるのだから、それなりに荷物は多くてよ。大丈夫？」

「その荷物って、オークよりも重そうですかね？」

「ほほほほ、そこまでは重たくはないわ」

「じゃあ、大丈夫でしょう」

寮監の女性は、自分よりも小柄《こがら》な猫人が大丈夫と請《う》け負ったので、本当に荷物を運べるのか、どうやって荷物を運ぶのか興味を持ったようだ。

案内に従ってロビーに入ると、一斉《いっせい》にこちらへ視線を向けてきた女の子達の中にオリビエの姿もあった。

「ニャンゴさん……ニャンゴさんが迎えに来て下さったのですか？」

「うん、さぁ帰ろうか」

「あの、荷物が……」

「どれかな？」

オリビエの荷物は、俺がスッポリ入れそうな大きさのトランクが三つもあった。

オリビエも含めた女子生徒達は、俺には運べないだろうと不安そうな表情を浮かべている。

「カート」

狩りの獲物を運ぶ台車をベースにしてカートを作り、そこにトランクを載せていく。

トランクは結構な重さだったが、あらかじめ身体強化をしておいたので楽勝だ。

この後、ミゲルの所に寄るので、カートは余裕を持たせた大きさに作っておいた。

「浮いてる……」

「何でトランクが浮いてるの？」

女子生徒達から驚きの声が上がり、寮監の女性も目を見開いている。

「じゃあ、行こうか」

「はい、やっぱりニャンゴさんは凄いですね」

「まぁ、空属性魔法のおかげだけどね」

カートを押して移動を始めると、さらに驚きの声が上がったが説明とか面倒なので、このまま男子寮に向かわせてもらおう。

男子寮の前でも犬人の寮監に身分証の提示を求められたが、今度は同じ村の人間なのですんなりと案内してもらえた。

オリビエには、カートと一緒に玄関《げんかん》前で待っていてもらう。

男子寮でも迎えを待っているらしく、ロビーにいた全員が俺の方へと視線を向けて来た。

「ミゲル、帰るぞ」

「やり直せ。ミゲル様、お迎えにあがりました……だろう」

「何を言ってるんだ？　俺は村長に雇《やと》われてる訳じゃないぞ。そんな風に言ってもらいたいなら、ゼオルさんに頼むんだな」

「こいつ……」

ミゲルが舐められている様子を見て、他の男子生徒からはクスクスと笑いが漏《も》れてくる。

「ミゲル、荷物はどれだ？」

「これと、これだ！」

ミゲルの荷物は、オリビエの物と同じぐらいの大きさのトランクが二つだった。

「じゃあ、自分で持って来てくれ」

「何だと……この野郎！　お前が運ぶんだ、さっさとしろ！」

堪《こら》え切れなくなった他の男子生徒達が腹を抱えてゲラゲラ笑いだし、ミゲルは顔を真っ赤にして怒鳴《どな》り散らした。

「ミゲル、人の話は良く聞くものだぞ、俺は村長に雇われていないって言ったばかりじゃないか」

「ふざけんな！　だったらお前は何しに来たんだ！」

「迎えの馬車が来てると知らせに来ただけだ。自分の荷物なんだから自分で運んでくれ」

「こいつぅ！」

殴《なぐ》り掛かって来ようとするミゲルとの間に、犬人の寮監が割って入った。

「止《や》めなさい！　どういう事情かは分からないが、ここは喧嘩をする場所ではない。ミゲル、荷物を持って移動しなさい」

「一度に二つは……」

「仕方ない、一つは私が……」

「いえいえ、お手を煩《わずら》わせるのは申し訳ないので、一つは俺が運びましょう」

「はぁ、私の手を煩わせたくないなら、もう少し考えて行動してくれたまえ」

「難しいご要望ですが善処しましょう……行くぞ、ミゲル」

先にトランクをヒョイっと片手で持って歩き出す。

寮監に睨まれているので、ミゲルも大人しくトランクを持って歩き出そうとして、片手では持ち上がらず、両手で持ってヨタヨタと付いて来る。

「君は、ずいぶん力があるんだね」

「まぁ、鍛《きた》えてますからね」

寮監の問いを受け流すと、ミゲルが何か言いたげにしていたが、オリビエの姿を見つけて言葉を飲み込んだようだ。

「お待たせ、オリビエ。ほらミゲル、運んでやるから持って来い」

「ちっ……いい気になるなよ」

馬車までの距離を考えて諦《あきら》めたのか、ミゲルは投げ出すようにトランクを置いた。

ミゲルのトランクもカートに載せて馬車へと向かう。

途中で他の村からの迎えの人とすれ違ったが、みんな執《しつ》事《じ》風の人物と荷運び役らしきマッチョマンとの組み合わせだった。

荷物運びが前提なのに、俺一人に迎えに行かせるあたり、ゼオルさんも人が悪い。

馬車まで向かう間、空属性魔法の台車が余程《よほど》珍しかったのか、オリビエはしきりに俺に話し掛けて来て、ミゲルの機嫌《きげん》はさらに悪くなっていった。

そんなに睨み付けなくても、馬車に乗れば二人きりなんだから少しは余裕を見せろ。

馬車の荷台にミゲルとオリビエのトランクを積んで、御者台に上がろうとしたらオリビエに声を掛けられた。

「ニャンゴさんも、中に乗りませんか？」

「ごめんね、見張りの役目があるから、俺はこっちに乗るよ」

「そうですか……もっと、お話ししたかったのですけど、残念です」

「俺の代わりにミゲルの相手をしてやってくれるかな？」

「はい……分かりました」

オリビエは、不満げに少し頬《ほお》を膨《ふく》らませつつも頷《うなず》いてみせた。

ほらミゲル、パス出してやったんだから、ちゃんと活《い》かせよ。

二人がキャビンに乗り込んだのを確認して、俺も御者台に上った。

「ゼオルさん、荷物があるって言っておいて下さいよ」

「がははは、山から一人で鹿とかイノシシを運んで来るんだ、あの程度は問題ないだろう」

「まぁ、問題はなかったですけどね」

「あんまりミゲルを虐《いじ》めるなよ」

「虐める？　とんでもない、教育ですよ、教育」

「がははは、教育か……身につきそうもないな」

「まぁ、そうでしょうね……」

馬車は学校を出て街の北門を目指す。曇り空だが、まだ雨が落ちて来る気配はない。

◆　◆　◆　◆

イブーロからアツーカ村までの帰り道では、独自の移動方法を考えていた。

冒険者ギルドに預けたお金は、いつでも自由に取り出せるようにしたい。

この前考えたのは、空属性魔法でキックボードを作り、滑らかな路面も整備して移動するというアイデアだが、いかんせん距離が長すぎる。

それにアツーカ村の方が高い場所にあるので、行きは下りでも帰りは上りになる。

そこで必要になるのが人力以外の動力なのだが、まず馬は論外だ。

イブーロまでの道中で、ゼオルさんから馬の扱いを教えてもらっているのだが、ぶっちゃけ馬に舐められっぱなしだ。

牧羊犬のように牙を剥いて激しく吠《ほ》えたりすれば、言うことを聞いてくれるのかもしれないが、俺が大声を出しただけではウンともスンとも動いてくれない。

馬以外で俺が使える動力と考えた時、思い付いたのが風力だ。

空属性魔法で作った風の魔法陣は、筒状《つつじょう》の中を一定方向に風が流れ、筒の部分は固定しておかないと動こうとする。

風を強くすれば、動こうとする力も強くなるので、推進力として使えそうだ。


アツーカ村に戻った翌日から、風力ユニットを用いた移動手段の製作に着手した。

まずは風の魔法陣を大きさ、厚さ、圧縮度などを変えて作ってみて、どのぐらいの強さで、どのぐらいの時間、風が出せるか試してみた。

できるだけコンパクトなサイズにしたかったが、乗り物の動力にするには少なくとも十五センチ以上の直径は必要そうだ。

風力ユニットの開発と同時に、フレーム作りにも着手した。

最初、風の動力をキックボードに取り付けようかと思ったが、動力部の小型化が難しそうなのでバイクの形に変更した。

イメージとしては、ジェットエンジンを搭載《とうさい》して最高速度の世界記録にチャレンジしたバイクをもの凄くスケールダウンしてショボくした感じだ。

サスペンションは作れないので、乗り心地《ごこち》を良くする為《ため》に弾力《だんりょく》のあるタイヤを付ける。

いわゆるバルーンタイヤにするのは、空属性魔法で作ったコースだけではなく、普通の地面を走らせるためでもある。

山から仕留めた鹿やイノシシを運ぶ時には、台車を空属性魔法で作ったコースの上を走らせて持って来るが、アツーカ村からイブーロまでは六十キロぐらいの距離があるので、全行程にわたってコースを作るのは難しい。

それに、コースを作る分の魔力を節約できれば、バイク本体に回す魔力に余裕ができる。

試作したフレームは、風の魔法陣を格納する太いパイプをメインにして、フロントフォークを繋《つな》ぐヘッドチューブと後ろの車軸《しゃじく》を支えるステーを付けただけのシンプルな形だ。

俺の体形に合わせているのでタイヤの直径は二十インチ程度で、ライディングポジションはメインのフレームにうつ伏せになるような感じだから、かなり目線は低い。

風力推進なのでチェーンも付いていないし、その上ブレーキも付いていない。

もし障害物が現れたら、その時だけ空属性魔法でコースを作って回避《かいひ》するつもりだ。

構想、製作、合わせて三日ほどで風力オフロードバイクの試作品は完成した。

基本となる動力部は、直径二十センチ、厚さ七センチ程度の圧縮率を上げて空属性魔法で作った風の魔道具で、一個で時速十キロ程度のスピードが出せる。

一度作ってしまった魔法陣は出力の調整ができないので、スピードの調節は魔法陣の数を増減させて行う。

理論上は、二個重ねれば二十キロ、三個重ねれば三十キロの速度が出せる計算だ。

とりあえず、試作品のバイクには五個まで搭載できるように作っておいた。

慣れるまでは三個まで、慣れたら五個か、それ以上の搭載も検討する予定だ。


バイクが完成したとあっては、乗ってみるしかあるまい。

天気の良い日を選んで、とりあえずキダイ村までテスト走行することにした。

安全のために、ヘルメットとプロテクターも空属性魔法で作って装着しておく。

村の外れで空属性魔法を使ってバイクを形成、跨《また》がったところで風の魔道具を一つフレームの中に設置すると、ヒューっという甲高《かんだか》い音とともに、ゆっくりとバイクは進み始めた。

バイクが動き出したところで、魔道具を一個追加すると、グンっと加速がつく。

坂道を自転車で下っていくぐらいの速度だが、目線が低いので結構速く感じる。

バルーンタイヤが凹凸を吸収してくれるので、突き上げ感は無いものの少しフワフワした乗り心地だが悪くない。

かなり良い感じじゃないかと思い始めた途端、カーブでタイヤが横滑りを起こした。

「おわぁぁぁ……とっとっとっ……にゃぁぁぁ！」

コースアウトして横転した瞬間、バイクは消して体だけで草地をゴロゴロと転がった。

速度はママチャリを強めに漕《こ》いだ程度だったので、体にダメージは無い。

タイヤに適度な弾力はつけられたが、グリップ力が全然足りなかったのと、ブレーキが無いのでカーブに入る前に十分に減速できなかったのだ。

「やっぱり、ブレーキ無いと駄目かぁ……」

複雑な構造は作れないので、梃子《てこ》の原理を使ったペダルを設置、踏み込むと先端《せんたん》が車輪に接触《せっしょく》して減速する形にした。タイヤにもブロックパターンを付けてみた。

新しいバイクを作り上げてテストを再開する。トライ&エラーを繰り返しながら、何度でも作り直せてしまうのが空属性魔法の良いところだ。

カーブの手前では、風の魔道具の数を減らしながらブレーキング、カーブを曲がりながら魔道具を増やして加速していくことにしたが、なかなかスムーズにカーブが曲がれない。

風の魔法陣の数を増減させてスピードを調整しているが、独特のタイムラグが生じるのだ。

減速し過ぎると、再加速まで時間が掛かって走りがギクシャクとしてしまう。

上り坂でも加速のタイミングが遅れると、ガクンと速度が落ちてしまった。

そうかと言って減速のタイミングが遅れれば、曲がりきれずにコースアウトしてしまう。

レース用のバイクみたいな流れるような走りを実現するには、まだまだ工夫《くふう》が必要だ。

それでもスピードが乗ってしまえば馬車よりも速いし、馬のご機嫌を取る必要も無い。

テストをしながらでも、キダイ村まで馬車の三分の二程度の時間で到着できた。

この時間は、まだまだ縮められるはずだ。

当面の目標は、アツーカ村からイブーロまで馬車の三倍の速度での走破。

これが実現できれば、イブーロまで余裕を持って日帰りで往復できるようになる。

キダイ村の手前で引き返して、アツーカ村へと戻りながらテストと改良を重ねていく。

途中で乗り合い馬車とすれ違ったが、御者が目を真ん丸にして俺を見送っていた。

風の魔法陣の音はすれどもバイク本体は見えないので、俺は土煙を上げながら地面スレスレを飛んでいるように見えたのだろう。

アツーカ村の人は、仕留めた獲物と一緒に台車に乗って、畑の上に作った路面を通って山から下りてくる姿を見慣れているが、何も知らない人が見たら驚くのも無理はない。

馬が驚いて暴れたりすると不味《まず》いので、馬車とすれ違ったり追い抜いたりする場合には、路面を作って離れた場所を通り過ぎた方が良さそうだ。

バイクを改良したり、キダイ村から引き返す時には長めの休憩を入れたりしたので、酷い魔力切れは感じていない。

休憩を適当に入れながらなら、丸一日バイクを走らせ続けても大丈夫そうだし、将来はロングツーリングで王都まで行けるかもしれない。

「バイクに乗ってさすらう冒険者ニャンゴ……格好良いにゃぁ……」

風の魔法陣を使った動力部とボディーの組み合わせは、船にも使えるだろうし、翼《つばさ》を作れば空だって飛べるかもしれない。

空属性魔法の可能性は、まだまだ大きく広がっていきそうだ。

第六話　現れた脅威《きょうい》

学校の秋休みでミゲルが村に帰って来たが、顔を会わすことは殆《ほとん》ど無かった。

薬草採取にモリネズミの捕獲《ほかく》、棒術、属性魔法《まほう》、魔法陣《じん》の練習、鹿《しか》やイノシシ猟《りょう》も期待されているし、バイクの試作もしていたからミゲルに絡《から》まれている暇《ひま》など無い。

その日も鹿かイノシシを仕留めるつもりで南側の山に入ったが、途中《とちゅう》で予定を変更《へんこう》した。

エアウォーク使って高さ五メートルの位置から追跡《ついせき》しているのは四頭のゴブリンで、冬に備えての魔物の討伐《とうばつ》に備えて巣の位置を探《さぐ》るためだ。

ゼオルさんが村長に交渉《こうしょう》してくれた結果、ゴブリンやコボルトの巣を一つ発見する毎《ごと》に、銀貨一枚の報奨金《ほうしょうきん》が出ることになった。

報酬《ほうしゅう》としては安いが、ゴブリンの詳細《しょうさい》な情報があれば討伐を効率良く進められる。

討伐を行うのは冒険者《ぼうけんしゃ》ではなく村の普通《ふつう》の男達《たち》なので毎日は出掛《でか》けられないし、巣を発見できずに無駄足《むだあし》を踏《ふ》まないようにチェックしておくのだ。

このまま後をつけてゴブリン達の巣まで行って出入りする数を確かめられれば、ある程度の群れの規模は推測できる。

勿論《もちろん》、ゴブリンは俺《おれ》を見付ければ襲《おそ》い掛かって来るだろうし、巣の場所を確かめられなくなってしまうので、気付かれないように木に隠《かく》れながら後をつける。

ゴブリン達はウサギを見付けて追い掛け始めたが、捕《つか》まえられずに巣穴へと逃《に》げ込《こ》まれた。

巣穴の中まで入って行こうとしていたが、土を掘《ほ》り返すのに夢中になっているうちに、ウサギは別の穴から逃げていった。

　ゴブリン達は泥《どろ》だらけになって穴掘りを続けていたが、ウサギの気配が無いのに気付いたのか、途中で諦《あきら》めて別の餌《えさ》を探して移動を始める。

「ギャッ！　ギィギャギャッ！」

「グギャァ！　ギィイギャッ！」

　何を言っているか分からないが、ウサギを逃がした事で仲間割れをしているらしい。

　二対二の争いかと思ったら、三対一になったり、四頭それぞれが争ったり、喧《やかま》しく鳴き交《か》わしながら移動を続けていた。

「何だ、あれ……」

　ゴブリン達が進んでいく方向の灌木《かんぼく》の陰《かげ》に、大きな生き物が姿を隠すのが見えた。

　姿は狼《おおかみ》のようだが青銅色の毛並みは金属っぽい光沢《こうたく》があり、何よりも大きさがおかしい。

　灌木の陰に伏《ふ》せたのでハッキリとは分からないが、牡牛《おうし》よりも大きかったように見えた。

　あちらが風上《かざかみ》なので気付いてもおかしくないのだが、ゴブリン達は仲間割れに夢中のようだ。

　俺は木の幹に隠れて、ゴブリン達が進んで行くのを見守った。

　下手に距離《きょり》を詰《つ》めると、こちらにまで危険がおよびそうな気がする。

　三十メートル、二十メートルと距離が縮まっても、ゴブリン達は気付かないし、青銅色の生き物も動かない。

　十五メートル、十メートルと近付いて、ようやく一頭のゴブリンが異変を感じて足を止め、鋭《するど》い声を上げた。

「ギャッ！」

ところが他の三頭は、仲間割れの余韻《よいん》を引き摺《ず》っているのか足を止めずに進んで行く。

「ギャギャァァァ！」

足を止めたゴブリンが、さらに強く警戒《けいかい》の鳴き声を上げて三頭が振《ふ》り返った瞬間《しゅんかん》だった。

「ゴァァァァ！」

灌木の陰から飛び出してきた巨大《きょだい》な狼は、一頭のゴブリンを食い千切りながら、別の一頭を前脚《まえあし》の爪《つめ》で引き裂《さ》いた。

「ギャッ……グフッ」

青銅色の巨狼《きょろう》は、恐怖《きょうふ》で棒立ちしているゴブリンを悠々《ゆうゆう》と踏み潰《つぶ》し、最初に気付いて転げるように逃げ出した一頭をジーッと見送っていた。

その視線が、木の陰にいる俺の方へと向けられた。

全身の毛が逆立って汗《あせ》が噴《ふ》き出してくる。

もし襲ってきたら、シールドかバーナーで足止めしている間に、エアウォークで上空へと退避《たいひ》するつもりだが、逃げ切れるという確信が持てない。

青銅色の巨狼がこちらを見ていたのは、時間にすればほんの数秒だったのだろうが、俺には永遠かと感じたほどで、呼吸をすることすら忘れていた。

視線が外された途端《とたん》、思わず止めていた息をふーっと大きく吐《は》き出した。

青銅色の巨狼は俺への興味を失ったようで、仕留めたゴブリンを腹に収め始めた。

一口でゴブリンの三分の一が消失し、ゴリゴリ、ボキボキと骨を噛《か》み砕《くだ》く音が森に響《ひび》く。

このペースだと三頭のゴブリンを食べ終わるまで、さして時間は掛からないはずだ。

巨狼の死角に入るように移動した後、エアウォークで村まで一気に駆《か》け下った。

「ヤバい、ヤバい、ヤバい、あれは絶対にヤバい奴《やつ》だ」

あんな化け物が村に下りて来たら、どれほどの犠牲《ぎせい》が出るか想像もできない。

村にはゴブリン程度ならば討伐できる大人はいるが、あんなのに槍《やり》を持って立ち向かっても瞬殺される未来しか想像できない。

一刻でも早くゼオルさんに知らせる、それしか対策は思い付かなかった。

身体強化魔法も併用《へいよう》して、ひたすら走り続けて村長の家の離《はな》れへと駆け込んだ。

「ゼオルさん、大変です！　ヤバい、ヤバい、ヤバいですよ！」

「何だ、何だ……何をそんなに慌《あわ》ててるんだ」

「ヤバいんです。ゴブリンがガブって、ザクって、バリバリ、ボリボリで……」

「落ち着け、ニャンゴ！　何を言ってんだか、全然分からねぇよ」

「だから、青銅色の馬鹿《ばか》デカい狼が……」

「何だと！　青銅色のデカい狼だと、どこだ、どこで見た！」

「南……いや、南東の山の中」

「青銅色で、鉱物みたいな光沢の毛並みだな」

「そうです、あれは……」

「ブロンズウルフ、ハイランクの危険な魔物だ」

冒険者と同様に、魔物にもランク付けが行われている。

ゴブリンやコボルトはローランク、オークはミドルランクで、ハイランクに分類される魔物は高ランクの冒険者でも、集団でなければ討伐は難しいとされている。

「ブロンズウルフの体毛は、見た目の通り鉱物に近い硬《かた》さで刃物《はもの》が通りにくい。斬《き》り付けるような攻撃《こうげき》では、衝撃《しょうげき》によるダメージしか通らない。槍などで、ひたすら刺突《しとつ》を繰《く》り返して流血させ、体力を奪《うば》って倒《たお》すしかない魔物だ」

「でも、あの牙《きば》と爪は……」

「巨体だが動きも素早《すばや》いし、攻撃力も高い、村の連中じゃ無理だし俺でも荷が重すぎる」

「どうするんですか？」

「ラガート子爵《ししやく》に救援要請《きゆうえんようせい》、冒険者ギルドにも討伐依頼《いらい》を出すように、村長に進言するぞ」

「俺も一緒《いつしよ》に行きます」

ゼオルさんと一緒に母屋《おもや》に向かうと、村長と息子《むすこ》のフリオ、どうでも良いミゲルがいた。

「村長、緊急《きんきゆう》だ。ニャンゴが村の南東の山中でブロンズウルフを見た」

「ニャンゴ、本当か？」

「はい、一瞬でゴブリン三頭を殺して、三口ほどで一頭を平らげてました」

「村長、子爵様に救援を頼《たの》もう。それと、冒険者ギルドにも討伐依頼を出すべきだ」

「分かった、使いに行ってくれ。だが、討伐依頼の成功報酬は、いくらにすれば良い？」

「報酬は、最低でも大金貨三枚」

「大金貨三枚……そんなに必要なのか？」

「ブロンズウルフは肉が硬くて食用には向かないし、毛皮も死後は色褪《いろあ》せて強度も落ちるので余り価値が無い。魔石と牙の買い取り価格だけでは、命の危険と釣《つ》り合いが取れない。討伐して名前を売りたい奴は、報酬に関係なく手を上げるかもしれないが、そうでなければ危険なだけの仕事をやりたがる奴なんかいませんよ」

「分かった、村民の安全には替《か》えられぬ」

「それに、子爵家の騎士《きし》や兵士が先に倒してしまえば、報酬を払《はら》う必要もありません。まぁ、多少の礼金は払ってやるべきですが」

凶暴《きょうぼう》な魔物の討伐を依頼する場合には、領地の騎士や兵士と競合になる場合が多いので、騎士達が倒した場合には成功報酬ほどは出せないが礼金を出すらしい。

日本風の言い方をするならば、交通費や宿泊費《しゅくはくひ》などの必要経費といったところだろう。

「村長は、国境のボスレウス砦《とりで》に詰めている騎士団に応援《おうえん》を要請する手紙を書いて下さい。ニャンゴ、俺はこの状況《じょうきょう》では村から離れられない。明日の早朝、俺の代わりに手紙を持って砦まで行き、応援の騎士と一緒に戻《もど》って来い。できるな？」

「はい、任せて下さい」

「よし、応援が到着《とうちゃく》したら、俺と一緒にイブーロまで行ってギルドに依頼を出す」

村長は、その場で砦への応援要請とギルドへの依頼書を書き上げた。

「それでは、ニャンゴ、頼んだぞ」

「はい、明日の朝一番に出発します」

ミゲルが、何か言いたげな表情を浮《う》かべていたが、学校に通った効果なのか、村の一大事にまで馬鹿な口を挟《はさ》まない程度の分別は身に付いたようだ。

翌朝、手紙を持って家を出たのは、まだ薄暗《うすぐら》い時間だった。

村外れまで来た所で、空属性魔法でオフロードバイクを形作って跨《また》がる。

あれからテスト走行を重ねて操作にも慣れてきたし、風の魔道具の出力は五割増しに改良を加えて、五個をベースとして作動させる。

減速時はブレーキと同時に魔道具の向きを変えて逆噴射《ぎゃくふんしゃ》させ、急減速もできるようにした。

最高時速約七十五キロ、前世の日本で市販《しはん》されていたバイクにくらべたら貧弱《ひんじゃく》な性能だが、こちらの世界では飛びぬけたスピードだ。

馬が全力疾走《しっそう》すれば同じぐらいのスピードを出せるだろうが、走れる距離は限定的だ。

キィーン、ヒュボッ……キィイイン……。

夜明け前の山道に、甲高《かんだか》い風の魔法陣の作動音が響く。

コーナーの手前で逆噴射を掛けて減速、バイクを傾《かたむ》けて曲がりながら加速。

ヒュボォォォ……キィイイイイイン……。

連続するコーナーの前で急減速、ヘアピンカーブを抜《ぬ》けたら魔道具五個で全開加速。

風の魔道具の甲高い音が、気分を高揚《こうよう》させていく。

村から北へ向かう街道《かいどう》は、曲がりくねった上り坂なので全速力では走れないが、車体を傾けてコーナーを駆け抜ける快感は病《や》み付きになりそうだ。

歩けば半日の道程だが、朝日が昇《のぼ》りきる頃《ころ》には国境の砦の手前まで上って来られた。

谷を塞《ふさ》ぐダムのようなビスレウス砦が、シュレンドル王国の最北端《さいほくたん》の地だ。

砦の先は、岩だらけの谷を挟んで、隣国《りんごく》エストーレになる。

エストーレとは、今は友好的な関係を築けているが、激しい戦争が行われた時代もあり、砦には
ラガート子爵の兵と王国騎士団の兵が詰めている。

王国騎士団にスカウトされたオラシオが、いつか凱旋《がいせん》赴任《ふにん》してくるかもしれない。

砦の兵士は基本的に国境の警備が仕事なのだが、今回のようにアッーカ村の近くに凶暴な魔物が
現れた場合には、応援に駆け付けてくれる。

砦から離れた場所でバイクを降りて駆け寄ると、槍を携《たずさ》えた犬人の衛士が声を掛けてきた。

「止まれ！　こんなに朝早く何処《どこ》から来た。身分証を出せ！」

「アッーカ村から来ました。村の近くの山にブロンズウルフが現れたので、応援を要請する手紙を
村長から預かっています」

「ブロンズウルフだと！　よし、一緒に来い！」

血相を変えた衛士は、ギルドカードの確認《かくにん》もそこそこに俺を砦の中へと招き入れた。

通用門を潜《くぐ》り、詰所《つめしょ》の脇《わき》を抜け、騎士団の建物へと駆けこんで行く。

「隊長！　アッーカ村から応援要請です。ブロンズウルフが現れたそうです」

「何だと、使者は何処に……って、君が使者なのか？」

「はい、村長からの手紙は、こちらでお渡《わた》しすればよろしいのですか？」

「ああ、俺はラガート騎士団七番隊隊長のウォーレンだ。手紙を見せてくれ」

「はい、こちらです」

ウォーレンは三十代前半ぐらいの獅子人《ししひと》で、赤みの強い蓬髪《ほうはつ》がワイルドな印象を与《あた》えているゴリ

マッチョだ。

二メートル近い長身で、俺の首なんか片手でポキっと圧《へ》し折りそうだ。

「この手紙には、使者の君が目撃者だと書かれているが……」

「はい、毎年秋に行っている村の討伐に備えて、巣の場所を確かめるためにゴブリンを追跡している時でした……」

あっと言う間にゴブリンが餌食《えじき》になった様子を話すと、ウォーレンは何度も頷《うなず》いていた。

「ブロンズウルフに間違《まちが》いないな。村から離れた場所にいるうちに見つけられたのは幸運だった。七番隊、出動準備！　遠征《えんせい》期間の予定は二十日間、八番隊も準備をしておけ。君、こっちの地図でブロンズウルフと遭遇《そうぐう》した場所を教えてくれ」

ウォーレンが持ち出してきた地図でブロンズウルフと遭遇した場所を確認すると、山を越《こ》えた先はキダイ村との境になる。

「これは、キダイ村にも備えをしておいた方が良さそうだな」

ブロンズウルフは行動範囲《はんい》が広く、山一つ越えて行く程度は珍《めずら》しくないそうだ。

風向きや獲物《えもの》の逃げる方向、それにブロンズウルフの気分次第《しだい》では、キダイ村に向かったとしてもおかしくない。

ウォーレンは、ここで待っていてくれと言い置いて、他の隊長のところへキダイ村への応援派遣《はけん》の相談に向かった。

それにしても騎士団という所は、巨人の国かと思うほどゴツイ野郎《やろう》共がウヨウヨしていて、イブーロの冒険者ギルド以上のアウェー感がある。

選《よ》りすぐりの人材を鍛《きた》え上げた結果の集団だから、華奢《きゃしゃ》な体格の人なんていないのだろう。

ウォーレンが出動準備の命令を下して以後、建物の中は一気に慌《あわただ》しい雰囲気《ふんいき》になり、ぼさっと立っていると蹴飛《けと》ばされそうだ。

三十分ほどして戻ってきたウォーレンは、フルプレートの鎧《よろい》ではなく、チェーンメイルと革鎧を組み合わせて装備していた。

「待たせたな。そろそろ出発の準備ができるはずだ。君は兵士達と一緒の馬車に乗ってくれ」

「分かりました」

ウォーレンの後に続いて裏口を出ると、広い馬場に隊員達が整列していた。

総勢で百名ぐらいだろうか、全員がウォーレンと同じような装備を身に着けている。

「これより、七番隊、八番隊は合同でアッーカ村へと向かう。想定される敵は、ブロンズウルフ。気が抜けた状態で倒せる相手ではないし、油断すれば命を奪われかねない強敵だ。全員、気を引き締《し》めて任務につけ。ザガット、彼《かれ》はアッーカ村の使者だ。馬車に乗せてやってくれ」

「はっ、了解《りょうかい》しました」

「よし、全員出立《しゅったつ》準備！」

「はっ！」

ウォーレンの副官と思われる熊人《くまひと》の案内で、兵士達と一緒の幌馬車《ほろばしゃ》に乗せてもらう。

「アッーカ村から来た使者の少年だ、一緒に乗せてやってくれ」

「お邪魔《じゃま》します……」

「心配するな、邪魔になんてしないさ」

まぁ、兵士の皆《みな》さんにくらべたら身長も半分程度だし、単純計算の体積比だと八分の一だ。

実際には、もっと差がありそうだし、邪魔になるほどの大きさではないのだろう。

全員の乗り込みが終わると、すぐに隊列を組んで砦を出発した。

もっと速く進むのかと思いきや、想像していたよりも隊列はゆっくりと進んで行く。

道中の退屈《たいくつ》しのぎなのだろう、兵士の一人が話し掛けてきた。

「坊主《ぼうず》、お前一人で砦まで来たのか？」

「はい、そうですよ」

「こんな子供に一人で来させるなんて、アツーカ村はそんなに切羽詰《せっぱつ》まった状態なのか？」

「いえ、まだブロンズウルフは村のそばまでは近付いてはいないです」

「じゃあ、なんでお前みたいな子供が一人で来たんだ？」

「俺は、逃げ脚《あし》だけは速いんですよ」

「だが、だいぶ痛い目にも遭《あ》ってるみたいじゃないか」

「ええ、これはコボルトにやられた傷ですが、その経験があるからこそ行動は慎重《しんちょう》ですよ」

「なるほど、なりは小さいが一端《いっぱし》の冒険者って訳だな」

アツーカ村までの道中、騎士団についていろいろと教えてもらった。

ビスレウス砦には、王国騎士団も常駐《じょうちゅう》しているが、アツーカ村の応援のような仕事は、基本的にラガート子爵家の騎士や兵士が担当するそうだ。

ただし王国騎士団が何もしない訳ではなく、ラガート子爵家の騎士が応援で出動した場合には砦の担当部署を増やし、さらに応援が必要な場合には自《みずか》らも出動するらしい。

立場の違いはあれども、同じ砦を守るものとして互《たが》いを尊重し、連携《れんけい》して任務を遂行《すいこう》しているそうだ。

どうも前世の中二病思想を引きずっているせいか、横暴な王国騎士団と虐《しいた》げられる子爵家の騎士団……みたいな図式を想像してしまったが、そんな下らない争いをしていたら国を守れなくなると一笑《いっしょう》に付されてしまった。

ちなみに移動速度が遅《おそ》いのは、いつ戦闘《せんとう》になっても大丈夫《だいじょうぶ》なように備えるためだそうだ。

あまり速いペースで馬を走らせていたら、戦うにしても逃げるにしても、急な事態に対処できなくなってしまう。

ブロンドウルフが村の近くまで下りて来ていないのも、ゆっくりと進む理由の一つらしい。

ビスレウス砦からはほぼ下り坂なので、途中で一度休憩《きゅうけい》を入れただけで昼前にはアッーカ村に戻って来られた。

昨日の時点で、村中にブロンズウルフの件が通達されたので、農作業をしていた村人達は手を振って騎士達を出迎《でむか》えている。

一行は村長の屋敷《やしき》へと入った。村長の家の庭が広く作られているのは、こうした事態が起こった時のためだそうだ。

到着は早くても夜になるだろうと思っていたらしく、村長は驚《おどろ》きながらも満面の笑《え》みで騎士達を出迎えている。

村長とともに出迎えに現れたゼオルさんが、俺を見つけて歩み寄ってきた。

「ニャンゴ、もう戻ったのか？」

「はい、急いだ方が良いと思ったので」

「よし、これからイブーロに向かうぞ。キダイ村にも知らせておいた方が良いだろう」

「あぁ、そうですね。俺は大丈夫ですから、すぐ出発しましょう」

戻って早々だが、ゼオルさんとイブーロに向かうこととなったのだが……。

「ニャンゴは、一人で馬に乗ったことが無いのか……」

イブーロへは馬車ではなく乗馬で向かうと言われたが、俺は自分で馬を操《あやつ》った経験が無い。

こちらの世界の馬は、サラブレットよりも大きく、頑丈《がんじょう》な体付きをしている。

いきなり一人で乗れと言われても無理だし、ゼオルさんが跨がれば絵になるが、俺が一人で跨がると鞍《くら》の装飾品《そうしょくひん》みたいになってしまう。

「仕方ないから一緒に乗れ。馬も一頭で済むし、ペースを合わせる手間も省けていいだろう」

結局、ゼオルさんに抱《かか》えられる格好で同乗させてもらう。

オフロードバイクの方が速いけど、まだゼオルさんにはお披露目《ひろめ》していないのだ。

ゼオルさんは長柄《ながえ》の槍を背負い、軽快なペースで馬を走らせていく。

キダイ村で馬を替えて、今日のうちにイブーロまで行くつもりのようだ。

「ニャンゴ、お前、顔の前に覆《おお》いみたいなものをしてるだろう。俺の前にも作れ」

馬車の時とは移動速度が違うので、ときどき虫とか砂埃《すなぼこり》が飛んで来るのを空属性魔法で作ったヘルメットで防いでいたのがバレたようだ。

ゼオルさんに合わせてヘルメットを作るのは難しいので、二人の前を覆う風防を作った。

「ほう、こいつはいいな。これなら欠伸《あくび》しても虫を食っちまう心配は要《い》らないな」

ゼオルさんは、息遣《いきづか》いを見ながらペースを緩《ゆる》めたり、下り坂では少し速めたりしながら、キダイ村までノンストップで馬を走らせた。

村長の屋敷へと入ると、顔見知りの使用人が駆け寄って来る。

ゼオルさんが先に降りたので、俺もエアウォークを使って馬から降りた。

「これはこれはゼオルさん、ずいぶんお急ぎの様子ですが、どうかなされましたか？」

「今日中にイブーロまで行きたいから替え馬を頼む。それと、アツーカ村の南東の山にブロンズウルフが現れた」

「なんですって！　ブロンズウルフ……本当ですか？」

「もうアツーカ村には騎士団の応援が到着したし、ここにも今日中に応援が来るように手配してある。村長にも伝えてくれ」

「ありがとうございます。おいっ、替え馬を用意しろ。私は村長のところへ知らせてくる」

ゼオルさんは替え馬の用意ができると、キダイ村の村長を待たずに出発した。

ゼオルさんにしては、少し焦《あせ》っているように感じられる。

「イブーロまで急いで行っても、急に冒険者は集まらないんじゃないですか？」

「人数を決めて、特定の冒険者だけを雇《やと》う普通の依頼を出すならば、こんなに急ぐ必要はないが、今回はブロンズウルフの討伐だ。特定の人間を雇うのではなく、仕留めた者に報酬を出す。個人で仕留めれば、そいつが総取り。パーティーで仕留めたら、そのパーティーに報酬を支払う。二つのパーティーなら、その二つのパーティーで山分けだ。人数は限定せず、稼《かせ》ぎたい奴、名を揚《あ》げたい奴を、できるだけ早く多く集めるんだ」

オークやゴブリンなどの通常の討伐依頼の場合、受注する冒険者をギルドの受付で決める。

これは冒険者同士がかち合ってトラブルになるのを防ぐためだが、ブロンズウルフのような強力な魔物の場合には、討伐を優先するために冒険者を限定しないそうだ。

「つまり早い者勝ちだから、早く依頼を出した方が良いってことですか」

「その通りだが、今日の夕方までにブロンズウルフの話を流せば、酒場で話のネタになって、噂《うわさ》が早く広まる」

「なるほど、酔《よ》った勢いで一丁参加してみるか……みたいな感じですか？」

「まぁ、そうだ。その手の連中は当てにはならないが、囮《おとり》ぐらいにはなってくれるだろう」

「うわぁ、酷《ひど》いですねぇ……」

「がははは、冒険者は己《おのれ》の才覚でやる仕事だ。依頼の最中に命を落としたところで、そいつは依頼者の責任じゃなく、身の程《ほど》を弁《わきま》えずに飛びついた本人の責任だ」

「つまり、依頼の内容は良く吟味《ぎんみ》してから受けろ……ってことですね」

「そういうことだ」

この日は、薄曇《うすぐも》りで秋の深まりを感じさせる気温だったので馬の負担も少なく、空が夕日に染まり始める頃には無事にイブーロのギルドに辿《たど》り着けた。

ゼオルさんは馬に水を飲ませてから預け、ギルドに踏み込むと同時に声を張り上げた。

「アツーカ村近くの山にブロンズウルフが出た！　依頼を出すぞ！　討伐報酬は大金貨三枚だ。稼ぎたい奴、名を揚げたい奴、早い者勝ちだぞ！」

ゼオルさんがカウンターへと歩み寄ると、受付の鹿人《しかひと》のお姉さんは苦笑いで出迎えた。

「すまんな。相手が相手だけに、うちの村としても必死なんだよ」

「依頼を承《うけたまわ》ります。アッーカ村からの依頼でよろしいのですね」

「そうだ、依頼主はアッーカ村の村長、討伐確認で大金貨三枚を報酬として払う」

「ギルドの手数料として、金貨一枚大銀貨五枚をいただきますがよろしいですか」

「結構だ。なるべく早く、一番目立つ場所に依頼書を貼《は》ってくれ」

「かしこまりました」

どうやら依頼を出す時のギルドへの手数料は、成功報酬の五パーセントのようだ。

成功報酬の高いブロンズウルフの討伐依頼は、ギルドにとっては美味《おい》しい仕事なので、受付のお姉さんは苦笑いしつつも文句を言えなかったのだろう。

ゼオルさんは、依頼書が掲示板《けいじばん》に貼り出されるのを確かめてからギルドを出て、馬を引き取って宿に向かった。

宿は村長達と来る時に利用している『オークの足跡亭《あしあとてい》』、ちょっと変わった名前だが、部屋は綺麗《きれい》で食事も美味しい良い宿屋だ。

「女将《おかみ》、二人部屋は空いてるか？」

「いらっしゃい、ゼオルさん。ええ、空いていますよ。ニャンゴ君も、いらっしゃい」

「お世話になります」

「二階の奥《おく》、いつものお部屋にどうぞ。夕食はどうされます？」

「夕食は外に出るが、明日の朝食は頼む」

「分かりました。ごゆっくりどうぞ」

部屋に荷物を置き、馬の手入れを済ませたら、汗を流して着替え、夕食を食べに街に出る。

ゼオルさんが向かったのは、この前も訪《おとず》れた串焼《くしや》き屋だった。

美味《うま》いし、価格も手頃なので、この日も多くの客で賑《にぎ》わっている。

席について料理と飲み物を頼むと、ゼオルさんはいつもよりも声を張って話し始めた。

「ニャンゴ、ギルドに依頼は出したが、ブロンズウルフの討伐はこれからだ、気を抜くなよ」

「分かってますよ。討伐の報酬が大金貨三枚の魔物は、そう簡単に討伐できませんよね」

「そうだ、簡単に倒せる相手じゃないからこそ、倒せば金も名誉《めいよ》も手に入るって訳だ」

「でも、ギルドに依頼が貼られたから、アツーカ村に冒険者が押《お》し掛けるんじゃないですか？」

「そりゃそうだろう。ブロンズウルフともなれば、討伐に参加しただけでも箔《はく》が付く。傷を負わせただけでも一目置かれるようになるからな。それにアツーカ村は小さい村だから冒険者が大挙して押し掛ければ、いろんな物が必ず足りなくなる。行商人にとっては、またと無い稼ぎ時だ」

俺とゼオルさんが話し始めると、潮が引くように喧騒《けんそう》が収まり、店にいる全員の視線がこちらへと向けられた。

「なぁ、あんたら、今の話をもう少し詳《くわ》しく聞かせてくれねぇか？」

ゼオルさんがエールを口にしたところを見計らって、隣《となり》のテーブルにすわっていた冒険者らしき牛人が話し掛けて来た。この展開がゼオルさんの狙《ねら》いだ。

娯楽《ごらく》の乏《とぼ》しいこの世界では、ちょっとした事件の話でも店中で盛り上がったりするそうだ。

ましてや高額の報酬が懸《か》かったブロンズウルフの話ともなれば、自分が討伐に参加しなくとも、詳しい情報を知りたいと思うのが人間の性《さが》というものだ。

そして情報を手に入れた者は、誰《だれ》かに話したいと思うのもまた人間の性《さが》だ。

今夜のうちに人から人へと話が伝わっていけば、明日にはアツーカ村を目指す冒険者も出てくるかもしれない。

今日のうちに行商人が、荷造りを始めるかもしれない。

実際の効果のほどは分からないが、宣伝の手段としては悪くない気がする。

「ブロンズウルフが現れたのは、いつの話だ？」

「まだ、昨日現れたばかりだ」

「村に被害《ひがい》は出たのか？」

「まだだ、村の南東の山でゴブリンを襲っているのを、こいつが見つけて知らせて来た」

「おいおい、猫人《ねこひと》でも逃げ切れる程度なのか？」

「こいつは、こう見えても身体強化が使える。逃げ脚なら、この店にいる誰よりも速いぞ」

ゼオルさんは、店のあちこちから飛んで来る質問に、一つずつ丁寧《ていねい》に答えていく。

俺もブロンズウルフを目撃した時の状況は話したが、空属性魔法については話さなかった。

それと俺もゼオルさんも、すでに騎士団の応援が到着している事を話さない。

別に嘘《うそ》をついたわけじゃなく、聞かれなかったから話さなかっただけだ。

この後、俺とゼオルさんは、そこから少し離れた別の酒場に場所を替え、同じようにブロンズウルフの討伐依頼の件を宣伝しておいた。

口コミ宣伝を行った翌朝、俺とゼオルさんは朝食を済ませ、ゆっくりとお茶を楽しんだ後でオークの足跡亭を出発した。

なんでオークの足跡なんて変な名前なのか訊《たず》ねてみると、冒険者にとってオークは魔物であり、獲物であり、素材だから、キチンと足跡を辿れれば金になる……という意味だそうだ。

俺もオークを倒したけど、討伐に参加して遭遇しただけで、探して仕留めたことは無い。

本来、オークの討伐は依頼の場所に向かい、痕跡《こんせき》を辿り、狙って倒すものなのだ。

エアウォークを使って高い位置から見渡して、たまたま発見したから倒すみたいなやり方では、今後冒険者として依頼をこなせないのかもしれない。

ブロンズウルフの騒動《そうどう》が終わったら、ゼオルさんに獲物の追跡方法を教えてもらおう。

「見てみろ、ニャンゴ。あれが俺達の奮闘《ふんとう》の成果だぞ」

「うわっ、行列ができてる……」

普段、イブーロで混雑するのは王都方面に向かう南門で、アツーカ村やキダイ村の方面に向かう北門は混雑しているのを見たことが無い。

ところが今朝は、街を出る人や荷物の検問所に行列ができている。

殆どが冒険者か行商人で、特に行商の荷物を検《あらた》める作業に時間が掛かっているようだ。

「荷物の多くは食糧《しょくりょう》や酒みたいですし、厳しく調べなくても大丈夫なんじゃ……」

「そうじゃねぇぞ、ニャンゴ。禁制品を取り締まるチャンスは、こうした街の出入りの時が一番やりやすい。いったん検問を通過しちまえば、追い掛けるのが難しくなる。特に、冒険者相手の商売の場合には、いろいろなヤバい品物が動くからな」

「ヤバい品物っていうと……？」

「簡単に言うと禁止された薬、麻薬《まやく》の類《たぐい》だ」

魔物と対峙《たいじ》する冒険者の中には、恐怖心を払拭《ふっしょく》するために薬に頼《たよ》る者がいるそうだ。

どこの世界も共通なのだろう、気分を高揚させたり、疲《つか》れを感じさせなくする薬は、幻覚《げんかく》、幻聴《げんちょう》などを引き起こし、精神を病《や》む原因となるので禁止されている。

前世の日本では、空港で麻薬探知犬などが活躍《かつやく》していたが、こちらの世界では犬人が同じような役割を担《にな》っている。

試験を受け、鼻の利《き》く者が検査官として子爵家に雇われ、街の門で検査を担当している。

行商人の検査では荷物に紛《まぎ》れ込んだ禁制品の取り締まりが主となるが、冒険者や旅人の検査は身分証の照合によって、逃亡《とうぼう》を企《くわだ》てている犯罪者がいないか調べるのが主な目的だ。

罪が確定していなくても、容疑を掛けられただけでも街からは出られなくなる。

下手に犯罪者を街の外に出してしまえば、近郊《きんこう》の村で犯罪を重ねるかもしれないし、山賊《さんぞく》や盗賊《とうぞく》の類に身をやつすおそれが出て来る。

領主であるラガート子爵とすれば、領地の治安を守るためにも、街の出入りには気を遣う必要があるのだろう。

街を出てからも、ゼオルさんはのんびりとしたペースで馬を進めた。

騎士団への応援依頼と冒険者ギルドへの討伐依頼を済ませてしまえば、とりあえず俺達の役目は終わったからだ。

「ニャンゴ、討伐に参加してみたいか？」

「うーん……でも、硬いんですよね、ブロンズウルフって」

「そうだな、金属製の槍でも、毛並みを掻《か》き分けないと上手《うま》く刺《さ》さらないほどだ」

「俺の攻撃は、相手の勢いと体重を利用するものなんで、弾《はじ》かれそうな気がします」

自分の毛並みを参考にしてみても、突《つ》っ込んで来る狼に対しては、目や口、鼻などをピンポイントで攻撃できないと、体毛の表面を擦《かす》るだけでダメージが通らないだろう。

「まぁ、討伐の様子は見てみたいので、遠くから見物しには行くかもしれません」

「がははは、それが妥当《だとう》な線だな。お前の場合は、前に出て戦うタイプでもないから、いずれにしても参加するのは後方からの支援《しえん》だ」

今回のブロンズウルフの討伐で、一番活躍すると思われるポジションは盾役《たてやく》だそうだ。

ブロンズウルフの攻撃を前に出て受け止め、動きを押さえ込み、味方に攻撃しやすい状況を作り出す重要な役割だ。

魔物に止《とど》めを刺すのは、剣士《けんし》や槍使いなどの攻撃役が担うことが殆どだが、盾役の存在なくして大型の魔物の討伐は成立しないそうだ。

魔物の攻撃を受け止める膂力《りょりょく》、立ち向かう胆力《たんりょく》、有能な盾役には、剣士や槍術士と同等以上の評価が与えられるらしい。

「そういえば、大きな盾を担《かつ》いでいる人が目立ちますね」

「あいつらにとっては、今回の討伐は腕《うで》と度胸の見せ所だからな」

この目で見たブロンズウルフの姿を思い出して、接近戦を挑《いど》む勇気があるかと聞かれれば、ノーと答えるしかない。

実際、尻尾《しっぽ》を巻いて逃げ出して来ているし、突っ込んで行く勇気は持ち合わせていない。

「がははは、別に恥《は》じる必要なんか無いぞ。敵《かな》わないと分かっている相手に、何の策も無く突っ込んで行くのは蛮勇《ばんゆう》だ。無駄に命を落とすだけで、何の役にも立ちやしない。実際、お前が逃げ帰って知らせてくれたから、これだけの準備が調えられたんだ。何の支度《したく》もしていなければ、何人犠牲になったか分からんぞ」

「ブロンズウルフは村に下りて来ますかね？」

「分からんが、可能性は高いと見ている。今はゴブリンやコボルトどもを餌にしているのかもしれんが、手近な場所に獲物がいれば、当然襲い掛かって来るだろう」

ゼオルさんは、騎士団は村の南東側を中心として、東から南に掛けての村の境界線を守る態勢を敷《し》くと予想しているそうだ。

「他の場所は？」

「騎士が巡回《じゅんかい》して警戒し、異変があれば呼び子や魔法で知らせるはずだ」

火属性の魔法や水属性の魔法を空に向かって打ち出すことで、離れた場所にいる騎士や兵士にも知らせるらしい。

騎士団は住民の安全の確保が最優先で、可能であれば討伐を行うというスタンスのようだ。

「なるほど、それで冒険者が必要になる訳ですね」

「そうだ、騎士団が村を守る盾で、冒険者達が山に踏み入り攻《せ》める剣だ」

昼前にキダイ村に到着すると、昨日のうちに騎士団の応援が到着したと知らされた。

俺はアツーカ村しか頭になかったが、騎士団ともなれば領地全体に目を向けているのだ。

キダイ村ではブロンズウルフを目撃している者はいないが、存在を知らされた直後に騎士団の応援が到着したので、村民に大きな動揺《どうよう》はみられなかったそうだ。

替え馬を待っている間に、村長とオリビエが挨拶《あいさつ》に現れた。

「ゼオルさん、迅速《じんそく》な手配をしてもらったそうで、助かりました」

「村長、礼ならばニャンゴに言ってやって下さい。ブロンズウルフの存在を知らせたのも、ビスレウス砦まで応援要請に行ったのも、全部こいつですからね」

「ほほぅ、それはお手柄《てがら》だったね、ニャンゴ君。キダイ村にとっても恩人だよ、ありがとう」

「いいえ、やるべき事をやっただけですし、まだブロンズウルフは討伐されていませんから……」

「でも、凄《すご》いですよ、ニャンゴさん。こんなに小さな体で大人顔負けの大活躍です」

話を聞いたオリビエが興奮した様子で抱《だ》き付いて来たけど、こういうのはミゲルの前では控《ひか》えてもらいたい。

まぁ、俺の自慢《じまん》の毛並みをモフりたいという欲求は、十分に理解できるけどね。

「ニャンゴさん、アツーカ村へ向かう街道は危険じゃありませんか？　ブロンズウルフが討伐されるまで、キダイ村に滞在《たいざい》されたらいかがですか」

「ありがとう、オリビエ。でも、他の冒険者や馬車もアツーカ村に向かうし、ゼオルさんも一緒だから大丈夫だよ。それに、危なくなったら俺は逃げるからね」

「そうですか……残念です」

たぶんオリビエは、モフれるチャンスを見逃《みのが》さない、生粋《きっすい》のモフラーなのだろう。

いかにも残念そうに、ちょっと膨《ふく》れてみせる姿は可愛《かわい》らしい。

ミゲルが熱を上げるのも無理は無いな。

「さて、ニャンゴ、雲行きが怪《あや》しいから、少し急ぐぞ」

替え馬へと乗り換《か》えて、アツーカ村とキダイ村の境となる峠《とうげ》を上り始めると、雲が出て日が陰り始めた。

ゼオルさんが馬を走らせるペースを上げ、峠をアツーカ村に向けて下り始めた時だった。

「あっ！」

街道の左側の林から、青銅色の大きな影《かげ》が横切ったと思ったら、前を歩いていた三人組の冒険者の一人が姿を消した。

「ぎゃぁぁぁぁぁ……」

あまりの速さに、林から悲鳴が聞こえて来るまで、その場にいた全員が棒立ちしていた。

「ニドル！　くそっ、レーブ追うぞ！」

「畜生《ちくしょう》、ぶっ殺してやる！」

攫《さら》われた冒険者の仲間二人が、林の中へと踏み込んで行く。

「ゼオルさん……」

「俺達は報告だ。あいつらがどの程度の実力かは分からんが、俺達を加えても四人じゃブロンズウルフには太刀《たち》打《う》ちできん。それよりも騎士団の連中に知らせて、街道を突っ込んできた場合に備えてもらう方が先決だ」

ゼオルさんは馬の腹を蹴り、アツーカ村を目指して一気にスピードを上げた。

第七話　旅立ち

村に戻《もど》った俺《おれ》とゼオルさんは、守りを固めている騎士《きし》団に冒険者《ぼうけんしゃ》が襲《おそ》われた状況《じょうきょう》を報告したが、騎士団は救援《きゅうえん》には向かわないそうだ。

冒険者の活動は自己責任であり、騎士団の仕事は村の暮らしを守ることだからだ。

アツーカ村は小さな村だが、それでも村全体を守るとなれば、相当な人員が必要となる。

現在、砦《とりで》から救援に来ている騎士と兵士を合わせた人数は百名で、守りながら攻撃《こうげき》するだけの余裕《よゆう》は無いらしい。

騎士団から救援は出されなかったが、偵察《ていさつ》は出されているそうだ。

守る側としても、ブロンズウルフの居場所は掴《つか》んでおきたいので、偵察に特化した兵士が山に分け入っているらしい。

「偵察ですか？」

「あぁ、冒険者でいうならばシーカーの役割を果たす者だ。シーカーには、お前と同じ猫人《ねこひと》の者も少なくないぞ」

「でも、イブーロのギルドでは見掛《みか》けませんでしたけど……」

「イブーロの依頼《いらい》の殆《ほとん》どは、牧場や農場周辺の魔物《まもの》の討伐《とうばつ》だ。こうした場所ではシーカーの出番は多くない。シーカーが活躍《かつやく》するのは、主にダンジョンだからな」

俺達《たち》が暮らすシュレンドル王国には、王都と呼ばれる街が二つある。

一つはオラシオが騎士の訓練を受けるために向かった現在の王都。

もう一つは、大規模なダンジョンの近くにある旧王都だ。

ダンジョンは、レアアイテムが発見される地下迷宮で、一説によると大昔に滅《ほろ》んだ先史文明の都市の遺跡《いせき》だとも言われている。

レアなマジックアイテムが発見されたりするが、深層に行くほど強力な魔物が巣くっていて、探《たん》索《さく》には危険が伴《ともな》うそうだ。

ゼオルさんの話では、そうしたダンジョン探索でこそ真価が発揮されるので、多くのシーカーは旧王都を活動の拠点《きよてん》としているらしい。

「以前は王族も旧王都に暮らしていたそうだが、ダンジョンから魔物が溢《あふ》れ出して、王族にまで犠《ぎ》牲《せい》が出たそうだ。命知らずな連中が多く集まり、集団同士の抗争《こうそう》が頻発《ひんぱつ》していたから王族は今の王都へと引っ越《こ》して、旧王都は王家の傍系《ぼうけい》にあたる大公が治めているが、治安はあんまり良くないな」

ゼオルさんは、現役《げんえき》の冒険者だった頃《ころ》に旧王都でも活動していたそうで、その口振《くちぶ》りや表情から察するに、かなりバイオレンスな街らしい。

田舎育ちの俺が活動するには荷が重そうだが、シーカーという職種には興味がある。

「うーん……シーカーに関しては、罠《わな》や仕掛け、待ち伏《ぶ》せなどを察知する独特の感性を必要とするから、俺に教えられることは余り無いぞ」

「でも、ゼオルさんは、痕跡《こんせき》を辿《たど》ってオークなどを討伐してたんですよね？」

「そいつは狩《か》りの延長みたいなもので、シーカーの役割とは少し違《ちが》うな」

なんだか良く分からないのだが、追跡とシーカーは似て非《ひ》なるもののようだ。

「ブロンズウルフの居場所が分かれば、守るのも攻《せ》めるのも楽になりますよね？」

「お前、山に入るつもりか？」

「少しでも役に立ちたいって思ってるんですが……」

「駄目《だめ》だ。さっき冒険者が襲われた様子を見ただろう。あれだけの巨体《きょたい》なのに、怖《おそ》ろしく速い。木の幹を足場にすれば、相当な高さまで飛び上がって来るぞ」

ゼオルさんの言う通り、十メートルぐらいの高さにいても、バクっと食われそうな気がする。

それ以上の高さにいれば安全かもしれないが、それでは木が邪魔《じゃま》になってブロンズウルフの姿を見つけられそうもない。

「一人では山に入るな。どうしても山に入りたいならば、信用できそうな冒険者を探して一緒《いっしょ》に入るか、騎士団の偵察に同行するかのどちらかだ」

集団に同行するなら危険は少ないし、山を案内するだけならば俺でも役に立てるだろうが、問題は冒険者や騎士が同行を認めてくれるかだ。

見るからに頼《たよ》りない猫人の子供など、彼《かれ》らからしてみれば足手纏《あしでまと》いにしか見えないだろう。

「イブーロのギルドや酒場の熱気を味わえば、俺も……という気持ちになるのも分かるが、ハッキリ言うぞ、ニャンゴ、今のお前では力不足だ。一人では山に入るな、いいな」

「はい……分かりました。ブロンズウルフが討伐されるまでは、村の中で大人しくしてます」

俺とゼオルさんの宣伝が功を奏して村には多くの冒険者がやって来たが、全員を受け入れるほどの宿は村には無い。

冒険者達は、村長の屋敷《やしき》の隣《となり》にある広場で天幕を張って滞在《たいざい》するようだ。

広場の脇《わき》には冒険者のために、井戸《いど》とトイレと厩《うまや》、それと薪《まき》が用意されている。

村とすれば騎士団が駐留《ちゅうりゅう》する近くに冒険者を集めることで、住民とのトラブルを未然に防ごうという思惑《おもわく》もあるのだろう。

裕福《ゆうふく》な冒険者パーティーの中には、自前の幌馬車《ほろばしゃ》で乗り付けて拠点とする者もいる。

村には行商人もやって来て、冒険者が天幕生活する脇でスープやパン、酒などの食品や、薬品、装備、武器など、馬車を店として商売を始めている。

行商人は、冒険者だけでなく村人にも、服や布地、糸、針、鍋《なべ》、包丁、調味料など生活雑貨の販《はん》売《ばい》を始めた。

ブロンズウルフという危険な魔物が出没《しゅつぼつ》しているのに、ある種のイベントのような空気が漂《ただよ》っているのは、それだけアツーカ村には娯楽《ごらく》が少ないという証拠《しょうこ》だろう。

イブーロの街から戻って来た時は、偵察《ていさつ》役として活躍しようかと思っていたが、冒険者や行商人の様子を見て方針を変更《へんこう》した。

村長に許可をもらい、捕《つか》まえたモリネズミを塩焼きにして販売することにした。

村の北側と西側で、朝から昼までモリネズミを捕まえ、午後から川原で捌《さば》いて下拵《したごしら》えをして、夕方から冒険者が野営する広場の端《はし》で焼きながら販売する。

石を積んで、串《くし》に刺《さ》したモリネズミを渡《わた》し、空属性で作った火の魔道具で炙《あぶ》る。

オフロードバイクに使っている風の魔道具と同様に、火の魔道具の練習も重ねているので、調理に使う火には困らない。

広場の風上で焼き始めると、匂《にお》いに釣《つ》られて冒険者が声を掛けてきた。

カリサ婆《ばあ》ちゃん直伝《じきでん》の香草《こうそう》塩の威力《いりょく》は絶大なのだ。

「坊主《ぼうず》、良い匂いをさせてんじゃねぇか。そいつは売り物か？」

「はい、獲《と》れたてのモリネズミの塩焼き、一匹《ぴき》銀貨一枚です」

「そいつは美味《うま》いのか？」

「モリネズミは木の実や穀物を餌《えさ》にするんで、クセが無くて美味いっすよ」

「よし、一匹くれ」

「まいどあり！」

捌いて塩焼きにしただけで、普段《ふだん》の五倍の値段で飛ぶように売れた。

心臓、腎臓《じんぞう》、肝臓《かんぞう》も、血抜《ちぬ》きをして、串に刺して塩焼きにして売った。

用意した二十匹は、焼きあがるそばから売れていき、すぐに完売。

翌日は、川原で下拵えをしながら、魚を捕《と》って、それも塩焼きにして販売した。

一日の売り上げは大銀貨三枚を軽く越えていた。

稼《かせ》ぎが少ない時の三十倍ぐらいの儲《もう》けだ。

村人の中からは、俺の商売を真似《まね》て田楽《でんがく》にした芋《いも》を売り、トウモロコシの粉で作った蒸《む》しパンなどを売る者が現れた。

儲かるならば良いけれど、その売っている芋とかトウモロコシの粉とかは、冬を越すための備えじゃないだろうね。

ブロンズウルフは討伐されました、でも餓死者《がししゃ》が出ましたとかじゃ洒落《しゃれ》にならないからな。

商売を始めて三日目、開店の準備をしていると、ミゲルが取り巻きとこちらを睨《にら》んでいた。

距離《きょり》があるので何を言っているのか分からないが、俺にちょっかいを出しに来ようとして取り巻き達に止められているようだ。

ミゲルがイブーロの学校で寄宿舎生活を続けている間に、俺はオークの討伐に参加し、鹿《しか》やイノシシを一人で仕留めて村まで持って帰ってくるようになっている。

村に残った取り巻き連中は、そうした俺の話を見たり聞いたりしているが、ミゲルの元には届いていなかったのだろう。

というか、秋休みも残り一週間程度なんだから、オリビエと仲良くなる方法でも考えていろよ。

ミゲルが取り巻き達の制止を振り切って、こちらに向かって歩き出そうとした時、急に広場が騒《さわ》がしくなった。

「出たぞ！　東の山らしい」

「東？　南って言ってなかったか？」

「移動したんだろう、ゴブリンのコロニーを襲っていたらしいぞ」

広場にいた人達は少しでも情報を得ようと、話を持ってきた人の周りに集まっていく。

ミゲル達もそちらに行ってしまったので、面倒《めんどう》な騒ぎにならずに済みそうだ。

ブロンズウルフの話にも興味はあるけど、今はモリネズミの焼き加減の方が俺には重要だ。

空属性魔法で作った火の魔道具を調節しつつ、モリネズミを引っくり返していたら声を掛けられた。

「火属性の魔法か……器用なもんだな、ブロンズウルフには興味は無いのかい？」

「あなたは……ライオスさん」

「ほう、俺の名前を覚えていたか」

石を組んだ竈《かまど》の前に立っていたのは、イブーロのギルドで馬人の冒険者に絡《から》まれた時に助けてくれた蜥蜴人《とかげひと》の冒険者だ。

「あの時は、助けていただいてありがとうございました」

「いやいや、君には助けはいらなかったと思うよ。討伐には参加しないのか？」

「そうですねぇ……正直に言うと、ブロンズウルフを見て少しビビっちゃってます」

「ほう、ブロンズウルフを見たのか？」

「最初に発見して知らせて、イブーロからの帰り道で冒険者が襲われるのを見ました」

「なんと、二度も目撃しているのか……少し話を聞かせてもらっても良いか？」

「商売をしながらでも良ければ……モリネズミは銀貨一枚、魚は銅貨五枚です」

「なるほど……君はなかなかの商売上手のようだね」

ライオスはニヤリと笑《え》みを浮《う》かべた後で、モリネズミを三匹も買ってくれた。

◆　◆　◆　◆

野営地で再会した翌日、ライオスが所属するパーティーの案内役を務めることになった。

「ライオスさん、あと少しで沢《さわ》にぶつかります。ゴブリンの巣は沢に沿って登って行った先です」

「了解《りょうかい》だ。何か見えるか？」

「いえ、ゴブリン一匹いませんね」

「分かった、そのまま警戒《けいかい》してくれ」

昨晩、ブロンズウルフについての情報を話しているうちに、俺が村の周囲の山に詳《くわ》しいと知ったライオスから案内役を頼《たの》まれたのだが、俺がいるのは木の上だ。

ライオスは自分達が守ってやると言ってくれたが、偵察役も務めたいので、この形にしてもらったが、エアウォークは枝から枝へと飛び移る時の補助としてしか使っていない。

ライオス達からは、普通に枝を渡っているように見えているだろう。

ライオスの所属するチャリオットというパーティーは、盾役《たてやく》のガド、弓使いの後衛セルージョとの男性三人組で全員が銀級冒険者だそうだ。

盾役のガドはスキンヘッドのサイ人《ひと》で、縦にも横にも大きいアメフト選手のようだ。

鋼鉄製の畳《たたみ》よりも大きい盾を片手で軽々と持っていられるのは、たぶん身体強化を使っているからだろう。エラの張った顔つきはゴツいが、目がクリっとしていて愛嬌《あいきょう》がある。

弓使いのセルージョは馬人で、スラっとした長身でスタイルが良い。

栗色《くりいろ》のクセの強い長髪《ちょうはつ》で、イタリアの伊達《だて》男といった雰囲気《ふんいき》の持ち主だ。

「枝から枝に……まるでサルだね。ライオス、どこで拾ってきたんだ?」

「イブーロのギルドで、ちょっとな」

「二人とも、あの小僧《こぞう》はなかなかのものだぞ。体にブレがない、ありゃ鍛《きた》えておるな」

「ガド、だとしても猫人だぜ、偵察程度しか使い道は無いぞ」

ライオスと同じく銀級の冒険者であるセルージョから見れば、俺は少々身軽な猫人の子供にしか見えないのだろう。

別に、最初から認められると思っていないし、それでも少しは感心されるような働きをしてみせたいと思っている。

ゴブリンの巣穴に案内しながらも、三人よりも早くブロンズウルフを見つけたいと思っているのだが、青銅色の巨体は見当たらない。

それどころか、普段なら見かける鹿やイノシシの姿も見えない。

「ライオスさん、普段なら鹿とかを見かけるんですが、今日は全然見当たりません」

「そうか、もしかすると、すでにブロンズウルフのテリトリーに入っているのかもしれんな」

沢筋に沿って登っている間も、山が静まり返っている感じがする。

「ところでライオスさん、後ろの連中は放《ほう》っておいても良いんですか？」

「放っておいて構わん。俺達だけで、すんなり仕留められるとは限らんからな。いざという時の戦力は多い方が良い」

野営地を出発した時から、四人組の男が俺達の後をつけて来ている。

もしかすると昨晩の打ち合わせを盗《ぬす》み聞きしていたのだろうか、一定の距離を保ちながら、こちらに話し掛けてくることもなく淡々《たんたん》と後をつけて来る。

見た感じチャリオットの三人より若い冒険者のパーティーのようで、有力パーティーに寄生してお零《こぼ》れに与《あずか》ろうという魂胆《こんたん》のようだが、そんなに上手《うま》くいくのだろうか。

俺がブロンズウルフだったら、チャリオットの三人よりも先に後方の四人を狙《ねら》うだろう。

沢沿いに山を登り、途中《とちゅう》から林に踏《ふ》み入って少し進むと崖下《がけした》の開けた場所に出た。

飛び移る木が無くなってしまったので、俺も地上に下りて案内する。

この先の崖の割れ目がゴブリンの巣だったのだが、周囲には血の臭《にお》いが漂っていた。

開けた地面のあちこちには、ゴブリンのものらしき肉片《にくへん》が散らばっている。

「ライオス、ブロンズウルフは崖を登って姿を消したんだったな？」

「そうだ、セルージョ。目撃した奴《やつ》は、下ではなく上へ向かったと言っていた」

ゴブリンの巣だった岩の割れ目の左側は切り立った崖だが、右側は少し傾斜《けいしゃ》が緩《ゆる》い。

ブロンズウルフが登ったとすれば、こちら側だろう。

「ニャンゴ、俺の後ろから付いて来い」

「分かりました」

チャリオットの三人は、右側の斜面《しゃめん》を登りながらブロンズウルフの痕跡を調べていく。

後をつけて来ていた四人の冒険者は、残されているゴブリンの残骸《ざんがい》を調べているようだ。

手の動きからして、歯形からブロンズウルフの顎《あご》の大きさなどを推測しているらしい。

ここも村の討伐のために俺が巣をチェックした所だが、もう討伐の必要はないだろう。

ただし、他の魔物が住み着かないように、散らばった肉片は処理する必要がありそうだ。

ライオスに続いて急な斜面を登りながら四人の方を振り返ると、剣士《けんし》と思われる男性がゴブリンの巣穴に歩み寄った瞬間《しゅんかん》、突然《とつぜん》その上半身が消失した。

ゴブリンの巣穴から急に現れたブロンズウルフに驚《おどろ》いて、残りの三人は棒立ちになっている。

素早《すばや》く動いたブロンズウルフが、二人目の冒険者を右前脚《まえあし》の爪《つめ》で薙《な》ぎ払《はら》った。

「うわぁぁぁぁ……」

残った二人が叫《さけ》び声を上げてフリーズから回復した時には、ブロンズウルフは鋭《するど》い牙《きば》を剥《む》いて三人目に襲い掛かろうとしていた。

「シールド！」

ブロンズウルフの顔の前にシールドを展開すると、鼻面《はなづら》をぶつけて突進は止まったが、また右前脚の爪が三人目の冒険者を薙ぎ払ってしまった。

さらにブロンズウルフは四人目の冒険者へとにじり寄り、突然大きく後ろへ飛んだ。

「ちぃ、あれを避《よ》けやがるのかよ」

セルージョが放った矢が命中するかと思ったが、ブロンズウルフは危険を察知して回避《かいひ》した。

「立て！　立って逃《に》げろ！」

登って来た急な斜面を飛ぶように駆《か》け下りながらライオスが叫ぶ。

「ニャンゴ！　火だ、火属性の魔法をぶつけろ！」

「分かりました、バーナー！」

襲い掛かってくるブロンズウルフに対して、俺は守ることしか考えられなかったけど、倒《たお》すならば攻撃を仕掛けるべきだ。

オーガを倒した後も練習を続け、今やバーナーは場所も向きも自在だし、同時に複数個を発動させられるようになっている。

二メートル近い炎《ほのお》を噴《ふ》き出すバーナーを四つ、ブロンズウルフの顔に浴びせてやった。

「グワァオォオォオ！」

飛び上がるようにして後退《あとずさ》りしたブロンズウルフは、鼻面を押《お》さえて転げ回った。

「今度は一味違うぜ、食らいやがれ！」

キリキリと弓を引き絞《しぼ》ったセルージョは、何事か口許《くちもと》で呟《つぶや》いてから矢を放った。

「ええっ！」

放たれた矢は、ブロンズウルフの遥《はる》か頭上を飛び越えて行くような軌道《きどう》で飛んでいる。

「こっちだ、掛かって来い！」

俺が矢の行方《ゆくえ》に気を取られていると、ライオスがブロンズウルフの目前まで迫《せま》っていた。

「グルゥゥゥ……ギャゥ！」

ライオスへと向き直り、唸《うな》り声を上げたブロンズウルフの左目に、セルージョが放った矢が急激に軌道を変えて突《つ》き刺さった。

「ずぁぁぁぁぁ！」

ブロンズウルフが怯《ひる》んだ隙《すき》に、ライオスが長剣を突き入れるが、硬《かた》い毛が邪魔をして深手を与《あた》えられないみたいだ。逆に、ブロンズウルフが左前脚を振り下ろしてくる。

「させんわ！　ふんっ！」

ガーンと重たい金属音を響《ひび》かせたが、ブロンズウルフの左前脚はガドが構えた巨大な盾に阻《はば》まれている。

「ボサっとすんな、ニャンゴ。追撃だ！」

「あっ、はい！」

ライオス達の戦いに見入っていたら、弓を引き絞ったセルージョに怒鳴《どな》られた。

でも、これって俺も戦力として認められているんだよな。

「バーナー！」

今度は胴体《どうたい》を取り囲むようにして、四つのバーナーを発動する。

「ホーミングアロー」

放たれた矢は、またしても見当違いの方向へと飛んでいくが、セルージョは真剣な表情で行方を追っている。

たぶん、風属性の魔法を使って軌道を変化させているのだろう。

「グワァァァァ！」

胴体を焼かれたブロンズウルフは、空属性で作った魔道具を壊《こわ》しながら跳《と》び退り、体を大きく震《ふる》わせて怒《いか》りを露《あら》わにした。

その右目に軌道を変えた矢が刺さるかと思った瞬間、ブロンズウルフは頭を振って逃《のが》れた。

「ちぃ、なんて反応してやがる」

「それじゃあ、これならどうだ、バーナー！」

「ギャゥウウウウ……」

狙ったのはブロンズウルフの股間《こかん》だ。

火の魔道具も風の魔道具も、二つずつ重ねた威力マシマシ仕様だ。

ブロンズウルフは悲鳴を上げて腰《こし》を跳《は》ね上げて転がると、そのまま逃走《とうそう》に移った。

「くそっ、バーナー、バーナー、バーナー……」

ブロンズウルフの行く手を阻むようにバーナーを発動させたが、ヒラリヒラリと躱《かわ》されて逃げられてしまった。

「くそっ、逃げられた」

「ははっ、こいつは驚いたぜ。ニャンゴ、お前すげぇ火属性魔法の使い手じゃんかよ」

「でも、逃げられちゃいましたよ」

「何言ってんだ。俺達は一矢報《いっしむく》いてやったが、ライオスなんざ撫《な》でた程度だぜ」

「追いますか？」

「いや、今は弔《とむら》いの方が先だ……いくぞ」

セルージョは、用意していた矢を矢筒《やづつ》に戻すと、斜面を下り始めた。

セルージョと一緒に斜面を下りて歩み寄ると、ブロンズウルフに襲われた三人のうち一人は辛《かろ》うじて息をしていたが、出血が酷《ひど》く顔は土気色になっている。

「しっかりしろ、ペンダム。ブロンズウルフを倒して名を揚《あ》げるんだろう、死ぬな！」

「あ……がっ……」

「何だ、何が言いたい？」

「がはっ……ぐぅ……ごめ……」

「馬鹿野郎《ばかやろう》、謝《あやま》るな。これから、これから……おいっ、おいっ！　馬鹿野郎ぅ……ぅぅぅ」

生き残った犬人の冒険者に抱《かか》えられ、ペンダムという牛人の冒険者は息を引き取った。

イブーロに討伐の依頼を出しに行った帰り道、冒険者がブロンズウルフに攫《さら》われるのを目撃したが、こうして命を失う瞬間を見るのは初めてだ。

全然似ていないのだが、同じ牛人のオラシオを連想してしまった。

オラシオが騎士になれば、危険な魔物の討伐に向かう事もあるだろうし、命の危険に晒《さら》されるかもしれない。絶対に騎士になれなんて、気楽に言ったのを少し後悔《こうかい》してしまった。

掛ける言葉が見つからず、俺はただ立ち尽《つ》くすしかなかったが、ガドは土属性の魔法を使い、人が収まる大きさの深い穴を三つ掘《ほ》っていた。

泣きじゃくる生き残った冒険者に、ライオスが声を掛ける。

「辛《つら》いだろうが、お前も冒険者なら仲間の遺品を集めて弔う支度《したく》をするんだ。仲間を魔物や獣《けもの》に食い荒《あ》らされたくはないだろう？」

犬獣人の冒険者は、二度三度と頷《うなず》くと遺品を集め始めた。

遺髪や形見の品、それにギルドカード。

討伐の依頼の最中に命を落とした場合、遺体を持ち帰れる事は稀《まれ》らしい。

殆どの場合は、このように遺品を集めて、その場に埋葬《まいそう》していくしかないそうだ。

しかも土属性魔法を使える者がいないと、このように深く埋葬してもらえず、遺体は魔物や獣に食い荒らされることになる。


三人の弔いをしていると、別の冒険者パーティーが姿を見せた。

大剣を背負ったリーダーらしき熊人《くまひと》の男が、ライオスに駆け寄って来た。

「ライオス、誰《だれ》かやられた……って、カートランドじゃないか。まさか、ジョナレス、パンダム、トッドなのか？」

「ジルさん……みんな、やられちゃったよ、ぅぅぅ……」

ライオスは面識が無かったみたいだが、後から来たジルは襲われたパーティーとは顔馴染《かおなじ》みだったらしい。

生き残ったカートランドは、ジルに抱《だ》きかかえられて、また嗚咽《おえつ》を洩《も》らし始めた。

今回ブロンズウルフの討伐に集まっているのは、殆どがイブーロを拠点とする冒険者達だ。競争相手でもあるが、多くは顔見知りであったり、友人であったりするのだろう。

後から来た冒険者達が、カートランドを慰《なぐさ》め、仲間を埋葬して祈《いの》りを捧《ささ》げた。

冒険者達が祈りを捧げている間に、ジルがライオスに状況を訊《たず》ねていた。

「それじゃあ、不意打ちを食らって、為《な》す術《すべ》無く……って感じだったのか」

「俺達は、向こうの斜面を調べながら登っていたから、セルージョが矢で牽制《けんせい》するのがやっとの状態だった」

「この後は、どうする？」

「うむ、日暮れまではまだ時間がある。痕跡を探《さぐ》りながら追い掛けてみるつもりだが……」

ライオスはブロンズウルフが逃げた方向を見やった後、冒険者達の方へと視線を向けた。

「カートランドは、見たところ体は大丈夫《だいじょうぶ》そうだから、俺達のパーティーでフォローして連れていこうと思う」

「そうか、痕跡を辿りながらだから、ペースは上がらないから大丈夫だろう」

「あぁ、むしろ気負いこんで先走らないか、そっちの方が心配だな」

「相手が相手だからな、飛び出さないように見ておいてくれ」

「分かった」

頷き返したジルが仲間達の元へと戻っていくと、ライオスに手招きされた。

「ニャンゴ、この先にブロンズウルフが隠《かく》れられそうな場所はあるか？」

「一つ尾根《おね》を越えた所に岩が張り出している場所があって、その奥《おく》なら雨に濡《ぬ》れずに済みますが、外からは身を隠せません。隠れるならば、もう一つ沢を越えた先の洞窟《どうくつ》かと……」

「そうか……一応、両方確認《かくにん》しておきたい。近い方から案内してくれ」

「分かりました」

「それと、さっきと同じように樹上を移動できるところでは、木の上から案内しながら先を確認してくれ。この先は灌木《かんぼく》が多そうだし、上から見てもらえた方が安全だからな」

「了解です」

ライオスとジルが先頭でブロンズウルフの痕跡を探し、その後ろでガドが盾を構えている。

ブロンズウルフと遭遇《そうぐう》したら、ガドが前に出るのだろう。

ガドの後ろには、後から来たパーティーの盾役が二人続いている。

さらに剣士や槍《やり》使いなどが続き、弓使いのセルージョやカートランドは後方に控《ひか》えている。

俺はライオスとジルの真上で枝を伝って移動しながら、二人の案内と偵察を務めている。

ブロンズウルフの青銅色の毛並みは、日の当たる場所で見ると目立つのだが、緑の葉が生《お》い茂《しげ》っている所では思いのほか目立たない。

とは言え、この辺りは年中歩き回っている俺の庭のような場所だ。

薬草採りに山に入るようになってからは、魔物や獣に襲われないように、少しでも先に気配を察知できるように、周囲の様子は常に頭に入れながら行動してきた。

だからこそ気付く違和《いわ》感があるのだ。

「ライオスさん、右手の茂みの倒れ方がおかしいような……」

「どこだ？　おう、確かにこの枝の折れ方は間違いないな」

「この先にも、同じような感じの場所があります」

「奴は？」

「いいえ、姿は見えません」

よほど慌《あわ》てて逃げたのか、そもそも存在を隠す気が無いのか、ブロンズウルフのものと思われる痕跡がいくつも残されていた。

ただし、痕跡と痕跡の間隔《かんかく》は十メートルぐらいあって、この距離を一足飛びで移動しているのかと思うと、どんな身体能力をしているんだと背筋が寒くなる。

「ライオス、あの少年は？　イブーロでは見掛けない顔だが……」

「あぁ、ニャンゴはアツーカ村に住んでいる。普段から山に入って薬草を採ったりしていると聞いたので、今日は案内を頼んだんだ」

「なるほど、臨時のシーカーか」

「そのつもりだったんだがな……」

「どうした、役に立たない……ようには見えないが」

「あぁ、さっきもブロンズウルフを追い払ったのは、ニャンゴの火属性魔法だ」

「えぇぇ……猫人が、そんなに強力な魔法を使えるのか？」

いえいえ、火属性の魔法じゃない……って言いたいところだけど、冒険者は手の内を見せないのが基本だから黙《だま》っておこう。

この後も、ブロンズウルフの痕跡を辿っていったが、予想に反して途中から進路を西に向けて進み始めた。

そして、岩場が続く北の沢筋に出たところで痕跡がプッツリと消えてしまった。

上流へと登って行ったのか、それとも沢沿いに村の方へと下ったのか、灌木が生えていないので痕跡が見当たらない。

「ジル、村に戻ろう。あまり暗くなってからの追跡は、こちらにとって不利になる。それに、ブロンズウルフの移動を騎士団に伝えておかないと、村に入《こ》り込まれかねない」

「そうだな。出直すか」

「ニャンゴ、村に戻る最短ルートを案内してくれ」

「分かりました、こっちです」

沢から離《はな》れる方向を指すと、ジルが訊ねてきた。

「沢沿いには下りられないのか？」

「はい、途中に切り立った崖が続く場所があるので、迂回《うかい》することになります」

「そうか、分かった」

ブロンズウルフの身体能力ならば、沢の切り立った崖すら飛び越えて村に下りていないか心配だったが、幸い村に現れた様子は無かった。


一行は、そのまま野営地に戻り、俺はライオスと一緒に騎士団に報告に出向いた。

対応に出て来たのは、ラガート騎士団の隊長ウォーレンだった。

左目に眼帯をした猫人ということで、俺を覚えていたようだ。

「君は、砦に知らせに来た少年だな。今度は冒険者の案内役か……あまり無茶をするなよ」

二メートル近いゴリマッチョのウォーレンにしてみれば、腰ぐらいの身長しかない俺は余程《よほど》頼りなく見えるのだろう。

「隊長さん、あまりニャンゴを侮《あなど》らない方がいいぞ」

ライオスがブロンズウルフとの交戦の様子を語って聞かせると、ウォーレンが俺を見る目つきが変わった。

「ほぉ、この体格でそれほど強力な魔法を使うのか……」

「周囲に燃え広がらせず、的確に相手の嫌《いや》がる場所に攻撃を加える、身のこなしといい、なかなかのものですよ」

品定めをするように俺を見てくる二人は、ゼオルさんと同じ種類の人達らしい。

ライオスが戦闘《せんとう》の様子、俺が遭遇した場所や痕跡が残っていた所を地図で報告すると、すぐさま騎士団は配置の変更に動き出した。

「このまま北に向かって村から離れてくれれば良いが……」

ウォーレンは、ブロンズウルフの目撃地点を書き込んだ地図を睨み、表情を曇《くも》らせた。

地図上に書き込まれた印は、アツーカ村をグルっと回り込むように記されている。

「これって、村の周りを回っているんですか?」

「そうだ、ブロンズウルフが村を襲う場合、周囲を一回りして様子を確かめて、守りが薄《うす》そうな場所を狙って入り込んで来ることが多い」

「それじゃあ……」

「あぁ、もう少しで一周回り終える。本番は、これからだ」

まだ印の付いていない村の西側にブロンズウルフが現れた後は、いよいよ村に乗り込んで来るのかもしれない。それまでに残された時間は、あまり長くはなさそうだ。


騎士団への報告を終えた後、ライオスに明日の打ち合わせに誘《さそ》われた。

ライオス達のパーティー、チャリオットは自前の馬車を所有していて、今回の討伐にもその馬車に乗って来ているそうだ。

イブーロではオークなどの魔物の討伐の依頼が多く、獲物《えもの》を持ち帰るのに必要らしい。

幌馬車の中には、武器や装備、野営に必要な物を納めた木箱が載《の》せられていて、野営する時には椅子《いす》やテーブルの代わりに使っているそうだ。

チャリオットの馬車の周囲には、ジルのパーティー、ボードメンのメンバーと、一緒に組んでいるレイジングというパーティーのメンバー、それにカートランドの姿もあった。

ブロンズウルフの討伐はチャリオットだけでは手に余るので、共同戦線を張るらしい。

車座になった面々のどこに加われば良いかと迷っていると、セルージョに手招きされた。

「後方からの支援役はこっちだ」

セルージョの隣にはカートランドが座《すわ》っている。

ブロンズウルフに襲われた時には、狼狽《ろうばい》して一射もできなかったが弓を使うようだ。

俺が車座に加わったのを確認してから、ジルが話を切り出した。

「明日からライオス達にも加わってもらってブロンズウルフを追う。これまでの動きから、奴は村の西に回り込む可能性が高くなった。ニャンゴだったよな、西の山はどんな感じだ？」

「村の周囲に生えている樹木は、基本的に同じような種類ですが、西の山では炭焼きがおこなわれているので、他の場所にくらべると山が整備されていて見通しが利《き》きます。それと比較《ひかく》的に斜面は緩やかな場所が多いです」

「そうか、他の場所よりは戦いやすそうだな」

「はい、それとこの時期は西から風が吹《ふ》く日が多いので、麓《ふもと》から登っていく時は風下《かざしも》になると思います」

「そいつは好都合だな」

ジルは、俺の答えに満足した様子だ。

「ライオス、どういう手順で進める？」

「明日もニャンゴに案内役を頼んで、西の山を捜索《そうさく》するが、見ての通り山は広い。そこでチームを三つに分けて、互《たが》いを確認できる距離まで広がって麓から登って行こうと思う」

チーム分けは、中央にチャリオットの三人と俺、右側にカートランドを加えたボードメン、左をレイジングが進む事になった。

「作戦の要《かなめ》はガド達盾役だ。とにかく最初の突進を止めてくれ」

「言われるまでもない、任せておけ」

ガドが分厚い胸板《むないた》を叩《たた》いてみせると、ボードメンやレイジングの盾役も同じく胸板を叩いて拳《こぶし》を握《にぎ》ってみせた。

あのブロンズウルフの一撃を止めてみせるのだから、ガドの膂力《りょりょく》は凄《すさ》まじいのだろうと思っていたらセルージョが理由を教えてくれた。

「ガド達盾役は、土属性の持ち主で力の強い者達の集まりだ。土属性の魔法を使って大地に根を張って、敵の攻撃を食い止めるのさ」

土属性魔法を使っているから、足場が不安定な場所でも踏ん張りが利き、結果として強力な一撃を防げるという訳だが、いくら踏ん張りが利いても力が弱くては話にならない。

俺みたいな猫人では、固めた足ごと刈《か》り取られてしまうだろう。

空属性魔法で作ったシールドを鼻面の前に展開して突進は止められたけど、あの爪の一撃まで防げたかは疑問だ。

「ガドの使っている盾は特別製でな、単純に硬いだけでなく撓《しな》るんだとさ。俺らが殴《なぐ》ったり蹴《け》ったりした程度じゃ分からないが、ブロンズウルフクラスの攻撃を受けると、確かに撓る様子が分かるって話だぜ。まぁ、俺らじゃ受けることすら無理だがな」

「なるほど……撓るか」

セルージョの一言で忘れていた事を思い出した。

単純に硬いだけでは壊れてしまうが、弾性《だんせい》を高めれば壊れにくくなる。

たとえ壊れてしまったとしても、威力は大幅《おおはば》に減らせるはずだ。

盾役への指示を終えたライオスは、攻撃陣《じん》へと向き直った。

「攻撃陣は、隙を見てブロンズウルフの背後を狙う。知っているとは思うが、ブロンズウルフの毛は硬く、毛並みに沿って攻撃を加えようとしても殆ど通らない。効率的に攻撃を加えるには、毛並みに逆らって刃先《はさき》を潜《もぐ》りこませるしかない」

斜《なな》め後方や下側から刺突《しとつ》を入れれば、甲羅《こうら》と違って毛の下の皮膚《ひふ》までは硬くないらしいが、ブロンズウルフも自分の弱点は分かっていて、後方や下側に入り込むのが難しいようだ。

「それと、いくら硬い毛並みでも火までは防げない。火属性の攻撃魔法は有効だ。ただし、炎弾《えんだん》などの攻撃では山火事を引き起こす危険性がある。攻撃する側も十分に気を配ってくれ」

もったいぶった説明をしているけど、作戦を要約すると、見つけて、取り囲んで、タコ殴りにするという単純なものだ。もう少し計画性があっても良さそうに感じる。

「作戦は以上だが、何か質問はあるか？」

思い切って手を挙げて聞いてみた。

「あの……オークとかの魔物を仕留めて、餌にして誘《おび》き寄せるというのは駄目ですかね？」

「あぁ、その方法が使えれば楽なんだが、基本的にブロンズウルフは生きた獲物しか食わない。生きた餌なら可能性はあるが、生きた餌ならここにもたくさんいるだろう？」

「あっ……なるほど」

ブロンズウルフの探索は痕跡を辿って探すと同時に、己《おのれ》を餌としてブロンズウルフを誘き寄せる意図もあるらしい。

そんな危険があるならば、案内役の報酬《ほうしゅう》はもっと吹っ掛けておけば良かった。

「ニャンゴ、明日も今日と同じぐらいの時間に出発する予定だから、そのつもりでいてくれ」

「分かりました。集合場所は、ここで良いのですね？」

「あぁ、ここに来てくれ。他に質問は無いか？　なんでも構わないぞ。無ければ、俺達も飯にしよう……あっ、しまった！」

「どうした、ライオス」

額に手を当てたライオスに、心配そうにジルが訊ねた。

「ニャンゴを案内役に駆り出してしまったから、今日はモリネズミの塩焼きは無しか……」

車座からどっと笑い声が上がった。

俺が昨日までモリネズミと魚を焼いて売っていたのを、何人かの者は知っていたらしい。

「探索の合い間に、鳥でも仕留めておくんだったな……」

セルージョの腕前《うでまえ》ならば、飛んでいる鳥を射落とすことも容易《たやす》いのだろう。

家に戻って食事にしようと思っていたら、ここで食っていけと誘われた。

三パーティー合同の夕食は、二つの大きな鍋で作るゴッタ煮《に》のようなものだった。

片方は塩味で、もう片方はトマト味、持ち寄った素材はどちらの味付け方が美味いかで振り分けて作っているようだ。

例えば、干し肉は塩鍋、サラミに似たドライソーセージはトマト鍋といった感じだ。

これに硬い黒パンと酒が、冒険者の夕食らしい。

俺は、トマト味の鍋と分厚く切った黒パンをもらった。

「うみゃ、熱っ、でもうみゃ！」

「パンは硬《かて》ぇから、スープに浸《つ》けて食え」

「なるほど……熱っ、でもうみゃ！」

トマトの酸味とドライソーセージから出る脂《あぶら》の甘《あま》みがマッチして、鍋は思っていた以上に美味だった。

「ほれ、これも食え、こっちも食っていいぞ」

「ありがとうございます」

鍋の熱さと格闘していると、セルージョがチーズの塊《かたまり》や炙った芋も持って来てくれた。

「なんだ、もう腹がいっぱいになったか？」

「いえ……なんで俺に、こんなにサービスしてくれるんですか？」

「決まってるだろう。ニャンゴ、お前に見所があるからだ。まだまだ経験不足だが、お前は腕の良い冒険者になるだけの素質があるぜ」

「そう、でしょうか……？」

「あぁ、間違いねぇ。ブロンズウルフの股《また》ぐらを火炙《ひあぶ》りにしたのを見て俺は確信したぜ」

「あれは、咄嗟《とっさ》に一番弱そうな場所を探して偶然《ぐうぜん》……」

「偶然だろうと何だろうと、あの状況で弱点を探して的確に攻めてみせた。あのブロンズウルフが悲鳴を上げて逃げ出したんだぜ、自信持っていいぞ」

セルージョの言葉を耳にして、周りに座っている冒険者達の視線が集まってきた。

「セルージョさん、そのニャンコは、そんなに使えるんすか？」

「ニャンコじゃねぇ、ニャンゴだ。おっとテオドロ、レイジングへの勧誘《かんゆう》は駄目だぜ。明日以降の活躍次第《しだい》だが、スカウトするのはチャリオットの方が先だ」

「へぇ、それほどですか……」

セルージョに話し掛けてきたテオドロはヒョウ人《ひと》の冒険者で、レイジングのリーダーを務めているそうだ。

「うちは火力が不足してるから、活《い》きの良い若い奴はいくらでも欲《ほ》しいんですよ。それに、どこに入るか選ぶのは本人次第ですからね。ニャンゴ、イブーロで冒険者として活動するなら、レイジングへの加入を考えておいてくれ」

「テオドロ、新人のスカウトもいいが、自分のところの若い連中もシッカリ面倒見ておけよ」

「勿論《もちろん》ですよ。うちは、まだまだ大きくなっていきますよ」

テオドロがジルに呼ばれて席を外すと、セルージョは小さく舌打ちしてみせた。

「冒険者は多かれ少なかれ野心家だが……ニャンゴ、イブーロで冒険者として活動するなら、テオドロ達には気を付けろ」

「どうしてですか？」

「奴らのやり方は、ちょっと強引《ごういん》だから敵も多い。ジルは面倒見が良いから、テオドロ達にも気を配ってやってるみたいだが……」

セルージョは、テオドロを目で追いながら眉間《みけん》に皺《しわ》を寄せている。

明日からの共同作戦が上手くいくのか、少々心配になってきた。

◆　◆　◆　◆

翌日は、朝から強い東風が吹いていた。

「ニャンゴ、話が違うぞ……」

空を見上げながらジルが苦情を言ってきたが、風向きは俺がどうこうできるものではない。

「すみません、天気が下り坂に向かっているみたいです。この感じだと、昼ぐらいには雨になると思います」

この時期、アッーカ村では西風が吹く日が多いのだが、天候が崩《くず》れる時には東風が吹く。

前世の知識を使って考えるならば、西から低気圧が近付いてきて、そこに向かって東風が吹いているといったところだろう。

西の山に潜伏《せんぷく》しているる可能性の高いブロンズウルフを追って山に入るのだが、この風向きだと風《かざ》上《かみ》から接近することになる。

空には雲が掛かり始めているし、雨の降り出しはもっと早くなるかもしれない。

天気の予測をジルに伝えると、ライオスとともに討伐に出掛けるか再検討し始めた。

俺としては中止を進言したいところなのだが、三パーティー合同の作戦で、どこのパーティーにも属していない立場としては発言しづらい。

それに昨夜の打ち合わせを聞いていた、他のパーティーや冒険者も同行を申し出ていて、人数は五十人を軽く超《こ》えていそうだ。

「ブロンズウルフは村の様子見をしていて、それが終われば襲ってくるかもしれないんすよね？だったら、村の安全も考えて一日でも早く討伐すべきじゃないっすか？」

レイジングのリーダー、テオドロは討伐の実行を強く訴《うった》えて来た。

テオドロの言う通り、ブロンズウルフには襲撃《しゅうげき》する村をグルっと回って様子を見る習性があるそうで、そろそろアッーカ村を一周しそうな状況にある。

村の周囲は騎士団が守りを固めているが、突進して来られたら食い止め切れるとも思えないし、村に入り込まれれば住民に被害《ひがい》が出る可能性が高い。

それに、騎士団がブロンズウルフを仕留めてしまえば、冒険者には僅《わず》かな謝礼が出る程度で、財産も名誉《めいよ》も受け取れなくなってしまう。

テオドロとしてみれば、自分達の手で仕留めるか、討伐に貢献《こうけん》した実績が欲しいのだろう。

「だが、相手はブロンズウルフだからな。条件が悪くなるのは避けたいが……」

「とりあえず山に入ってみて、状況が悪くなりそうだったら引き返せば良くないっすか？　住民に被害が出てからじゃ遅《おそ》いっすよ」

討伐の実施《じっし》に慎重《しんちょう》なジルに対し、テオドロは住民の安全も考えて実施したいようだ。

ジルとテオドロの意見を受け、ライオスは少し考えた後で結論を出した。

「行くだけ行ってみよう。ただし、状況が悪くなりそうなら早めに引き返す。それと、風向きを考えて、北側から回り込むように西へと向かう。それで良いか？」

出発の準備が調《ととの》った頃、朝日が昇《のぼ》り始めたらしく、空が不気味な朝焼けに染まっていた。

地図を見ながら打ち合わせたルートに沿って、北の山から西の山へと案内する。

まずは、沢に沿って登り、途中から少しずつ西へと方向を変えていく。

ここで一行は隊列を整え、三つのグループに分かれて横に広がった。

右側はボードメンを中心としたグループ、中央はチャリオットを中心としたグループ、左側はレイジングを中心としたグループで、それぞれ二十人ほどで形成されている。

俺は今日も枝を伝うようにして樹上から案内と偵察を行っているが、時折吹く強い風で枝が大きく揺《ゆ》らされる。

「ニャンゴ、無理するなよ。危ないと思ったら下りて来い」

「はい、まだ大丈夫ですが、葉っぱや埃《ほこり》が舞《ま》っていて見通しが悪いです」

強い東風で枝葉がざわめいているので、音で気配を探るのも難しい。

揺れる枝や巻き上げられた落ち葉が、動く物も隠してしまいそうだ。

時折顔にも風が吹き付けて来るので、土埃が目に入らないように空属性魔法でゴーグルを作って装着した。

北の山から西側へと回り込み始めた頃には、パラパラと雨も降り出した。

沢沿いに登り始めた頃には明るくなっていた空も、また暗さを増しているように感じる。

さすがに風が強くなりすぎたので、木から下りてセルージョの横に並んだ。

俺が地上に降りたのを確認し、空を見上げたライオスは討伐の中断を決めたようだ。

「ジル！　テオドロ！　戻るぞ」

「ライオスさん、もう少し、もう少しだけやりましょう」

「テオドロ、この風じゃ火属性の魔法が使いづらい、空も暗くなっているし戻った方がいい」

「でも、このまま背中を向けて下りるのは、かえって危なくないっすか？　確か、西の山は見通しが良いんですよね？　そこまで行ってから下りましょう」

テオドロの進言を聞いたライオスは、俺の方に視線を向けてきた。

「どうだ、ニャンゴ。西の山は、ここよりも見通しが利くのか？」

「そうですね。この先の尾根を回り込むと少し見通しが良くなりますが……物凄《ものすご》くというほどではないですよ」

「そうか……よし、あの尾根の先まで進んでから村に戻る。いいな、テオドロ」

いったん集合しかけていた冒険者達は、再び間隔を広げて探索を始めた。

木から下りてしまうと灌木《かんぼく》が邪魔をして、背の低い俺では見通しが利かなくなってしまう。

念のために空属性のフルアーマーを装備しているが、いつブロンズウルフが襲ってくるか分からない状況に体が強《こわ》ばってくる。

やはり、エアウォークを使って上から状況を眺《なが》めた方が良いかも……と思った時だった。

「ぎゃぁぁぁぁぁ！」

向かって右手、ボードメンがいる方向から悲鳴が聞こえてきた。

「いくぞ、ニャンゴ！」

射線が確保できる場所を目指すセルージョを追って俺も走り出すが、灌木が邪魔をして全く状況が見えない。

「こっちだ！」

回り込むように走っていたセルージョが足を止めたので、背後の木に駆け上って状況を眺めると青銅色の巨体が見えた。

下半身だけになった遺体の他に、もう一人の冒険者が右の前脚で押さえ込まれている。

ブロンズウルフの顎が動く度《たび》に、強い風が吹く中でもゴリゴリと骨を噛《か》み砕《くだ》く音が響いた。

「セルージョさん、あいつ左目が」

「ちっ、再生しやがったか」

昨日、セルージョに射抜かれたはずのブロンズウルフの左目は、何事も無かったかのように機能しているように見える。

「そんな、再生しちゃうんじゃ討伐なんて……」

「勘違《かんちが》いするな。再生するといっても時間は掛かる、この場から逃がさないで痛めつければ討伐できる」

参加している冒険者達が一斉《いっせい》に動き、大盾を構えた屈強《くっきょう》な男達が包囲の態勢を取るが、ブロンズウルフは余裕たっぷりに踏みつけていた冒険者に牙を剥いた。

その瞬間を狙って弓使い達が一斉に矢を射掛《いか》けたが、ブロンズウルフは目を閉じてブルブルっと顔を振っただけで払いのけ、息絶え絶えだった冒険者を食い千切った。

「ボサっとすんな、ニャンゴ、隙を見つけて仕掛けろ！」

「は、はいっ！」

昨晩、作戦会議を終えてから、いくつかの作戦を練ってきた。

足場を固めるように前脚で土を掻《か》いたブロンズウルフが、牙を剥いて突進した瞬間に最初の作戦を実行する。

「ラバーシールド！」

大きさは一メートル四方、厚さは五十センチ、弾力性を持たせて固めて空気で分厚いゴムのようなシールドを作る。これなら簡単には壊されないはずだ。

「グルワァァァァ！」

それでも強引にラバーシールドを突き破ってきたが、ブロンズウルフの勢いは殆ど失われた。

「今だ、縄《なわ》を掛けろ！」

ブロンズウルフの動きが止まった瞬間を狙い、盾役の後方から投げ縄が飛ぶ。

「よっしゃ、引けぇ！」

右側から二本、左側から一本、縄が引かれてブロンズウルフの首を拘束《こうそく》した。

すかさずブロンズウルフの斜め後方から冒険者達が襲い掛かった時だった。

「グゥアァァァァ！」

一瞬体を沈《しず》めたブロンズウルフは、飛び退りながら後ろ脚を跳ね上げた。

右後脚の直撃を食らった剣士の上半身が千切れ飛び、左後脚の直撃を食らった盾役は後方の冒険者を巻き込んで撥《は》ね飛ばされた。

さらにブロンズウルフは、身を捩《ねじ》らせて縄を振り解《ほど》こうとするが、冒険者達は引き摺《ず》られながらも縄を離そうとはしない。

「バーナー！」

「ギャゥゥゥ……」

縄を焼かないように腹の下から炙ると、踏ん張ったブロンズウルフの脚から力が抜けた。

「いいぞ、ニャンゴ。ホーミングアロー！」

セルージョが矢を放った方向は全く見当違いだが、途中から大きく孤《こ》を描《えが》いてブロンズウルフの背後から背中へ突き刺さった。

「ガウゥゥゥ！」

セルージョの攻撃を見た弓使いが、ブロンズウルフの後方へと回り込んで矢を射掛ける。

追加の縄が飛び、集まってきた冒険者達が力の限りに引っ張り始めた。

「不用意に近付くな！　魔法と矢を浴びせろ！」

盾で囲い、縄を掛ける、逃走防止の作戦は上手くいっているようだが、雨は本降りになり火属性魔法の威力を削《そ》ぎ始めている。

取り囲んだ冒険者達が、弓矢や風属性や水属性の魔法で攻撃を仕掛けるが、ブロンズウルフは後ろ脚で地面を蹴り上げて対抗《たいこう》してきた。

土だけではなく埋《う》まっていた大きな石が凄まじい勢いで飛び、盾からはみ出していた冒険者が直撃を食らって倒れ込んだ。

「真後ろは気を付けろ！　横から攻めろ！」

ライオスやジル達前衛が、側面から隙を突いて槍や長剣を突き入れているが、縄の保持に人数を割《さ》かれてしまっているので手数が足りない印象だ。

不用意に近付き過ぎれば、前脚の強烈《きようれつ》な薙ぎ払いを食らわされ、援護に入った盾役ごと撥ね飛ばされた。

「それならば、ラバーリング！」

今度は空気をゴム状の太い輪にして、ブロンズウルフの首を囲うように固定した。

これで攻撃する人数を増やせるだろうと思い、外側にいる冒険者に目を転じると、レイジングの連中が離れた場所から動いていなかった。

それどころか、動こうとするメンバーをテオドロが止めているように見える。

「セルージョさん、レイジングの連中が……」

「奴らには構うな。討伐に集中しろ！」

「はいっ！」

レイジングの様子を伝えたが、セルージョはチラリと一瞥《いちべつ》しただけで視線を戻した。

あるいは、こうした事態は予測に織り込まれていたのかもしれない。

ブロンズウルフの周囲では、前衛たちが槍や長剣を突き入れようとするが、刺さったと思うと体を震わされ、硬い毛で弾《はじ》かれてしまっているようだ。

「これならどうだ、ランス……バーナー！」

「グォォォォ……」

腹の下からバーナーで炙ると、ブロンズウルフは体を振って逃れようとするので、予《あらかじ》め胴体の両側に円錐形《えんすいけい》の槍を仕込んでおくと自分から突っ込んで来た。

ボタボタと右の脇腹《わきばら》から血を流して、ブロンズウルフが苦しげな声を上げる。

「効いてるぞ！」

「チャンスだ、攻め込め！」

冒険者達が包囲の輪を狭《せば》めると、ブロンズウルフは後退りした直後に突進してきた。

「グワァウゥウゥ！」

ラバーリングが引き千切られ、正面にいた盾役が撥ね飛ばされる。

縄を握った冒険者達が、ズルズルと引き摺られた。

「ラバーシールド」

ラバーシールドを鼻面の前に展開してブロンズウルフの突進を止めると、すかさず冒険者達は体勢を立て直した。

土砂降りの雨の中で転げ回っているので、もう誰だか分からないぐらいに泥《どろ》だらけだ。

「ランス……バーナー！」

「ギャゥ……」

再度胴体の両側に槍を仕込んでからバーナーで炙ってやったが、ブロンズウルフは悲鳴を上げつつも体を伏《ふ》せて火の魔道具を圧し潰《つぶ》した。

思った以上にブロンズウルフの学習能力が高いのと、雨が打ち付けることで透明《とうめい》な槍の存在に気付かれてしまったようだ。

それでも、徐々《じよじよ》にライオスやジルなど前衛の攻撃が通り始め、ブロンズウルフの硬い体毛の先からは血が滴《したた》り落ちてきた。

「もう一息だ！」

「一気に押しきるぞ！」

ブロンズウルフが弱り始めたのを見て、レイジングの連中が近づいて来る。

自分達の被害は最小限に抑《おさ》えて、美味《おい》しい所だけ持っていこうという魂胆なのだろう。

ブロンズウルフを取り囲んだ冒険者達は、泥にまみれ、肩《かた》で息をするほどに疲弊《ひへい》している。

殆どの者がレイジングの行動を腹立たしいと感じつつも、このタイミングでの増援を有り難《がた》いと感じてしまったはずだ。

それでも、テオドロなんかに手柄《てがら》を渡したくないと思い、取って置きの攻撃を仕掛けようと考えていると、不意にブロンズウルフが地に伏せた。

いよいよ力尽きたのかと思った次の瞬間、ブロンズウルフが思いっきり跳躍《ちようやく》し、拘束していた縄が強度の限界を超えて引き千切られた。

ブロンズウルフの巨体が宙に踊《おど》り、ガド達盾役の頭上を飛び越えていく。

「ガァァァァァ！」

ブロンズウルフは、着地地点で鉢合《はちあ》わせたレイジングのメンバーに向かって牙を剥いた。

「ラバーシールド・ダブル！」

もうブロンズウルフの攻撃のクセは読めている。

噛み付きと突進を防ぐように鼻先にラバーシールドを立て、直後の右前脚での薙ぎ払いを邪魔するようにもう一枚を展開した。

ブロンズウルフの攻撃は完封《かんぷう》したが、驚いたことにテオドロは、隣にいた仲間の襟首《えりくび》をつかんで引き寄せ、自分の盾にしようとしていた。

「ラバーリング・トリプル！　ランス、クワッド！」

動きを止めたブロンズウルフの首を三重のラバーリングで拘束し、同時に胴体の上下左右にランスを設置して、跳躍に備えて体を沈めるのを防ぐ。

今の俺の魔力量で、展開できる限界ギリギリだ。

「動きが止まったぞ、どうなってるんだ、ライオス！」

「知ったことか！　いいから攻めろ！」

突然動きを止めたブロンズウルフに戸惑《とまど》いつつも、後から追いすがったライオスとジルが、硬い毛並みに潜りこませるように剣を突き入れる。

「グォァァァァ！」

ブロンズウルフは猛烈《もうれつ》に暴れたが、ランスが邪魔をして身動きが取れず、ラバーリングの拘束から逃れられない。

脚を振り回そうとしても体が沈み込み、ランスの先端《せんたん》が体に食い込むので、ブロンズウルフの抵抗《ていこう》が弱まってきた。

「今だ！　今のうちに仕留めるぞ！」

ライオスは左の脇腹に突き入れた剣を大きく煽《あお》り、ブロンズウルフの内臓を抉《えぐ》る。

ジルは右後脚の膝裏《ひざうら》に、渾身《こんしん》の力を込めて大剣を叩き付けた。

「ギャウゥゥゥゥ……」

ブロンズウルフが悲鳴とともに体を跳ね上げると、背中のランスが突き刺さった。

セルージョは風属性魔法の誘導《ゆうどう》を使い、首筋の急所を抉るように矢を射続けている。

他の弓使い達もブロンズウルフの斜め後方から、ありったけの矢を射掛けた。

ブロンズウルフに降り注いだ雨が、体を伝ううちに真っ赤に染まって落ちるようになった。

ダメージの蓄積《ちくせき》によって、明らかにブロンズウルフは弱ってきている。

仲間を盾にしながら腰を抜かして座り込んでいたテオドロも、槍を掴んで立ち上がった。

丁度ブロンズウルフの喉笛《のどぶえ》を真下から狙える位置にいる。

好機と見て、テオドロは満面の笑みを浮かべた。

「お前なんかにやらせるか！　フレイムランス！」

皆《みな》が奮闘《ふんとう》している時には手を貸さず、窮地《きゅうち》に陥《おちい》れば仲間を盾にするようなテオドロが手柄を横取りする前に、ラバーリング一本を残し全《すべ》て解除して奥の手を発動させた。

圧縮率を高めて威力を増した火の魔法陣と風の魔法陣をそれぞれ三段ずつ重ねる。

猛烈に噴き出す炎を細いノズルを作って絞り上げると、三メートルを超える高温高圧の青い炎の槍が姿を現した。

ブロンズウルフの顎の真下で発動させたフレイムランスは、頭蓋骨《ずがいこつ》さえも突き破り、土砂降りの雨の中で青く輝《かがや》いた。

頭の中から炎に包まれ、ブロンズウルフは悲鳴すら上げずに動きを止めた。

叩き付けた雨が水蒸気となって朦々《もうもう》と立ち上り、眼窩《がんか》や口からも炎が噴き出している。

ブロンズウルフの頭は見る見るうちに黒く焼け焦《こ》げ、フレイムランスを解除しても、ラバーリングに拘束されたままピクリとも動こうとしなかった。

「にゃぁぁ！　ブロンズウルフを倒したぞぉ！」

「すっげぇぞ、ニャンゴ！　お前、最高だぁ！」

木の上から飛び下りると、セルージョに抱え上げられた。

普段は毛が濡れるのが嫌だから、雨に打たれるのは嫌《きら》いだが、今日ばかりは気にならない。

「お前、ただ者じゃねぇと思っていたが、殆ど一人でブロンズウルフを倒しちまいやがって、一体どんな魔法を使いやがったんだ」

「あれは、村に戻ったら説明……」

「倒したぞぉ！　俺達レイジングがブロンズウルフを倒した！」

セルージョに抱え上げられた状態の俺の耳に、信じられない言葉が飛び込んで来た。

声を張り上げているのは、レイジングのリーダー、テオドロだ。

「よくやったぞ、ニコラウス。さすが、レイジングの魔法剣士だ。ブロンズウルフの頭が消し炭み

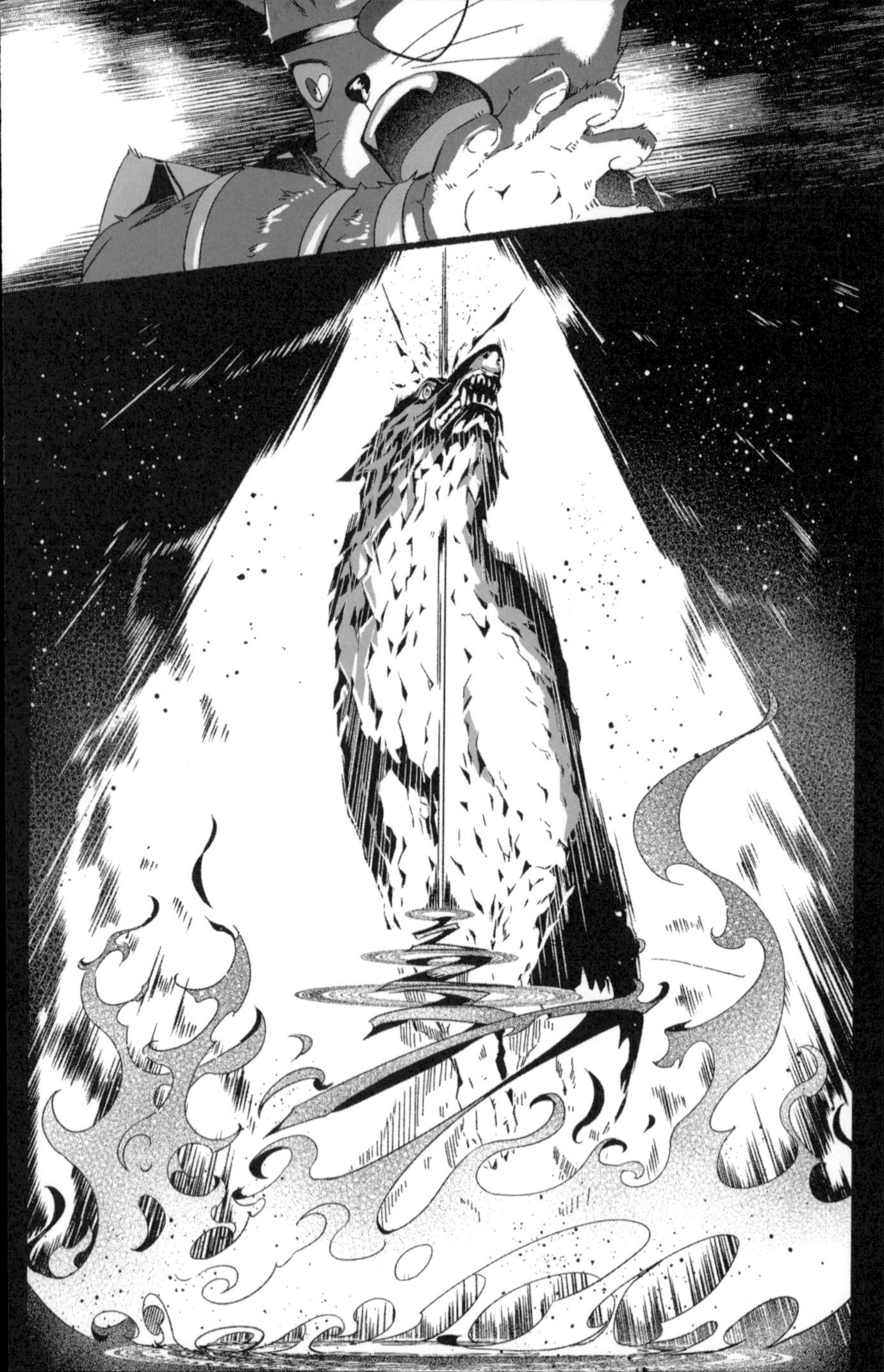

たいだぜ！」

テオドロに肩を叩かれて賞賛されているのは、ブロンズウルフに襲われた時に盾に使われそうになった冒険者だ。

土砂降りの雨の下でテオドロは声を張り上げているが、周囲の冒険者達は勿論、レイジングのメンバーすら同調する気配がない。

「どうした、お前ら、レイジングの大勝利だぜ、もっと盛り上がれよ。ほら、ほらっ！」

テオドロは、ライオスやジル達に背を向けて、レイジングのメンバーを威圧しているようだが、それでも同意する者はいない。

それどころか、ブロンズウルフに止《とど》めを刺したと持ち上げられた剣士は、肩に回されたテオドロの腕を手荒《てあら》く振りほどいた。

「いい加減にしろ、テオドロ。いくらなんでも無理がありすぎだ」

「けっ、せっかく名前を売る絶好のチャンスだってのによ、ホント使えねぇな！　あぁそうだ、討伐の分け前は、ギルドには何の役にも立たなかったと報告しておいてやる」

「あぁ、ギルドには、ちゃんといただくから、誤魔化さないで下さいよ。ジルさん」

「はぁ？　何言ってんの？　俺が討伐の続行を主張してなきゃ、ブロンズウルフにも遭遇していなかったし、倒せてもいなかったんだぜ。俺こそが最大の功労者だろ！　なぁ？」

テオドロが同意を求めても、レイジングのメンバーは誰も返事をしなかった。

「はぁぁ？　お前ら、なんで黙ってんだよ。俺はレイジングのリーダーだぞ」

「リーダーは、パーティーのメンバーを盾に使ったりしない」

「そうだ、俺も見てたぞ。お前、ニコラウスを盾にしようとしただろう」

「ば、馬鹿《ばか》！　あれは、ニコラウスをかばおうとして……」

「嘘《うそ》だ！　ブロンズウルフの牙が届かない場所にいたニコラウスを、お前が引っ張ったのを俺は真後ろで見てたぞ」

「ち、違う……俺はホントにかばおうと……手前《てめえ》ら、一体誰のおかげで今まで……」

たぶんテオドロは腕っ節に物を言わせてパーティーを引っ張って来たのだろうが、他の者も叛意《はんい》を抱いていると確信したメンバー達は凄まれても従う様子を見せない。

「俺は、今日限りレイジングを抜ける」

「なんだと……」

「俺も！」

「俺も抜けるぜ」

メンバー全員から脱退《だったい》を突き付けられて、テオドロは一瞬呆然《ぼうぜん》としたようだったが、振り上げた槍の石突《いしづき》を思い切り地面に叩き付けた。

「けっ、勝手にしろ！　手前ら全員クビだ！」

吐《は》き捨てるように叫ぶと、テオドロは憤然《ふんぜん》とした足取りで歩み去って行った。


雨に煙《けむ》るテオドロの後ろ姿を見送った後、残った者達が動き出す。

ブロンズウルフの攻撃によって命を落とした者や、酷い怪我《けが》をしている者がいる。

昨日ブロンズウルフに襲われて仲間を殺されたカートランドも、後方から矢を射掛けようとした時に、蹴り上げられた石の直撃を食らって内臓に深刻なダメージを受けているようだ。

「ごふっ……ジル、さん……」

「しっかりしろ、ブロンズウルフは倒したぞ。胸を張ってイブーロに帰るぞ」

「帰り……たいなぁ……ごぶぅ……」

「カートランド、頑張《がんば》れ、おいっ！」

カートランドはジルの腕の中で血の塊を吐き出すと、ガクンと首を傾《かたむ》けて息を引き取った。

「馬鹿野郎、せっかく生き残ったのに……」

カートランドの他にも四人冒険者が命を落とし、二人の冒険者が深刻な怪我をして仲間によって運ばれて行った。

命に別状は無いが自分では動けない者もいるし、前線で奮闘していた者は殆どが怪我をしていて無傷の者の方が少ないぐらいだ。

カートランド達の遺体は、ブロンズウルフから取り出した内臓と一緒に埋葬された。

初日に消息を絶った冒険者三名と、昨日犠牲となった一人、今日の二人、合計六人の冒険者の遺体の一部が内包されているかもしれないからだ。

内臓と一緒に取り出した魔石をライオスが差し出して来たが、賞金と同様に山分けにしてくれと申し出た。

「良いのか？　殆どニャンゴが倒したようなものだぞ」

「俺一人では、そもそも山に入れてもいませんよ」

「そうか……だが、止めを刺した者として、ニャンゴの名前は報告させてもらうぞ」

「それは構いませんけど、信用してもらえますかね？」

ハイランクの魔物ブロンズウルフを猫人が倒すなんて、普通では考えられない。

腕試《うでだめ》ししようなんて考えるミゲルみたいな馬鹿共が、絡んで来ないか少々不安だ。

ブロンズウルフの死体は、討伐を証明するために村まで持ち帰ることになった。

牡牛《おうし》より大きいので、ロープを掛けて全員で引いていく。

空属性だと明かしてカートに載せて運ぼうかとも思ったが、ブロンズウルフとの戦闘で気合いを入れて魔法を使ったので、村まで魔力が持つか自信がなかった。

それに、ここにいる人達とは敵対することは無いと思うが、手の内を隠しておきたい気持ちもあるので、みんなの作業を見守った。

討伐した場所から村までは下り斜面なのと、雨が降っているおかげでブロンズウルフの死体は、半ば勝手にズルズルと滑《すべ》っていく。

ブロンズウルフを引き摺って村の端まで戻ると、俺達を見つけた警戒に当たっていた騎士や兵士が集まって来た。

騎士の一人は、馬を飛ばして村長宅へと知らせに行ったようだ。

「よくやってくれた！　お手柄だ！　あぁ、これで雨の中での警戒からも解放されるぜ」

偽《いつわ》らざる兵士の言葉に、激闘の末に生き残った全員が笑い声を上げる。

雨に濡れたくないのは、騎士も兵士も冒険者も誰しも同じだ。

深まり行く秋の冷たい雨に打たれつつ、俺達は野営地に向かって凱旋《がいせん》の途に就《つ》いた。

◆　◆　◆　◆

ブロンズウルフを討伐した翌日、ライオスやジルと一緒に改めて村長の下へ報告に出向くと、同席していたミゲルが喚《わめ》き散らした。

「嘘だ！　そんなの出鱈目《でたらめ》だ！　そいつは火属性なんかじゃない、空っぽの空属性だぞ。ブロンズウルフなんて倒せるはずがない！」

ライオスが、ブロンズウルフに止めを刺したのは俺の火属性魔法だったと説明したから、同じ日に『巣立ちの儀《ぎ》』を受けたミゲルとすれば、抗議《こうぎ》したくなるのも当然だろう。

「ニャンゴ、君は火属性の使い手ではないのか？」

「はい、俺の魔法は空属性ですが……ブロンズウルフの頭を焼き焦がしたのは俺の魔法です」

ライオスも、ジルも、村長も首を捻《ひね》っているけれど、事情を知っているゼオルさんだけがニヤニヤと笑みを浮かべている。

「どういう事だ？　それでは君は、空属性の他に火属性魔法も使えるとでも言うのか？」

「いいえ、使える属性魔法は空属性のみです」

「だが、ブロンズウルフに止めを刺したのは、ニャンゴなんだな？」

「はい、使ったのは空属性魔法、それと火と風の刻印魔法です」

「刻印魔法……だと？」

空属性魔法で魔素が含《ふく》まれている空気を魔法陣の形に固めると、刻印魔法が発動すると説明したら、ゼオルさん以外の者は目を丸くしていた。

嘘だと喚いていたミゲルも、フレイムランスを庭先で発動して見せると、顔が真っ赤になるほど歯を食いしばって部屋から出て行った。

魔法の見た目としては、火属性魔法は一番派手だし、魔物に対する効果も高いのは確かだ。

ミゲルも真面目《まじめ》に魔法の練習をしていれば、威力の高い魔法が使えるようになったかもしれないが、現状は火の玉を投げつける程度のままなのだろう。

それなのに空属性の俺が、自分よりも遥かに強力な火の魔法を使ったのが悔《くや》しいのだろう。

フレイムランスを消すと、ライオスが質問してきた。

「もしかして、火と風以外の刻印魔法も使えるのか？」

「はい、他にも使える刻印魔法はありますし、魔法陣さえ覚えればもっと増やせるはずです」

「すぐに思いつくものだと、水や明かりぐらいだが……」

頷いてみせると、ライオスはジルと顔を見合わせた後で俺の顔を見詰《みつ》めてきた。

「ニャンゴ、後で話がある。この報告が終わった後に、少し時間を作ってくれ」

「分かりました」

イブーロでもベテランパーティーの部類に入る、チャリオットとボードメンのリーダーが揃《そろ》っての報告とあって、村長も内容を信用して討伐証明書に署名をした。

依頼主である村長が署名した討伐証明書が無いと、いくらイブーロのギルドで俺が倒したと喚いたところで、討伐の成果は認められない。

なので、討伐した時のようにテオドロが手柄を主張しても認められることはないのだ。

ブロンズウルフを倒したのは、昨日の激闘に参加した者からレイジングを除いた者達だと、イブーロのギルドには報告されるようだ。

テオドロ以外のレイジングのメンバーも、捜索には参加していたが戦闘には殆ど参加していなかったので、手柄の主張はしないそうだ。

ブロンズウルフに殺されたカートランド達の遺品はギルドに届けられ、家族がいる場合には渡されるらしい。

そして、ブロンズウルフ討伐の際に、テオドロが行った行為《こうい》も全て報告されるそうだ。

今回は直接の被害は出ていないので罰則《ばっそく》などが科される可能性は低いらしいが、ギルドの要注意リストには名前が載るようだ。

報告が全て終了したところで、ゼオルさんも話に加わってきた。

「がははは、面白《おもしろ》い奴だとは思っていたが、この歳《とし》でブロンズウルフまで仕留めちまうとは、流石《さすが》の俺も思っていなかったぞ」

「仕留めたと言っても、チャリオットやボードメン、多くの冒険者の皆さんがいたからですよ。俺一人だったらゼオルさんの言いつけを守って、山には入っていないはずです」

「そいつはどうだかなぁ……こうだと決めたら、俺の言葉なんざ踏みつけにしてでも向かって行くだろう」

「いやぁ……そんなことは無くも無いかなぁ……」

俺が左目を失ったのは、ゼオルさんの制止を振り切って突っ走った結果だし、今の魔力を手に入れたのも、ゼオルさんには黙ってゴブリンやオーガの心臓を食べたからだ。

「まぁ、冒険者になるような奴は、多かれ少なかれ無茶をするものだ。そもそも冒険しないなら冒険者ではないからな」

ゼオルさんの言葉に、ライオスとジルも頷いている。

若手達から一目置かれている二人だが、おそらく若い頃には無茶もしたのだろう。

報告が終わった後、ライオスにチャリオットの馬車まで誘われた。

野営地に足を向けると、すでに多くの冒険者が天幕を畳《たた》み、イブーロに向けて出発する準備を進めていた。

「もう出発した人もいるみたいですね」

「そうだな。言っちゃ悪いが、ブロンズウルフが討伐されてしまえば、ここでは仕事が無い」

アツーカ村は自給自足に近い生活をしている小さな山村で、ライオスの言う通り冒険者に依頼するような仕事も無いし、そもそも依頼を出す余裕が無い。

冒険者がアツーカ村に残っても、猟師《りょうし》に転職するぐらいしか生活していく道は無い。

「ニャンゴ、チャリオットに入らないか？」

「えっ……？」

ライオスの一言は、全く予想していなかった訳ではないが、馬車に着く前に唐突に言われたので、間の抜けた返事をしてしまった。

そして後に続いた言葉は、全く予想もしていないものだった。

「君の実力は現状でも銀級、将来的には金級以上を狙える素質があると考えている」

「俺が、将来は金級？」

「そうだ。ただし、それは戦闘能力に限定すればだ。何が不足しているか分かるか？」

「経験……ですか？」

「そうだ、君の年齢《ねんれい》ならば不足していて当然だが、この村で活動を続けている限り、何時まで経《た》っても不足したままだろう」

ライオスの言葉は、痛いほど良く分かる。

そもそもギルドの出張所すら無いアツーカ村では、今回のように危険な魔物が現れない限り、冬《ふゆ》越《ご》し前の討伐や、たまに現れるオークを討伐するぐらいしか冒険者らしい仕事は無い。

「自慢《じまん》じゃないが、イブーロでは名前の売れているパーティーだし、セルージョもガドも君を気に入っている。拠点としている建物もあるから、住む場所の心配も要《い》らないぞ」

「少し……少し考えさせてもらっても良いですか？」

ライオスからの申し出は、この上なく魅力《みりよく》的なものだ。

二日間行動をともにしてみて、チャリオットのメンバーは信用に値《あたい》すると思うし、何よりも俺の経験不足を補うには最高の環境《かんきよう》だろう。

それでも、今すぐにアツーカ村を離れる決断を下すのは難しい。

「村から出るにしても、いろいろと準備は必要だろう。ここが、俺達の拠点の住所だ。その気になったら訪ねて来てくれ」

「ありがとうございます。前向きに検討します」

拠点の住所が書かれた紙を受け取り、ライオスとはそこで別れた。

回れ右をして村長の家に戻り、ゼオルさんが暮らす離れに足を向けた。

「ゼオルさん、いますか？」

「おう、入れ」

ゼオルさんは、いつもと同じように寝台《しんだい》に寝転《ねころ》んで本を読んでいた。

本を閉じて起き上がると、まぁ座れと椅子を顎で示し、自分は立ってお茶の支度を始めた。

目分量でポットに茶葉を入れる手付きも、今では堂に入ったものだ。

鼻歌まじりにお茶の支度を始めたゼオルさんの背中に声を掛ける。

「あのぉ……」

「行って来い」

「えっ？」

「チャリオットからスカウトされたんだろう？」

「はい。でも俺、まだゼオルさんに一撃も入れられてないし……」

「ふん、あんな凄い魔法を隠しておいて良く言うぜ。棒術だけなら俺の方が強いが、総合力ならニャンゴ、もうお前の方が上だ」

「それって、戦闘力に限れば……ですよね？」

「その様子だと、ライオスからも経験不足と言われたんだな。勿論その通りだし、アツーカ村じゃ経験は培《つちか》えないぞ」

「はい……」

村長への報告に同席していたから、ゼオルさんには全てお見通しだった。

「カリサ婆さんか？」

「はい……」

村から出て行くのに、一番気掛《きが》かりなのは薬屋のカリサ婆ちゃんだ。

今は矍鑠《かくしゃく》としているが、一人暮らしだし、かなりの高齢でもある。

今でもときどき山に入って薬草を摘《つ》んでいるようだが、俺が教わっていた頃ほど山の奥までは行けないようだ。

これまで何人か薬師《くすし》を目指して弟子《でし》入りしたようだが、一人前にはならなかったらしい。

今も村の子供に薬草の種類などを教えているが、山奥に生える薬草は俺に任せている。

このまま俺が村を出てしまえば一部の薬草が不足するような事態になりかねないし、そうなればカリサ婆ちゃんの生活が苦しくなるような気がする。

「馬鹿たれ！　何でも自分一人で解決しようとするな。カリサ婆さんの薬が無くなれば、村全体が困るんだぞ。だったら、村人全員が協力して何とかすべきだろう」

「だったら、俺も……」

「村の小僧が自分の将来のために一歩踏《ふ》み出す、それを後押ししてやるのが俺達大人の仕事だ」

「ゼオルさん……」

「心配するな。いざとなったら、俺が婆さん背負って山の中まで連れて行ってやるさ。だから、ニャンゴ、お前は安心して行って来い」

「はい……ありがとうございます」

ゼオルさんに頭を下げると、膝の上にポタポタと涙《なみだ》がこぼれた。

背中を押してもらって、俺はイブーロ行きを決心した。

村長の家の離れを出た後、モリネズミを捕まえに行ってからカリサ婆ちゃんを訪ねた。

「婆ちゃん、いる？」

「ニャンゴかい？　入っておいで……」

「はいよ、婆ちゃん。モリネズミを持ってきたよ」

「いつもすまないねぇ……何だい綺麗《きれい》に捌いてくれたのかい、手間掛けて申し訳ないね」

「いやぁ、もう慣れてるから……」

ゼオルさんに後押ししてもらい、イブーロへ行く決心をしてきたはずなのに、カリサ婆ちゃんの前に来たら上手く切り出せなくなった。

「どうしたんだい、ニャンゴ。何か悩《なや》みでもあるのかい？」

「婆ちゃん、俺っ！　俺……」

イブーロで冒険者になる……たったそれだけの言葉が、なぜだか喉《のど》から出て来なかった。

「村を出るって決めたんだね」

「婆ちゃん……」

「村に残って根を下ろす者、村から旅立って行く者……体は小さくても、あんたにはアツーカ村は小さすぎる。これは私だけじゃない、村のみんなが思っているだろうよ」

「俺……婆ちゃんに薬草の種類とか採り方とか……一から教えてもらったのに……大した恩返しもできないで……」

「なに言ってるんだい、礼をするのは私の方だよ。婆ちゃん、婆ちゃんって懐《なつ》いてくれて、長いこと一人で暮らしてきた私がどれだけ救われたか。私は、あんたを本当の孫のように思っているよ」

「婆ちゃん……」

堪《こら》えきれずに涙をこぼしながら俯《うつむ》くと、カリサ婆ちゃんに頭をそっと抱えられた。

薬草の香《かお》りが染《し》みこんだ、カリサ婆ちゃんの匂いがする。

「婆ちゃん、俺、イブーロの冒険者パーティーに誘われたんだ……案内役として一緒に山に入って……みんな親切で信頼《しんらい》できる人で……イブーロでは有名なパーティーで……他の冒険者からも一目置かれてて……でも、でもやっぱり婆ちゃんが心配だから……ゼオルさんに相談して……そんで……そんで……」

「行っといで……私の心配なんかしなくていい。なぁに、死ぬまで食っていけるぐらいの蓄《たくわ》えはしてあるさ。薬が無くて困るって言うなら、自分で薬草採って来いって言ってやるさ」

「婆ちゃん……俺、イブーロに行くよ」

「あぁ、何も心配せず。自分の進みたい道を真《ま》っ直《す》ぐに歩いてお行き。でもね、でも……たまには顔を見せに帰っておいでよ、ニャンゴがいないのは寂《さび》しいからねぇ……」

カリサ婆ちゃんは、俺を抱きしめてポロポロと涙をこぼした。

皺くちゃな右手で、俺の潰れて見えなくなった左目の辺りを愛《いと》おしそうに撫でながら、涙声で言葉を紡《つむ》ぐ。

「もう無茶だけはするんじゃないよ。あんたは優《やさ》しい子だから、誰かのために自分を犠牲にしすぎることがあるからね。怪我には気を付けて、立派な冒険者になるんだよ」

「うん……うん、うん……」

「あぁ、あんなに小さかったニャンゴが、こんなに大きくなったんだねぇ……」

「うん……うん……」

カリサ婆ちゃんの腕の中で、俺はなかなか涙を止めることができなかった。

アツーカ村を出るのは、これまでに調べておいたゴブリンの巣がどうなっているのか確かめ、必要であれば討伐に協力し、薬草もある程度摘んで来てからだ。

今からこんな調子では、実際に村を出る時はどうなってしまうのだろうか。

せめて旅立つ日には、もう少し格好つけて村を出たいものだ。


カリサ婆ちゃんには上手く言い出せなかったが、両親には普通に話せた。

たぶん死別するのは、まだまだ先だと思っているからだろう。

「お前、イブーロに行くって……モリネズミとか魚はどうなるんだ？」

カリサ婆ちゃんは俺の身を案じてくれたのに、親父《おやじ》の心配は自分の食い扶持《ぶち》だった。

「あー……それは、上手くやって」

「上手くやれって……俺は畑仕事をやってるんだ、モリネズミなんて捕まえに行ってる暇《ひま》なんかある訳ないだろう」

「とりあえず、野営地の広場で稼いだ金は置いて行くからさ、後は上手くやってよ」

「おい、ニャンゴ。お前、親に向かって、そんな口の利き方は……」

親父がいつまでもウニャウニャうるさいので、金をおふくろに押し付け、出発までゼオルさんの所に居候《いそうろう》すると言って、着替《きが》えを鞄《かばん》に詰《つ》め込んで家を出た。

巣立ちの儀を受けに行く前は、さっさと一人前になって家を出ろと言っていたクセに、ちょっと稼ぎが良くなったらアテにしやがって、マジで面倒臭《くさ》い。

二人分のオカズを捕まえて来ると言ったら、ゼオルさんはあっさりと居候させてくれた。

ゴブリンの巣の件もあるし、詳しく報告をするにも丁度良いからだ。

「それならニャンゴ、薬草摘みをしながらゴブリンの巣を確かめ、帰り道に何か獲物を捕まえてくればいいだろう」

「うわぁ、簡単に言ってくれますけど、大変ですよ、それ……」

「がははは、イブーロで冒険者稼業《かぎょう》をやるんだ、この程度の仕事は簡単にこなしてみせろ」

「えぇぇ……冒険者って、もっと気ままな仕事じゃないんですか？」

「まぁ、そいつはやり方次第だな。実績を重ね、名前を売り、上客を掴まえて、割の良い仕事をこちらが選べるようにでもならなきゃ、気ままな生活なんざ送れやしねぇぞ」

「ですよねぇ……」

イブーロでは名前の売れたパーティーから誘われて、ちょっと舞い上がっていたけれど、冷静になって考えてみれば簡単じゃないことは分かる。

チャリオットの三人は人柄が良いし、自前の馬車を持っているくらいだから経済的にも豊かだとは思うが、その輪の中に加わって上手く馴染《なじ》んでいけるかまでは分からない。

「だったら、パーティーで請《う》け負う仕事が無い時には、イブーロで駆け出しの冒険者がやる仕事も経験してみろ。銀級の冒険者パーティーともなれば、大きな仕事の依頼も来るだろうし、連日仕事に追われている訳ではないはずだ。経験も積めるし、収入も上乗せできるぞ」

「なるほど、それは良いアイディアですね。俺はイブーロの街も周辺の地理にも詳しくないから、地道な仕事をしながら土地勘《かん》を身に付けた方が良いですよね」

『巣立ちの儀』の日も、オラシオと遊び回って迷子《まいご》になったし、その後はゼオルさんの後にくっついて歩いただけだから、まだどこに何があるのか把握《はあく》しきれていない。

それに、せっかく街で暮らすのだから、美味い店の食べ歩きはしてみたい。

「まぁ、アツーカにいる時よりは、確実に風当たりは強くなる。気は引き締《し》めておけよ」

「えっ、風当たり……ですか？」

「そりゃそうだろう。まだ巣立ちの儀を受けてから二年にもならない小僧が、ブロンズウルフに止めを刺して銀級パーティーからスカウトされたんだぞ。間違いなくイブーロの冒険者の間では話題に上がるようになる」

「それって、買い取りに並んでいた時に絡んできた馬人の冒険者みたいに、意味もなく突っ掛かって来たりするってことですか？」

「意味もなくじゃねぇ。冒険者ってのは、名前を売ってなんぼの稼業だ。さっき気ままな暮らしができるようになる条件を話したよな。名前が売れていないってのは、その真逆の状態だ。つまり稼ぎの少ない仕事をあくせく続けなければ、毎日の飯にも苦労する状態だ。駆け出しの頃ならば楽しくやっていけるだろうが、それが二年三年と続いていけば抜け出したい、楽をしたいって思うようになるのが人情ってもんだ」

俺もアツーカ村の実家に住んでいるから、薬草摘みしかやっていない頃でも生活していけたが、街で部屋を借りて家賃を払うような状況では食っていくのは厳しいだろう。

「でも、俺を痛めつけた程度じゃ、売れるのは悪名だけじゃないんですか？」

「さぁな……実際にイブーロで、どんな噂《うわさ》が流れるのかまでは分からねぇからな。まぁ、刻印魔法の件を聞いたのはベテラン二人だけだから噂として流れる可能性は低いだろうが、ブロンズウルフに止めを刺した場面は、討伐に参加した若い連中も見ているんだろう？　そいつらは間違いなく、イブーロに戻ってから知り合い達に話して回るはずだ。何しろブロンズウルフを倒した現場に参加していたんだ。それだけでも十分に自慢できるからな」

「それじゃあ、討伐の話に尾《お》ひれが付いて大きくなると、俺の話も大きくなるんですかね？」

「そういう事だ。まぁ、覚悟《かくご》はしておけ。それが冒険者稼業ってもんだ」

「はぁ……分かりました」

どうやら、イキりたい若造に絡まれるのは、ほぼほぼ確定のようだ。

こりゃあ、街を歩く時にもプロテクターをフル装備しておいた方が良さそうだ。

◆　◆　◆　◆

イブーロへは、ミゲルが学校に戻る時に、ゼオルさんの助手として馬車に同乗して向かうことになった。

出発まで三日ほどしか残されていなかったが、幸いチェックしていたゴブリンの巣はブロンズウルフによって壊滅《かいめつ》させられていた。

山の奥にしか生えていない薬草を摘み、鹿とイノシシを仕留め、バタバタと慌ただしく過ごしているうちに出発の日は来てしまった。

出発当日、村長の家には多くの村人が見送りに来てくれた。

俺の家族に、幼馴染《おさななじみ》のイネス、モリネズミを買い取ってくれていたビクトール、一緒にゴブリンやオークの討伐に行った人々、元ミゲルの取り巻き達、勿論カリサ婆ちゃんの姿もある。

俺は、村の人とは積極的にかかわらず、それこそ気ままに生きて来たつもりだったけど、気付かないうちにこんなに多くの繋《つな》がりができていた。

いじめられっ子として惨《みじ》めに事故死した前世では、葬式《そうしき》にだってこれほどの人は集まらなかっただろう。

もっと人との繋がりを大切にしていたら、前世も少しはマシだったのだろうか。

ミゲルは、自分がイブーロの学校へ入学する時よりも、遥かに多くの村人が集まったのでヘソを曲げていた。

もうすぐ可愛《かわい》い、可愛いオリビエに会えるんだから、もっとにこやかにしていろよ。

「ニャンゴ、体に気を付けるんだよ。馬車に乗れば一日で帰って来られるんだ、たまには顔を見せに戻っておいで」

「分かったよ。婆ちゃんも元気でいろよな」

俺もカリサ婆ちゃんも目をウルウルさせていたけど、今日は泣かずに済みそうだ。

カリサ婆ちゃんから熱冷ましと腹痛の薬を餞別《せんべつ》として受け取り、馬車の御者台《ぎよしや》に上がった。

「よし、じゃあ出発するぞ」

「はい、行きましょう」

ゼオルさんがブレーキを緩めて手綱《たづな》で合図を送ると、馬車はゆっくりと動きだした。

御者台から後ろを振り返って、見送りの人達に大きく手を振ると、一番前にいたカリサ婆ちゃんが一歩、二歩と歩を進め、堪えきれないといった様子で馬車を追いかけ始めた。

馬車が速度を上げても、カリサ婆ちゃんは歩みを止めず、手を振りながら追いかけて来る。

「ニャンゴ……ニャンゴ……ニャンゴ……」

一言も聞き逃すまいと身体強化で聴力《ちょうりょく》を強化したが、カリサ婆ちゃんは俺の名前を呼ぶだけで、決して『行くな』とは口にしなかった。

林の向こうに姿が見えなくなるまで、俺の名前を呼びながら手を振り続けていた。

「新しい場所で生活の基盤《きばん》を築くのは楽じゃねぇが、落ち着いたら一度顔を出せ。薬草摘みの手伝いはできても、俺にはお前の代わりはできないからな」

「はい……はい……」

目も鼻も涙でグジュグジュで、見張りの役目は果たせていなかったけど、ゼオルさんは何も言わずに馬車を走らせ続けていた。

正直に言って不安もあるけど、今日まで積み重ねた努力を信じて踏み出そう。

カリサ婆ちゃんに胸を張って会いに帰って来られるような冒険者になると誓《ちか》って、俺は故郷のアツーカ村から旅立った。

あとがき

『黒猫《くろねこ》ニャンゴの冒険《ぼうけん》』をお手に取っていただきありがとうございます。

　初めまして、作者の篠浦知螺《しのうらちら》と申します。

　皆《みな》さんは、陽《ひ》だまりで昼寝《ひるね》を楽しむ猫を見掛《みか》けた時に『あぁ、生まれ変わったら猫になりたい』なんて思ったことはございませんか。

　どうせ猫に生まれ変われるならば、魔法《まほう》が使えた方が面白《おもしろ》いな……魔法が使えるなら、人と話が出来た方が良いだろう……なんて感じで膨《ふく》らませた妄想《もうそう》に、骨組みを作り、肉付けをしていったものが『黒猫ニャンゴの冒険』です。

　この度《たび》、小説投稿《とうこう》サイト、カクヨムで行われた第2回ドラゴンノベルス新世代ファンタジー小説コンテストにおいて特別賞に選ばれ、出版する機会を得られました。

　応援《おうえん》して下さった読者様、選考して頂いた編集部の皆様、ありがとうございました。

　改稿《かいこう》のアドバイスをしていただいた担当編集熊谷《くまがい》様、大変お世話になりました。

　そして、超絶素敵《ちょうぜつすてき》なイラストを描《か》いて下さった四志丸《ししまる》様、本当にありがとうございました。

　おかげで、かっこ可愛《かわい》いニャンゴを読者の皆様にお届けできます。

　その他、装丁デザイン、印刷、製本、配送、営業、販売《はんばい》……『黒猫ニャンゴの冒険』に関《かか》わって下さった全《すべ》ての皆様に感謝申し上げます。

　ニャンゴの冒険は、まだ始まったばかりです。長く愛されるシリーズとなりますよう、これからも応援よろしくお願いいたします。


本書は、2020年にカクヨムで実施された「第2回ドラゴンノベルス新世代ファンタジー小説コンテスト」で特別賞を受賞した「黒猫ニャンゴの冒険 ～レア属性を引き当てたので、気ままな冒険者生活を目指します～」を加筆修正したものです。

DRAGON NOVELS
ドラゴンノベルス

黒猫ニャンゴの冒険

レア属性を引き当てたので、気ままな冒険者を目指します

2021年7月5日　初版発行
2024年3月5日　再版発行

著　　者　篠浦《しのうら》知《ち》螺《ら》

発 行 者　山下直久

発　　行　株式会社 KADOKAWA
〒102-8177　東京都千代田区富士見 2-13-3
電話 0570-002-301（ナビダイヤル）

編　　集　ゲーム・企画書籍編集部

装　　丁　AFTERGLOW

D T P　株式会社スタジオ205

印 刷 所　大日本印刷株式会社

製 本 所　大日本印刷株式会社

DRAGON NOVELS ロゴデザイン　久留一郎デザイン室＋YAZIRI

ISBN978-4-04-074164-2　C0093